HEYNE BÜCHER

Von Catherine Cookson sind
als Heyne-Taschenbücher erschienen:

Geheimnis · Band 01/8163
Ein neues Leben · Band 01/8478
Herz im Sturm · Band 01/8363
Nur eine Frau · Band 01/8804
Brambte House · Band 01/8892
Ertrotztes Glück · Band 01/9089
Fast ein Engel · Band 01/9398

CATHERINE COOKSON

DAS GLÜCK ZEIGT RISSE

Roman

Aus dem Englischen
von Peter Pfaffinger

Deutsche Erstausgabe

WILHELM HEYNE VERLAG
MÜNCHEN

HEYNE ALLGEMEINE REIHE
Nr. 01/9534

Titel der Originalausgabe
THE YEAR OF THE VIRGINS

Redaktion: Anke Klaiber

Printed in Germany 1995
Umschlagillustration: Enno Kleinert, München
Umschlaggestaltung: Atelier Ingrid Schütz, München
Gesamtherstellung: Elsnerdruck, Berlin

ISBN 3-453-08841-7

Erster Teil

1

»Was soll ich? Das kann doch nicht dein Ernst sein!«

»Es wird von einem Vater wohl nicht zuviel verlangt sein, seinem Sohn eine so simple Frage zu stellen.«

»Wie bitte?«

Daniel Coulson beugte sich über die Frisierkommode; im Spiegel sah er das feiste Gesicht seiner Frau. Ihre Haut war noch so glatt wie vor einunddreißig Jahren, als sie ihm vor dem Traualtar das Ja-Wort gegeben hatte. Das war aber auch schon alles, was von dem Mädchen übriggeblieben war, das ihn sich als Neunzehnjährigen geangelt hatte. Das blonde Haar hatte seinen Glanz verloren, und die einstmals leicht mollige, aber durchaus attraktive Frau war auseinandergegangen wie ein Pfannkuchen. Ihr hochgeschlossenes Taftkleid unterstrich noch die unförmige Figur. So etwas wie ein Dekolleté gab es bei ihr nicht. Sie hielt es wohl für obszön, die Brüste auch nur ansatzweise zu entblößen. Freilich war jede Leidenschaft, die ihr Busen in Daniel hätte wecken können – oder sollen –, längst erloschen. Er richtete den Blick auf ihre Augen. Normalerweise waren sie blaßgrau, ja fast farblos, doch nicht in Momenten wie diesem, wenn sie vor Wut kochte.

»Und du erwartest von mir, daß ich so einfach zu ihm gehe und ihn so etwas frage?« stieß er hervor.

»Jeder normale Vater würde das tun. Andererseits warst du natürlich nie ein normaler Vater.«

»Das war ich gottlob wirklich nie. Ich war immer auf seiner Seite und habe alles getan, um ihm zu helfen, von dir loszukommen. Wenn es nach dir ginge, würde er ja noch heute in Windeln rumlaufen. Was war das damals für eine Blamage! Du hast ihm solange die Brust gegeben, bis die Leute mit dem Finger auf dich zeigten. Sonst hättest du nie damit aufgehört.«

Ihr Ellbogen schoß jäh nach hinten und traf ihn mit solcher Wut in den Nabel, daß er sich vor Schmerzen krümmte. Geistesgegenwärtig riß er die Arme hoch, denn sie hatte den schweren Glasdeckel ihrer Puderdose gepackt und zielte damit auf seinen Kopf. »Wirf nur«, knurrte er, »aber dann zerschlage ich dir das Gesicht, und zwar so gründlich, daß seine Hochzeit ohne dich stattfindet!«

Ganz langsam lockerte sich ihr Griff, und der Deckel fiel auf den Tisch. Ihren Mann ließ sie dabei nicht eine Sekunde lang aus den Augen. »Du kannst den Gedanken wohl nicht ertragen, ihn an eine andere Frau zu verlieren, selbst wenn es die Tochter deiner besten Freundin ist. Du wolltest sie doch mit Joe verkuppeln. Na schön, als Schulmädchen mag sie ja vielleicht mal mit ihm geflirtet haben, aber jetzt ist sie erwachsen und will Don. Und ich habe dafür gesorgt, daß sie sich kriegen. Allerdings muß ich zugeben: Nach Don hätte ich unbedingt Joe für sie ausgewählt.«

»O ja! Dann hättest du Joe für sie ausgewählt. Das entscheidest immer allein du. Erst hast du mir einen zurückgebliebenen Sohn angehängt, und dann hast du mir ein fremdes Kind aufgezwungen. Freiwillig hätte ich ihn nie adoptiert...«

»Gott im Himmel!« Er wandte sich kopfschüttelnd ab und ging zur Tür. Vor ihrem Himmelbett blieb Daniel stehen. Seit mehr als fünfzehn Jahren hatte er nicht mehr darin geschlafen. Resigniert lehnte er den Kopf an einen der vier kunstvoll gedrechselten Pfosten. Dann drehte er sich erneut zu ihr um und fixierte sie lange mit einem kalten Blick. Kein Laut war zu hören, bis er doch noch einmal nachsetzte: »Ich soll dir ein fremdes Kind aufgezwungen haben? Du hast wohl vergessen, daß es nicht *mein* Vater war, der in der Irrenanstalt gestorben ist.«

Ihre Gesichtsmuskel zuckten. Schlagartig wurde ihm klar, daß er zu weit gegangen war. Diese Bemerkung war grausam. Doch wie verhielt es sich mit ihrer Grausamkeit ihm gegenüber? Wenn sie eine normale Ehefrau gewesen wäre und nicht eine von ihrer Religion besessene Fanatikerin und eine fast schon krankhafte Glucke, dann hätte er bestimmte

Bedürfnisse nicht anderswo befriedigen müssen. Natürlich schämte er sich deswegen, aber wer hätte es ihm verdenken können? Wie erniedrigend allein schon die ständige Heimlichtuerei für ihn war! Freilich durften die Gemeindemitglieder, Priester und Nonnen nichts davon erfahren. Der Schein mußte immer gewahrt bleiben...

Daniel hielt es in ihrem Schlafzimmer nicht länger aus. Er mußte raus, etwas trinken. Aber nein, er wartete wohl besser auf die Gäste. Wenn er jetzt schon anfing, konnte er später die Zunge bestimmt nicht mehr im Zaum halten.

Daniel hatte die Tür erreicht und wollte gerade auf den Flur treten, als sie ihm eine letzte Verwünschung nachsandte. »Du bist der letzte Abschaum und gleichst deinem Vater und der ganzen übrigen Verwandtschaft!«

Ohne sich umzudrehen, zog er stumm die Tür hinter sich zu und blieb erst wieder unten auf dem Treppenabsatz stehen. Er schloß die Augen. War das nicht absurd? Ausgerechnet sie bezeichnete ihn als Abschaum. Dabei war sie doch im ärmsten Viertel der Stadt aufgewachsen. Nur zu gut erinnerte er sich noch an den Tag, an dem sie ins Büro der Firma seines Vaters gekommen war und sich um die Stelle einer Sekretärin beworben hatte. Sie war damals fünfzehn gewesen, und Jane Broderick hatte sie eingestellt. Dieselbe Jane Broderick, die drei Monate später erklärt hatte: »Es ist schrecklich mit ihr. Sie wird nie tippen lernen. Als Empfangsdame würde sie sich bestimmt ganz gut machen, aber wir brauchen keine.« Sein Vater hatte sie jedoch nicht rauswerfen wollen. »Geben wir dem Mädchen noch eine Chance. Sie haben gesagt, sie könne ganz schön schreiben. Soll sie sich doch um die Ablage und die Registratur kümmern.«

Später hatte sein Vater sich fast totgelacht, als er von ihren Rhetorikstunden bei einem pensionierten Lehrer erfuhr. Von da an hatte Daniel sie mit ganz anderen Augen gesehen. Er hatte wirklich geglaubt, sie sei etwas Besonderes. Nun, im Laufe der Zeit hatte er ihre Besonderheiten zur Genüge kennengelernt. Aber eins mußte er ihr lassen: Die Rhetorikstunden waren keine Zeitverschwendung gewesen, denn seitdem konnte sie sich in jeder Umgebung ins rechte Licht rücken. Gleichwohl wählte sie sich ihre Gesellschaft seit dem Tag ihrer Hochzeit stets selber aus. Mit so etwas wie Arbeitern gab sie sich nicht ab. Um so erstaunlicher war es, daß sie sich mit Janet Allison angefreundet hatte, obwohl die Allisons nicht in einem so prächtigen Herrenhaus lebten wie sie und nicht zu den alteingesessenen Familien zählten. Dafür waren sie vom Scheitel bis zur Sohle Katholiken. Protestanten hätte Winnie nie in ihrer Nähe geduldet, und wenn sie mit zehn Adelstiteln auf die Welt gekommen wären. Sie ließ keinerlei Zweifel an ihrer Treue zur katholischen Kirche.

Daniel stieg mit nachdenklicher Miene weiter die Treppe hinunter. Er hatte gerade den Korridor erreicht, da öffnete sich am anderen Ende eine Tür, und sein Adoptivsohn Joe kam ihm entgegen.

Joe war genauso groß wie er und glich ihm auch ansonsten in vielerlei Hinsicht. Wer es nicht gewußt hätte, wäre versucht gewesen, die beiden für Vater und Sohn zu halten. Nur war sein Haar schwarz und nicht braun wie das seines Adoptivvaters, und im Gegensatz zu Daniel hatte er keine blauen, sondern warm leuchtende braune Augen. Daniel war stolz darauf, daß Joe ihm so ähnelte. Auch behandelte er ihn genauso wie seine leiblichen Söhne, ja fast war er ihm noch lieber als Stephen und sogar Don.

Während er sich näherte, bemerkte er zwei Bücher in Joes Hand. »Nanu? Legst du heute eine Nachtschicht ein?«

»Eigentlich nicht. Ich wollte nur etwas nachschlagen.« Sie blickten einander in die Augen. Unvermittelt fragte Joe: »Ärger gehabt?«

»Was meinst du damit?«

»Na ja, ihr Schlafzimmer liegt direkt über der Bibliothek. Die Decke ist zwar recht hoch, aber schalldicht ist sie nicht gerade.«

Daniel ging weiter zur Bibliothek. »Hast du mal eine Minute Zeit?« fragte er seinen Adoptivsohn mit einem Blick über die Schulter.

»Klar, für dich nehme ich mir einfach Zeit.«

Joe zog die Tür hinter sich zu und folgte Daniel zum Fenster, das den Blick auf einen herrlichen Garten freigab. An der Wand gegenüber stand ein bequemes Ledersofa, aber der Mann der für Joe wie ein Vater war setzte sich nicht, sondern stellte sich ans Fenster. Seufzend drückte er die Stirn gegen den Holzrahmen.

»Was war denn los?« fragte Joe besorgt.

»Es ist nicht zu fassen«, stöhnte Daniel. »Du wirst nicht glauben, was sie jetzt von mir verlangt.«

»Sag's mir einfach.«

Daniel ließ sich nun doch auf das Sofa sinken. Er verbarg den Kopf in den Handflächen. »Ich soll Don fragen, ob er *noch jungfräulich* ist«, murmelte er.

Da Joe nicht reagierte, sah er schließlich auf. »Was sagst du dazu?«

»Was kann man da noch sagen?« brummte Joe kopfschüttelnd. »Kann man in solchen Dingen überhaupt einen Rat geben? Aber wie, glaubst du, würde sie reagieren, wenn du ihr sagtest, er sei es nicht mehr?«

»Wie sie reagieren würde? Keine Ahnung; ich bin schon ganz durcheinander. Sie würde garantiert durchdrehen. Vielleicht würde sie sogar versuchen, die Hochzeit im letzten Moment zu verhindern, und in der Kirche schreien, er dürfe ein unbeflecktes Mädchen wie Annie – oder Annette, weil ihre Mutter ja keine Kosenamen duldet – nicht heiraten. Vielleicht würde deine Mutter ihn auch zu Father Cody schleifen. Um Father Ramshaw würde sie ja einen großen Bogen machen, weil sie genau weiß, daß er ihr nur ins Gesicht lachen würde. Aber mit Cody wäre das etwas anderes. Er liegt ganz auf ihrer Linie, würde Don in eine Reihe mit den Frevlern von Babel bis Sodom stellen und zum Schluß Johannes den Täufer anrufen, weil sonst keiner mehr ihren Sohn von seinen Sünden reinwaschen könnte.«

Joe verkniff sich mühsam das Lachen. »O Dad, du hättest wirklich das Zeug zum Komiker.«

»In den letzten Tagen war mir bestimmt nicht zum Lachen zumute, mein Junge. Außer dir gibt es nur noch einen Menschen, mit dem ich über das alles sprechen kann. Ich sag's dir ganz ehrlich: Ich bin verzweifelt. Du weißt ja, ich habe sie schon zweimal verlassen, aber jedesmal hat sie mich wieder rumgekriegt, und ich bin zurückgekommen. Doch wenn ich jetzt gehe, helfen ihr all die Tränen und Selbstmorddrohungen und das Gerede von den hilflosen Kindern nichts mehr... Kinder! Du warst zwanzig Jahre alt, als sie zuletzt mit dieser Leier anfing, und das ist jetzt auch schon wieder fünf Jahre her. Na ja, ein Kleinkind hat sie ja lange genug mit sich herumgeschleppt – selbst als es schon sechzehn war. Zumindest sah sie Don immer noch als ihr Baby an. Es ist ein Wunder, daß trotz allem so ein prächtiger Kerl aus ihm geworden ist, findest du nicht auch?«

»Ja, ja, da hast du schon recht, Dad, er ist schwer in Ordnung. Aber hast du auch an Stephen gedacht? Was soll aus ihm werden, wenn du wirklich ernst machst und nicht mehr zurückkommst? Er wird zeitlebens ein Kind bleiben. Bislang hast immer du dich um ihn gekümmert, aber wer würde es dann tun? Maggie kann man es nicht zumuten, ihn allein zu versorgen. Und was Mam mit ihm anstellen würde, weißt du nur zu gut. Sie hat ja oft genug damit gedroht.«

Daniel sprang plötzlich auf. »Hör auf, Joe, bitte hör auf! Solange ich lebe, kommt Stephen in kein Heim. Aber ich halte es in diesem Haus nicht mehr aus. Sieh dich doch nur um! Was soll denn nur dieser riesige Raum hier – er ist von oben bis unten vollgestellt mit Büchern, die außer dir kein Mensch auch nur ansieht. Der reine Prunk, und nichts dahinter! Achtundzwanzig Zimmer und dazu noch dein altes Häuschen. Ställe für acht Pferde, aber wir haben nicht einmal einen Hund, weil sie Hunde nicht ausstehen kann. Ein Wunder, daß ihr Katzen nicht zuviel sind. Sechs Morgen Land und das Haus für Lily und Bill. Und wozu das alles? Damit wir fünf Leute für uns arbeiten lassen können? Damit jeder von uns seinen Diener hat? Ich lebe seit fünfzehn Jahren in diesem Haus. Gekauft habe ich es vor siebzehn Jahren, weil es spottbillig war. Eine Bombe war in der Nähe explodiert, und eine Zeitlang hatten Soldaten darin gehaust. Die Eigentümer waren froh, als sie es los waren. Merkwürdig ist es trotzdem. Die konnten ihre Ahnen bis ins siebzehnte Jahrhundert zurückverfolgen, doch sie waren bereit, ihr Anwesen an einen Emporkömmling zu verramschen, der Dinge produziert, mit denen man Menschen umbringen kann.« Er hatte sich nun in Fahrt geredet. »Ganz richtig, so habe ich es immer gesehen. Als Dad und Jane Broderick kurz vor Kriegsende bei der Explosion in der Fabrik ums Leben kamen, hielt ich das für eine Art Vergeltungsschlag des Schicksals. Irgendwie habe ich das immer als eine verdiente Strafe angesehen. Genauso hatte ich bei diesem Haus kein gutes Gefühl, von Anfang an nicht. Aber damals sagte ich mir: Das mußt du kaufen! Darum kann ich auch deiner Mutter keinen Vorwurf machen. Sie war genauso scharf auf das Haus. Und als wir einzogen, steckte sie ein ganzes Vermögen in die Einrichtung. Eins muß man ihr ja lassen, Geschmack hat sie. Trotzdem habe ich das Gefühl, daß es ein verwunschenes Haus ist. Komisch, nicht wahr? Aber es hat was gegen mich.«

»Das bildest du dir jetzt nur ein!« protestierte Joe.

»Es mag mich wirklich nicht. Für solche Dinge habe ich einen siebten Sinn, ich spüre sie einfach. Ich bin hier eingedrungen, obwohl ich kein Recht dazu hatte. Wir alle sind im Grunde Störenfriede. Na ja, seit dem Krieg ist es vorbei mit den alten Traditionen. Keiner ist besser, nur weil er aus einer Adelsfamilie stammt. Andererseits gibt es nun einmal Orte wie eben diese alten Herrenhäuser, die einen ständig darin erinnern, daß man seinen Platz anderswo hat. Ich gehöre nicht hierher, Joe.«

Zum erstenmal huschte ein Lächeln über Daniels Gesicht. Er sah wieder zum Fenster hinaus. »Erinnerst du dich noch an unser erstes eigenes Häuschen am Fuß des Brampton Hill? Es war so richtig gemütlich. Der Garten war nicht weniger schön als der hier, und er hatte den Vorteil, daß man sich darin nicht verlief.«

Sein Adoptivsohn nickte. »O ja, ich erinnere mich noch genau.«

»Und trotzdem gefällt dir dieser Palast?«

»Doch, ja. Ich habe mich hier immer wohlgefühlt. Aber ich glaube, ich weiß, was du meinst. In einem täuschst du dich aber: Denn Dad, im Grunde hast du doch Glück. Um das alles hier in Schuß zu halten, kommst du mit fünf Angestellten aus. Die Blackburns dagegen brauchten damals allein schon zwölf Leute für das Haus, und sie hatten auch nur drei Söhne und eine Tochter.«

»Ja, ja, richtig, drei Söhne. Sie sind alle im Krieg gefallen.«

»Ach, Dad, schau doch wieder ein bißchen fröhlicher drein.« Joe boxte ihm kameradschaftlich in die Rippen. »Soll ich dir was sagen? Du gehst jetzt zu Don rüber und fragst ihn ganz einfach, ob er noch ›unbefleckt‹ ist. Was meinst du, wie entgeistert er dich anglotzen wird?«

Weil Joe sich vor Lachen bog, fing nun auch Daniel an zu schmunzeln. »Die Frau hat nicht alle Tassen im Schrank, sag' ich dir. Was die sich alles einbildet... Aber sag mal, glaubst du, daß er noch eine Jungfrau ist?«

»Keine Ahnung. Andererseits könnte ich es mir ganz gut vorstellen.«

»Dann weißt du mehr als ich. Wo steckt er überhaupt?«

»Zuletzt habe ich ihn im Billardzimmer gesehen. Er versucht mal wieder sein Glück und spielt gegen Stephen. Soweit ich das mitgekriegt habe, war er auf der Verliererstraße, wie immer. Aber er versteht sich prächtig mit dem Kerl.«

»Das stimmt. Das ist ja auch so ein wunder Punkt, über den sie einfach nicht hinwegkommt: daß ihr kleines Lamm immer Zeit für ihren zurückgebliebenen Erstgeborenen findet und nicht rund um die Uhr um sie herumtanzt. Kommt, gehen wir gemeinsam rüber.«

Stephen und Daniel spielten noch immer eifrig Billard, als die zwei eintraten.

»Dachte ich mir doch, daß ich euch hier antreffen würde!« rief Joe schon in der Tür. »Was seid ihr nur für Kindskopfe! Ihr verschmiert euch über und über mit Kreide und habt wohl ganz vergessen, daß wir in einer halben Stunde Besuch erwarten.«

»Joe! Joe! Ich hab' ihn geschlagen! Ganz ehrlich!«

Joe ging auf einen etwa dreißigjährigen Mann zu, der fast so groß und gut gewachsen war, wie er; doch das Gesicht unter dem buschigen schwarzen Haar hätte einem kleinen

Jungen gehören können, einem hübschen kleinen Jungen. Daß etwas mit ihm nicht in Ordnung war, verrieten seine Augen. Sie waren blau wie die seines Vaters, doch war sein Blick verschwommen und unstet. Kurzfristig konnte er etwas Fixieren, und in solchen Momenten suchte sein Verstand wohl nach etwas, bekam es aber nur für einen Augenblick zu fassen, ehe es sich wieder verflüchtigte.

»Ich... ich hab' sieben Punkte nacheinander gemacht und er keinen einzigen! Stimmt doch, oder, Don?«

»Ja, ja, das stimmt schon. Ich hatte nicht den Hauch einer Chance.«

»Keinen einzigen Punkt, Don?« rief Daniel. »Dann bist du ja schlechter geworden!«

»Na ja, er ist halt zu gut für mich. Das ist einfach nicht fair.«

»Ich... ich laß dich das nächste Mal gewinnen, Don. O ja! Du darfst das nächste Mal gewinnen, das versprech' ich dir.«

»Ich werde dich daran erinnern.«

»O ja! Tu das, Don!«

Stephen fuhr sich unvermittelt mit der Hand zum Hals und zerrte dort an seiner Fliege herum. »Die tut mir weh, Dad.«

»Unsinn.« Daniel ging zu ihm hinüber und rückte sie wieder zurecht.

»Dad?«

»Ja, Stephen.«

»Darf ich zu Maggie in die Küche?«

»Du weißt doch, daß Maggie das Essen kochen muß.«

»Na gut, dann geh' ich eben zu Lily.«

»Aber doch nicht jetzt, Stephen. Muß ich dir das jedesmal aufs neue sagen? Ist doch gar nicht so schwer: Du begrüßt Mr. und Mrs. Preston sowie Mrs. Bowbent und natürlich auch Tante und Onkel Allison und Annie... Annette. Wenn das vorbei ist und du dich ein bißchen mit Annette unterhalten hast, darfst du in dein Zimmer. Lily bringt dir dann bald dein Essen.«

Daniel wandte sich ab und ging zum Kamin, um das Feuer nachzuschüren. Von hinten trat Don an ihn heran.

»Dad? Laß ihn gleich nach oben gehen. Ihm ist vorhin wieder ein Mißgeschick passiert.«

»Schlimm?«

»Nur ein bißchen naß. Aber er ist völlig durcheinander. Du weißt doch selbst, daß er mit so vielen Menschen überfordert ist. Ich verstehe nicht, warum du ihm das nicht ersparst.«

»Den Grund kennst du sehr wohl, Don«, erwiderte Daniel und schob ein Scheit in die Flammen. »Ich werde meinen Sohn nicht wie einen Idioten verstecken – ganz einfach, weil er kein Idiot ist, Punkt.«

»Aber für ihn ist es doch eine Qual. Erspar es ihm wenigstens dieses Mal. Mam würde sich nur wieder aufregen, wenn er ausgerechnet heute mit nassen Hosen daherkäme. Es ist ja schon einmal geschehen.«

»Das ist aber schon lange her. Seitdem hat er viel dazugelernt.«

»Dad, bitte.«

Vater und Sohn sahen einander vorwurfsvoll an. Eine Weile fiel kein Wort mehr. Nur im Hintergrund war Joes Stimme zu hören. Er lenkte Stephen mit einer Erzählung ab, so daß sie auf den Behinderten keine Rücksicht zu nehmen brauchten.

»Betrachte es als eine Art Hochzeitsgeschenk für mich«, brummte Don schließlich.

»Ach, reicht dir nicht, was du bekommen hast?«

»Ob es mir nicht ›reicht‹? Du weißt doch, wie ich mich freue. Ich kann's nur noch nicht fassen. Ein ganzes Haus für uns zwei allein, und noch dazu…« Er hielt inne, um mit gesenkter Stimme fortzufahren: »… eins, das so weit weg ist.«

»Richtig, mein Junge, ihr werdet dort eure Ruhe haben. Aber eines darfst du bitte nie vergessen. Ich mahne nicht gern, aber es muß doch gesagt werden. Brech nicht alle Brücken hinter dir ab. Lade sie öfter zu euch ein und komm sie besuchen, so oft du kannst.«

»Versprochen, Dad. Aber da wäre noch etwas, das ich dir ganz allein sagen möchte. Danke für alles, Dad. Danke, daß du mich da durchgebracht hast.«

Er mußte ihm nicht erklären, was er damit meinte. Daniel verstand die Andeutung auf Anhieb. Er wandte sich um und ging mit schnellen Schritten zu Stephen hinüber. »Also gut. Du hast wieder mal gewonnen. Du bist nicht nur der beste Billardspieler weit und breit, du schaffst es immer wieder auch, mich um den kleinen Finger zu wickeln. Wenn du willst, kannst du in dein Zimmer gehen. Ich sage nur noch Lily Bescheid, dann kommt sie zu dir nach oben.«

»Das kann warten, Dad.« Joe legte einen Arm um Stephens Schulter. »Erst müssen wir zwei was klarstellen. Der Kerl will doch glatt Sunderland gegen Newcastle unterstützen. Habt ihr so was schon mal gehört? Beim Fußball hört der Spaß auf! Los, Stephen, sei ein Mann und stell dich!«

Die beiden Männer verließen den Raum. Im Gehen legte Stephen einen Arm um Joes Hüfte und versuchte, seinem Adoptivbruder ein Bein zu stellen. Aus seiner Kehle kam ein glückliches Gurgeln.

Obwohl Daniel und Don nun endlich allein waren und ungestört sprechen konnten, schienen sich Vater und Sohn auf einmal nichts mehr zu sagen zu haben. »Hast du Lust auf eine Partie Billard, Dad?« schlug Don vor. »Wir haben ja noch eine Viertelstunde Zeit.«

»Nein, danke, Don. Ich schaue lieber kurz in der Küche vorbei. Maggie soll ein paar Bissen für Stephen abzweigen und nach oben schicken.« Daniel wandte sich hastig ab und ließ seinen Sohn allein.

Eine mit grünem Filz bespannte Tür führte in den weitläufigen Küchentrakt. Dort hatte Daniel die modernsten Geräte einbauen lassen, ansonsten aber alles beim alten gelassen. So stand ein moderner Herd einem offenen Kamin und einem alten Steinbackofen gegenüber, in dem nach wie vor ein hervorragendes Brot gebacken wurde. Für eine behagliche Atmosphäre sorgten ein langer Holztisch in der Mitte des Raumes, ein mit Steingut beladenes Regal sowie das Fenster mit Blick auf die Stallungen. Zudem gab es eine geräumige, mit Marmor gekachelte Speisekammer und einen Raum, in dem das Brennholz gelagert wurde. Von dort gelangte man in einen vor nicht allzu langer Zeit fertiggestellten Anbau mit großen Glasfenstern.

In der Küche wurde heute Schwerstarbeit geleistet. Maggie Doherty, die siebenunddreißigjährige Köchin, belegte einen selbstgebackenen Tortenboden mit halbierten Kirschen und Erdbeeren. Die Sahne hatte sie schon vorher mit einer Spritzdüse kunstvoll verteilt. Bei Daniels Eintreten sah sie kurz auf. »Sie werden bald kommen.«

»Ja, ja richtig. Die kommen immer so pünktlich, daß man die Uhr danach stellen kann... Das sieht aber hübsch aus! Wenn es auch noch genauso gut schmeckt, kann nichts mehr schiefgehen.«

»Da bin ich ganz sicher. Ich habe eine halbe Flasche Sherry hineingegeben. Der Boden dürfte schön damit getränkt sein.«

»Wirklich? Nun, das braucht Madge Preston ja nicht zu wissen, oder? Du kennst sie ja!«

»Sag ihr einfach, das sei eine Gewürzmischung. Aber du kannst dir gar nicht vorstellen, wie viel besser so ein Kuchen schmeckt, wenn guter Sherry drin ist.«

»Doch, kann ich schon. Hmm, wie das riecht! Gibt es Ente?«

»Ja, mit der üblichen Füllung und ein paar kleinen Geheimnissen von mir.«

»Ich freue mich schon drauf. Und als Vorspeise?«

»Soupe Vichissoise.«

»Lecker!«

»Oder wahlweise Krabbencocktail.«

»Darauf wird sich Betty Broadbent stürzen, jede Wette.«

Unter seinen bewundernden Blicken arrangierte Maggie die letzten Kirschen. Als sie fertig war, erklärte er: »Ich habe Stephen auf sein Zimmer geschickt. Ihm ist heute wieder etwas danebengegangen, wie ich mir sagen lassen mußte. Könntest du ihm später ein bißchen von allem raufschicken?«

Maggie sah ihn mißbilligend an. »Warum du nur immer darauf bestehst, daß der Schein gewahrt bleibt, das weiß Gott allein. Fremde sind für ihn eine Belastung. Warum kannst du ihn dann nicht einfach in Frieden lassen?«

»Wie oft muß ich das denn noch sagen, Maggie? Es ist nur zu seinem Guten.«

Maggie stellte den Kuchen wortlos beiseite. Während sie sich die Hände wusch, taten ihm seine barschen Worte schon wieder leid. »Mein Gott, daß ich mich auch immer gleich so aufrege! Es ist auch so schon schwer genug für euch. Aber sei mir bitte nicht böse, Maggie. Vorhin hat sie mir wieder eine gräßliche Szene gemacht.«

Erneut sah sie zu ihm auf, doch diesmal war ihr Blick freundlich, verständnisvoll. »Ich weiß, daß du deinen Kindern ein guter Vater bist.« Sie wollte noch mehr sagen, doch in diesem Augenblick trat eine junge Frau in die Küche. Sofort änderte Maggie die Tonlage. »Peggie! Mach Master Stephen ein Tablett zurecht und bring es ihm rauf. Du weißt ja, was er am liebsten ißt. Und noch was... Habt ihr den Tisch richtig gedeckt?«

»Jawohl, Miß Doherty«, lispelte das Mädchen. »Lily ist gerade fertig geworden. Sieht aus wie ein richtiges Kunstwerk.«

»Na, wir werden ja gleich feststellen, ob ich derselben Meinung bin«, erwiderte Maggie, doch lächelte sie das Mädchen dabei an. Dann legte sie ihre weiße Schürze ab, strich sich das Haar glatt und verließ die Küche.

Daniel folgte ihr. Im Flur blieben sie stehen. Er drehte sie zu sich herum und beugte sich über sie. Ihr Gesicht war ansehnlich, wenn auch nicht aufregend schön. Die regelmäßigen Züge verrieten ein aufrichtiges, gütiges Wesen.

»Es tut mir leid, Maggie«, murmelte er. »Wie konnte ich mich nur so gehenlassen?«

»Sei doch nicht dumm. Nun warte ich schon so lange auf diesen Moment. Endlich ist es soweit, und ich komme mir überhaupt nicht unverschämt dabei vor, wenn ich so mit dir spreche.«

»Och, Maggie, du bist jetzt zwanzig Jahre bei uns. Ich war wie ein Vater zu dir...«

»Wie? Ich habe dich nie als Vater gesehen, Dan. Komisch« – sie lachte leise –, »daß ich dich ›Dan‹ nenne.«

»Du verläßt uns also nicht?«

»Nein.« Sie sah sich nervös um. Da niemand kam, fuhr sie fort: »Ich habe darüber nachgedacht, aber dann wurde mir klar, daß ich es nicht kann. Natürlich muß ich mich am Riemen reißen und darf mir nichts anmerken lassen, auch wenn es mir noch so schwerfällt. Oft genug wollte ich mich ja auf der Stelle umdrehen und für immer gehen, wenn sie mich so von oben herab abkanzelte. Am Anfang wußte ich gar nicht, warum ich es aushielt. Aber dann begriff ich es: Hier ist mein Platz. Aber daß ich zwanzig Jahre lang bleiben würde, hätte ich mir nie vorstellen können. Weißt du, zuerst dachte ich ja, Stephen sei der Grund – er war doch so hilflos und auf Liebe angewiesen. Na ja, das ist er immer noch, er braucht viel Zuwendung...«

»Das sehe ich nicht ganz so, Maggie.«

Sie wandte sich abrupt ab, doch er packte sie am Arm und wollte noch etwas sagen, aber sie kam ihm zuvor. »Morgen ist mein freier Tag. Wie Sie wissen, gehe ich da immer zu meiner Kusine Helen. Die Adresse kennen Sie ja: Bowick Road 42.« Sie zwinkerte ihm kurz zu, dann ließ sie ihn stehen.

2

Das Essen war ein voller Erfolg. Die Gäste bedankten sich überschwenglich bei Winifred und beglückwünschten sie zu ihrer Köchin.

Anschließend zogen die Frauen sich wie nach jedem Dinner in den Salon zurück, während die Männer im Eßzimmer bei einem Glas Portwein ihre Zigarren rauchten. Winifred hatte diese Sitte, die ja sonst nur in Adelskreisen üblich war, bei ihrem Einzug eingeführt. Am Anfang hatte Daniel darüber gespottet, es dann später aber unterlassen.

Annette Allison saß auf einem unbequemen Stuhl neben dem Flügel und beobachtete ihre Mutter, ihre zukünftige Schwiegermutter, Madge Preston, und Betty Bowbent. Unwillkürlich schickte sie ein stummes Stoßgebet zum Himmel: Bitte lieber Gott, laß nicht zu, daß ich so werde wie sie. Gewissensbisse verspürte sie wegen dieser Gedanken nicht, auch wenn es in der Bibel hieß, man solle Vater und Mutter ehren. Merkwürdig, sinnierte sie, seit dem fünften Lebensjahr hatte sie bei Klosterschwestern im Internat gelebt und war also mit derlei Predigten aufgewachsen. Dennoch hatte sie stets ihre eigenen Vorstellungen entwickelt.

Ihre Gedanken wanderten weiter zu Don. Ihr war klar, daß ihr heute keine fünf Minuten Alleinsein mit ihm vergönnt sein würden, denn nicht nur ihre Mutter, sondern auch Mrs. Coulson wachten mit Argusaugen über sie. Es war wie im Gefängnis. Beim Gedanken an Dons Mutter beschlich sie Angst vor der Zukunft. Als seine Ehefrau würde es ihr wohl schwerer fallen, ihre wahren Gefühle zu verbergen und bei den unvermeidbaren Meinungsverschiedenheiten zu schweigen.

Mittlerweile war Mrs. Bowbent auf Maria zu sprechen gekommen. Worauf ihre Mutter schnell das Thema wechselte und laut darüber nachdachte, ob man nicht auch gleich das Wetter für den nächsten Sonntag bestellen könnte. Das war die Gelegenheit, den Damen wenigstens für eine Weile zu entkommen. Annette stand hastig auf. »Ist es dir recht, wenn ich mal nach oben gehe und ein bißchen mit Stephen plaudere?« fragte sie ihre zukünftige Schwiegermutter.

Nach kurzem Zögern antwortete Winifred lächelnd: »Aber natürlich, Annette. Er wird sich bestimmt über deinen Besuch freuen.«

Die vier Frauen blickten Annette nach. Kaum hatte sich die Tür hinter ihr geschlossen, nahm Madge Preston einen neuerlichen Anlauf. »Warum sollen wir das Thema totschweigen, Janet? Sie weiß doch Bescheid. Im Grunde weiß jeder, was los ist.«

Janet Allison war entrüstet. »Das stimmt doch überhaupt nicht! Und was gehen diese Leute uns noch an. Sie sind ja weggezogen.«

»Richtig, aber erst als Marias dicker Bauch auch dem letzten ins Gesicht gesprungen war.«

»Pfui, Madge! Wie ordinär du bist!«

»Sei doch nicht so prüde, Janet. Was würdest du denn sagen, wenn Annette das gleiche passierte?«

Janet Allison sprang empört auf. »Diesmal bist du zu weit gegangen, Madge!«

»Bitte setz dich wieder, Janet, es tut mir leid.«

Winifred, die ihnen schweigend zugehört hatte, legte begütigend eine Hand auf Janets Arm. »Setz dich doch wieder, Janet, bitte. Wir wollen über etwas anderes sprechen. Es gibt weiß Gott erbaulichere Themen.« Sie bedachte Madge mit einem tadelnden Blick. In diesem Moment ging die Tür auf. »Ah, da kommen die Männer.« Sie ließ sich erleichtert zurücksinken. Mit mehr oder weniger sanfter Gewalt brachte sie Janet dazu, es ihr gleichzutun.

Im Gänsemarsch kamen die Ehemänner herein: Daniel, der rundliche John Preston, der hagere, immer ein bißchen blutarm wirkende Harry Bowbent und James Allison, der einen gewaltigen Schmerbauch vor sich herschob. Joe folgte ihnen mit etwas Verspätung.

Winifred winkte ihn zu sich. »Wo ist Don?« Im allgemeinen Stimmengewirr hörte niemand außer Joe die Frage.

»Don? Ach, er ist nur kurz zu Stephen gegangen, ihm eine gute Nacht wünschen.«

Sie mußte sich förmlich zwingen, nicht auf der Stelle nach dem Rechten zu sehen. Und als sie Janet Allisons zusammengekniffenen Augen bemerkte, wußte sie, daß ihre zukünftige Schwägerin dasselbe dachte wie sie.

Im zweiten Stock standen Don und Annette eng umschlungen in Stephens Spielzimmer und küßten sich. Als ihre Lippen sich trennten, raunte Don ihr ins Ohr: »Ohne dich kann ich keine Minute länger leben.«

»Mir geht es nicht anders«, erwiderte sie schlicht. »Vor allem jetzt nicht mehr, seit ich Gewißheit habe.«

»Ja, vor allem jetzt.« Er nahm ihren Kopf zärtlich zwischen beide Hände. »Kannst du dir vorstellen, daß es auf der ganzen Welt noch so ein Paar gibt mit Müttern, wie es unsere sind?«

»Nein. Aber manchmal plagen mich schreckliche Schuldgefühle. Du hast ja noch Glück, hinter dir steht wenigstens dein Vater. Ich dagegen muß gegen alle beide ankämpfen. Soll ich dir sagen, warum sie mich heute ausnahmsweise gehen ließ? Weil die Damen wieder mal über Maria Tollett diskutierten. Und das Thema ist natürlich viel zu schmutzig für ein unschuldiges Mädchen wie mich. Die arme Maria! Mein Gott, wie war sie früher doch schüchtern! Einigen Mädchen hätte ich so etwas zugetraut, aber nie und nimmer Maria. Aber dann ist es ihr passiert, und ihre Familie mußte sie in eine andere Stadt schicken – wegen der Schande. Ich glaubte immer, jetzt, wo wir die fünfziger Jahre endlich hinter uns haben, wäre so etwas nicht mehr möglich. Aber wenn das so weitergeht, und Leute wie deine oder meine werte Frau Mama nicht dazulernen, werden diese alten Zöpfe auch zur Jahrtausendwende nicht abgeschnitten sein.«

Sie drückte sich mit aller Kraft an ihn: »O Gott, wenn doch schon Samstag wäre!«

»Es wird ja alles gut, Liebes. Denk nur an die drei Wochen in Italien! Nur du und ich! Na gut, wir müssen natürlich zum Papst gehen, aber das ist ja nur ein Tag.«

Er spürte, wie ihr Körper zu zittern anfing, hörte sie an seiner Schulter kichern. Auch er konnte ein Lachen nur mit Mühe unterdrücken. »Pssst! Pssst. Wenn unsere Mütter das hören, kommen sie die Treppe raufgesprintet.«

Sie sah zu ihm auf. Tränen standen in ihren Augen. Sie biß sich auf die Lippen, um nicht loszuplatzen. Schließlich brachte sie hervor: »Ich habe ihnen hoch und heilig versprechen müssen, daß wir jeden Morgen zur Messe in den Vatikan gehen... du und ich gemeinsam.«

»Nein!«

»Doch!«

»Hast du ihnen nicht gesagt, daß der Papst uns gern haben kann und wir lieber bis Mittag im Bett bleiben und uns aneinander kuscheln?«

»O Don!« kicherte sie.

»Hör doch!« Er löste sich sanft von ihr. »Da kommt jemand. Ich verschwinde lieber in Stephens Zimmer und sehe nach, ob er schon schläft, und du gehst schon mal die Treppe runter.« Doch unvermittelt überlegte er es sich anders und legte einen Arm um ihre Hüfte. »O nein! Nein! Wir spielen keine Komödie mehr. Irgendwann muß Schluß sein. Wenn ich einen Funken Verstand gehabt hätte, hätte ich ihnen viel früher gesagt, was los ist.«

Sie setzten sich mit trotziger Miene in Bewegung, als Joe ihnen entgegenkam. »Gleich schicken sie einen Suchtrupp. Beeilt euch mal lieber. Unten herrscht Aufbruchsstimmung. Sie begutachten noch die Geschenke, aber die Stimmung ist auf den Nullpunkt gesunken. Sag mal, Annette, hat es einen Streit gegeben?«

Sie schüttelte den Kopf. »Es ging nur um Maria Tollett. Und da habe ich die Gelegenheit beim Schopfe ergriffen und bin gegangen. Ich nehme an, daß sie während meiner Abwesenheit kein Blatt mehr vor den Mund genommen und kein gutes Haar an ihr gelassen haben. Das dürfte allerdings Mrs. Preston gegen den Strich gegangen sein, weil sie doch mit den Tolletts eng befreundet ist.«

»Ach so... Hört trotzdem lieber auf meinen Rat und schaut ein bißchen ernster drein. Unten herrscht dicke Luft. Wenn ihr so Arm in Arm daherkommt, ist der Ofen endgültig aus.«

Lachend ließen sie sich von ihm die Treppe hinunter scheuchen. »Bald ist Samstag«, raunte Don Annette ins Ohr, und sie flüsterte: »Amen! Amen!« Keiner ahnte, daß Joe, ihr Freund und Verbündeter, den Samstag mindestens ebenso inbrünstig herbeisehnte wie sie.

Es war kurz vor elf. Im ganzen Haus herrschte Stille. Winifred hatte sich in ihr Zimmer zurückgezogen, und auch Joe und Stephen lagen bereits im Bett. Nachdem Lily und Peggie ihm eine gute Nacht gewünscht hatten, rumorte nur noch Maggie in der Küche herum. Daniel wußte, daß er bei ihr jederzeit willkommen war. Und diese Stunden des Alleinseins mit ihr taten ihm so unendlich wohl. Doch heute verzichtete er darauf, denn er war zu aufgewühlt. Er wußte genau, wohin es geführt hätte, wenn er sich jetzt hätte gehen lassen – das Klima im Haus wäre vollends unerträglich geworden, weil er seine Gefühle einfach nicht verbergen konnte.

Müde war Daniel noch nicht. Er war ein Nachtmensch, der erst so richtig aufdrehte, wenn die anderen ins Bett gingen. Schwierigkeiten hatte er dagegen regelmäßig am Morgen. Da kam er nur schwer aus den Federn.

Er zog sich einen Mantel an und ging leise aus dem Haus. Es war kühl geworden. Der Herbst und mit ihm die langen, kalten Nächte standen bevor. Daniel hing seinen Gedanken nach. War sein bisheriges Leben nicht auch eine lange, kalte Nacht gewesen? Doch jetzt sah er in der Ferne ein Licht flackern. Wie er sich danach sehnte, sich an diesem Feuer zu wärmen! Gleichzeitig schämte er sich deswegen.

Langsam ging er die Auffahrt hinunter. Unten beim Tor brannten noch die Lampen. Das bedeutete, daß Lily und Bill, ihr Mann, noch auf waren.

Als er an ihrem Häuschen vorbeikam, stürzte plötzlich Bill zur Tür heraus. »Ach, Sie sind's, Sir. Sie haben mir ja einen schönen Schrecken eingejagt. Ich dachte schon, es wäre ein Einbrecher.«

»Ich wollte nur ein bißchen frische Luft schnappen, Bill.«

»Ihre Gäste sind früh gegangen, nicht wahr?«

»Stimmt, sie hatten heute wohl nicht soviel Sitzfleisch. Es ist kühl geworden, finden Sie nicht auch? Wir müssen uns auf einen frühen Winter einstellen.«

»Sieht ganz danach aus, Sir. Ich selbst mag den Winter ja ganz gern. Für mich gibt es nichts Schöneres, als die Füße auf den Ofen zu legen, eine Pfeife anzuzünden und ein gutes Buch zu lesen. Im Sommer finde ich irgendwie nie die nötige Ruhe.«

»Stimmt, da haben Sie recht. Jede Jahreszeit hat wohl ihre Vorzüge.«

Schweigend gingen sie gemeinsam zum Eisentor, um es für die Nacht zu verriegeln. Es wirkte recht imposant mit seinen zwei Flügeln und den massiven elektrischen Laternen oben auf den Steinsäulen zu beiden Seiten. Kurz davor blieb Bill stehen. »Ich muß Ihnen etwas sagen, Sir...« Er druckste herum. »Heute mußte ich wieder in die Dale Street fahren.«

Daniel musterte sein Gegenüber mit regungsloser Miene. »Fahren Sie oft dorthin?« fragte er schließlich ganz leise.

»Dreimal bisher. Aber erst heute habe ich kapiert, warum sie mich dorthinschickt. Ich sollte rausfinden, ob Sie dort sind.«

»Wann sind Sie denn die anderen zwei Male hingefahren.«

»Letzte Woche.«

»War das alles? Oder mußten Sie noch... woandershin fahren?«

»Das war alles, aber sie hat mich dann ausgefragt.«

Daniel starrte auf die Felder hinaus, auf die der Lichtschein der Laternen fiel. Würde sie denn nie Ruhe geben? Wie unwohl sich doch dieser Mann in seiner Haut fühlen mußte. Da saß er zwischen zwei Stühlen, hatte einerseits die

Launen seiner Herrin über sich ergehen zu lassen, und hielt doch stets seinem Brötchengeber treu die Stange.

»Danke, Bill«, murmelte Daniel mit belegter Stimme.

»Keine Ursache, Sir.«

Daniel wollte gerade umkehren und zum Haus zurückgehen, da hörte er einen Wagen heranrattern. Die Klapperkiste hätte er unter Hunderten erkannt, und als sie vor dem Tor anhielt, trat er sogleich darauf zu. »So spät am Abend noch unterwegs, Herr Pfarrer?«

»Ach, die üblichen Geschäfte«, brummelte Father Ramshaw. »Hatten Sie Gäste?« Er deutete auf die Laternen.

»Sind schon alle weg. Wollen Sie auf einen Drink reinkommen?«

»Jetzt, wo Sie's sagen, bekomme ich richtig Durst. Dabei habe ich mich vor ein paar Minuten nur noch auf mein Bett gefreut.«

»Bill!« rief Daniel seinem Angestellten zu. »Sie brauchen unseretwegen nicht aufzubleiben. Ich lösche die Lichter später selbst. Gute Nacht.«

»Gute Nacht, Sir!« rief Bill seinem Arbeitgeber nach, der nun zu Father Ramshaw in den Wagen stieg.

»Wen haben Sie denn heute besucht, Father? Ein dringender Fall?«

»Tommy Killbride.«

»Nicht schon wieder! Der Kerl ist doch ein Hypochonder!«

»Das war er mal, aber diesmal bildet er sich nichts ein. Auch wenn er es noch nicht ahnt, in spätestens zwei Tagen ist es vorbei mit ihm. Und ob Sie's mir glauben oder nicht – keiner wird so überrascht sein wie er selbst. Ich sehe ihn schon an der Himmelspforte reklamieren: ›Da muß ein Irrtum vorliegen! Ich habe nichts als eine übersteigerte Phantasie. Vierzig Jahre lang haben sie mir das immer vorgehalten. So viele Menschen können sich doch nicht getäuscht haben. Laßt mich wieder zurückgehen!‹ Wissen Sie, Daniel, das Leben spielt einem schon die eigenartigsten Streiche. Er hat sich so ziemlich jede Krankheit dieser Welt eingebildet, nur diese eine nicht, die so unvermutet dahergeschlichen kam. Er tut mir aufrichtig leid. Aber daß der Tod ihn so überrumpeln wird, das hat er sich selbst zuzuschreiben!«

»Ach, Father!« lachte Daniel. »Wetten, daß Sie am liebsten dabei sein würden, wenn er da oben ankommt, nur um sein Gesicht zu sehen...? Was anderes: Geht noch immer dieses unsägliche Klappergestell von Rosie bei Ihnen ein und aus? Wenn Sie die nicht bald rauswerfen, sind Sie der nächste, der vor dem Jüngsten Gericht landet.«

»Ich habe nicht vor, Rosie rauszuwerfen. Sie ist eine Freundin, und ich will nicht, daß Sie über sie herziehen. Oder sollen wir Menschen links liegenlassen, nur weil ihre Knochen nicht mehr mitmachen und sie verbittert sind? Unterhalten wir uns lieber über die schönen Dinge. Sie hatten doch eine Party heute abend. Wie ist sie gelaufen?«

»Wie immer.«

»Na, Sie werden froh sein, wenn es am Samstag endlich ausgestanden ist.«

»Sie haben den Nagel auf den Kopf getroffen, Father. Nichts wünsche ich mir sehnlicher.«

Wenige Minuten später saßen sie in der Bibliothek. Im Kamin prasselte ein Feuer, und auf dem Tisch zwischen ihnen standen eine Karaffe mit Whisky, eine Flasche Brandy, ein Krug Wasser und zwei Gläser.

Daniel deutete auf die Flasche. »Ich könnte mir vorstellen, daß Sie vielleicht mal was Neues ausprobieren wollen. Ich weiß schon, Sie stehen nicht auf Brandy, aber der hier ist etwas Besonderes; ein Geschenk von einem guten Kunden. Er ist über vierzig Jahre alt und zergeht einem richtig auf der Zunge. Der Geschmack ist unvergleichlich.«

Er schenkte ein und reichte dem Pfarrer ein Glas. Der nippte daran und zog beim Herhunterschlucken die Augenbrauen anerkennend hoch.

»Alle Wetter! Wie Sie gesagt haben, er zergeht einem auf der Zunge. Trotzdem bleibe ich lieber beim Whisky. Wenn ich noch mehr davon trinke, schmeckt mir bald nichts anderes mehr, und Sie wollen bestimmt nicht, daß ich meine Sammelbüchse für die Armen plündere.« Er räkelte sich genüßlich in seinem Sessel. »Sie haben ein wunderschönes Haus, wissen Sie das? Ich erinnere mich noch gut an meinen ersten Besuch hier. Ich war damals frisch nach Fellburn versetzt worden. Die Blackburns waren strenggläubige Katholiken. Alles, was im entferntesten mit Alkohol zu tun hatte, war bei ihnen verpönt. Das höchste der Gefühle war eine Tasse Tee oder Kaffee. Und das, was sie einem vorsetzten, schmeckte immer nach Wasser. Natürlich lebte man damals von der Hand in den Mund. Es kostet viel Geld, wenigstens den äußeren Schein aufrechtzuerhalten, vor allem, wenn man eine Schwäche für Pferde hat...«

»Sie sagen mir nichts Neues, Father. Auch ohne Pferde ist das Leben teuer genug.«

»Ach ja, wissen Sie, man kommt halt so ins Plaudern. Apropos Leben, wie sieht's denn jetzt so in Ihrem Leben aus?«

»Schlimmer könnte es kaum laufen, Father.«

»So schlimm? Wollen Sie's mir erzählen?«

»So spät am Abend möchten Sie doch bestimmt keine Beichte mehr hören, oder? Beim alten Tommy hatten Sie vorhin garantiert Schwerstarbeit zu verrichten, und es wird wohl nicht die erste Beichte heute gewesen sein.«

»Wenn Leute beichten wollen, habe ich immer ein offenes Ohr. Aber es muß ja nichts Offizielles sein. Wir können auch so in aller Ruhe miteinander plaudern. Was liegt Ihnen denn auf dem Herzen? Sind neue Probleme dazugekommen? Sie waren ja schon lange nicht mehr bei mir.«

Wie immer, wenn Sorgen ihn bedrückten, beugte Daniel sich vor, legte die Arme auf die Oberschenkel und verhakte die Finger mit solcher Kraft ineinander, daß es ihm fast weh tat. Den Blick auf das Feuer gerichtet, murmelte er: »Ich habe ein Verhältnis mit einer Frau.«

»Mein Gott, sagen Sie mir lieber etwas, wovon ich nichts weiß!«

Endlich blickte Daniel dem Pfarrer wieder in die Augen. »Sie ist nicht von der Sorte, wie Sie jetzt meinen.«

»Mit was für einer Sorte Frauen läßt man sich denn ein?«

»Es gibt auch anständige Frauen, Father.«

»Sagen Sie bloß, Sie wollen einen vierundsechzigjährigen Priester aufklären, Daniel! Sie scheinen vergessen zu haben, daß auch wir Männer sind und einige von uns nicht von Anfang an Pfarrer waren. Ich zum Beispiel habe mein Gelübde erst mit fünfundzwanzig Jahren abgelegt.«

Daniel lächelte leicht. »Wie konnten Sie nur, Father, wenn Sie schon so gut über das Leben Bescheid wußten?«

»Weil Er mich nicht mehr in Frieden ließ. Mit zwanzig hätte ich fast vor dem Traualtar gestanden, aber Er hatte da ein gewichtiges Wörtchen mitzureden. Der Vater des Mädchens wollte mich grün und blau schlagen, und ihr Bruder drohte damit, mir beide Füße zu brechen, wenn ich wegrannte. Aber ich rannte so schnell ich konnte. Offen gesagt, tue ich das in Gedanken noch immer – na ja, in jüngster Zeit eigentlich kaum noch. Trotzdem ist vor nicht allzu vielen Jahren ein bestimmter Priester mit zitternden Knien zum Bischof in den Beichtstuhl gewankt. Mir war nämlich beigebracht worden, daß man mit Gedanken genauso sündigt wie mit Taten. Natürlich verschaffen einem erstere nicht annähernd soviel Befriedigung.«

Daniel prustete los. »Father«, ächzte er, als er sich wieder beruhigt hatte, »ich glaube Ihnen kein Wort.«

»Das ist ja das Schlimme. Da sage ich mal was im Ernst, und keiner glaubt mir. Aber Sie kennen doch auch das Sprichwort: Vieles wird im Scherz gesagt und ist doch ernst gemeint. Und jeder meiner Späße enthält einen wahren Kern. Sie können es mir ruhig glauben. Was ich Ihnen gerade gestanden habe, ist die heilige Wahrheit. Wie dem auch sei, wer ist denn die anständige Frau, die Ihnen solche Kopfschmerzen bereitet? Kenne ich sie?«

Daniel zögerte. »Es ist Maggie.«

»O nein! Nicht *Maggie*!«

»Doch, Father. Verstehen Sie jetzt, warum das etwas anderes ist?«

»Nun ja, es hat so kommen müssen.«

»Wie meinen Sie das?« Daniel rutschte unruhig auf seiner Couch hin und her. Sein Blick war wieder auf das Feuer gerichtet.

»So, wie ich es gesagt habe. Sie ist all die Jahre bei Ihnen geblieben. Warum, glauben Sie denn, hat sie es so lange unter Winifred ausgehalten? Ich sage Ihnen eins: Es ist schlimm genug für einen Mann, mit einer Xanthippe zu leben. Aber für eine Frau ist es noch viel schlimmer. Vor allem, wenn sie einen Drachen wie Winifred zu ertragen hat. Und gerade sie rennt jeden Tag in die Kirche... Wissen Sie, Frömmigkeit ist ja eine schöne Sache, aber Gott verlangt bestimmt nicht diese extreme Hingabe. Krankhafte Bigotterie ist das meiner Meinung nach. Ich kann Ihnen noch ein paar andere Beispiele aus unserer Pfarrei nennen. Annettes Mutter zum Beispiel. Sie wissen ja selbst, wie sie ist. Und bei ihrem Vater würde ich ohne zu zögern von einer Zwangsvorstellung sprechen. Man sollte in allem Maß halten, auch im Glauben. Wir Katholiken haben weiß Gott genügend Fehler. Der schlimmste – und diese Erfahrung habe ich immer wieder machen müssen – liegt in unserer Selbstüberschätzung. Wir bilden uns ein, der allmächtige Gott hätte uns auserwählt. Wenn wir das nur aus unseren Köpfen kriegen könnten, dann hätten wir fast so etwas wie den vollkommenen Glauben. Aber das darf ich nicht laut sagen, sonst werde ich noch wegen Ketzerei exkommuniziert. Andererseits gibt es keine andere Glaubensgemeinschaft, die so nachgiebig oder tolerant ist wie die der Katholiken. Wo drücken die Priester sonst beide Augen zu, wenn ein Mann am Freitag abend seinen Lohn versäuft, daraufhin seine Frau prügelt, am Samstag zur Beichte geht, am Sonntag die Heilige Kommunion empfängt und sich gleich danach im Club wieder einen antrinkt? Ich sage Ihnen eins: Von Gottes Geschöpfen sind wir die tolerantesten, aber gerade aus diesem Grund sollten wir auch jedes Übermaß vermeiden.«

»Schade, daß Sie damals Winnie nicht überzeugen konnten.«

»Ich habe es versucht, mein Lieber. Und auch heute rede ich mit Engelszungen auf sie und ihresgleichen ein. Die nehmen mich aber überhaupt wahr! Sie schalten die Ohren auf Durchzug, sobald ich den Mund aufmache. Aber lassen Sie mal Father Cody von den Höllenfeuern predigen. Da sinken sie auf die Knie und rufen Amen! Glauben Sie's mir ruhig, Daniel, es gibt schlimmere Dornen im Fleisch als Frauen. Warum, um alles in der Welt, hat der Bischof nur diesen Eisenfresser zu mir geschickt? Ich fürchte, das war kein Zufall. In Fellburn soll mehr Disziplin herrschen. Befehl von oben, verstehen Sie? Die Leute, oder vielmehr dieser Trottel von Father Ramshaw haben anscheinend ganz vergessen, daß es einen Teufel gibt. Die Toten sollen ab sofort wieder in einer Folterkammer auf glühenden Kohlen sitzen. Es darf kein Wartezimmer mehr geben, in dem sie über ihr Leben nachdenken und vielleicht ihre Missetaten oder Sünden, wenn Ihnen das Wort lieber ist, bereuen. Ach Gott, was schleppen wir nur für Ballast mit uns herum! Ich finde, wer Nächstenliebe praktiziert, braucht keine Hölle zu fürchten. Sie werden sich erinnern, daß ich das meinen Schäfchen mehr als einmal gepredigt habe... Na ja, weshalb ereifere ich mich darüber? Zurück zu Maggie: Warum ist das nach so vielen Jahren passiert?«

Daniel beugte sich erneut weit vor. Mit leiser Stimme erklärte er: »Es war ein Tag wie jeder andere. Maggie hatte frei, und ich nahm sie mit in die Stadt. Ob Sie's glauben oder nicht, es war das erste Mal, daß wir zwei allein im Auto saßen. Früher, als sie Stephen mit zu ihrer Cousine nahm, da brachte ich die beiden immer hin. Na gut, wir fuhren zusammen durch die Stadt, da lud sie mich ein mitzukommen. Sie wirkte plötzlich ganz anders auf mich. Und während Maggie so redete, betrachtete ich sie. Diese Frau, die seit zwanzig Jahren in meinem Haus lebte, war voller Güte und Lebendigkeit, und in diesem Moment erkannte ich, daß ich sie nicht nur haben wollte, sondern daß ich sie liebte. So einfach ist das. Anscheinend hegte sie ähnliche Gefühle für mich, auch wenn sie mir das nie gezeigt hatte. Was soll ich nur tun, Father?«

»Hmm, was können Sie denn tun? Wenn ich Ihnen sage, lassen Sie ab von ihr, werden Sie erwidern: ›Wie soll das gehen – in ein und demselben Haus?‹ Aber was geschieht, wenn ich Ihnen die Folgen ausmale, falls Ihre Frau davon

Wind bekommt? Die Hölle wird sie Ihnen heiß machen, und dann möchte ich nicht in Ihrer Haut stecken.«

»Ich möchte Winnie verlassen, Father. Sobald Don verheiratet ist und sie ihn nicht mehr vereinnahmen kann, will ich gehen.« Er richtete sich auf und begegnete dem Blick des Pfarrers. »Und Stephen und natürlich Maggie werde ich mitnehmen. Ich habe lange darüber nachgedacht. Ich sage das nicht so dahin.«

»Das geht nicht, Mann. Sie wird Sie nie in Ruhe lassen. Oder haben Sie vergessen, was das letzte oder das vorletzte Mal geschehen ist? Es käme noch schlimmer. Ihre Frau würde alle Energien mobilisieren, um Sie zu treffen. Wenn Don aus dem Haus ist, hat sie nicht mehr viel, wofür es sich lohnt zu leben. Mir ist ohnehin ein Rätsel, warum sie die Hochzeit nicht verhindert hat.«

»Tja, den Grund kann ich Ihnen verraten: Ich habe das Ganze in die Wege geleitet.«

»Wirklich? Eigentlich hätte ich mir ja denken können, daß Sie die Hände im Spiel hatten; denn freiwillig gäbe sie die Zügel nie aus der Hand. Ich erinnere mich noch gut daran, wie sie Don früher bei jedem Wetter auf dem Fußballplatz zusah. Nach dem Spiel fuhr sie ihn dann gleich nach Hause.«

»Stimmt! Er hätte ja mit einem Mädchen sprechen können. Aber jetzt heckt sie etwas ganz Neues aus. Raten Sie mal, worum sie mich heute gebeten hat.«

»Ich bin schlecht im Raten, Daniel. Sagen Sie's mir.«

»Nun ja, gebeten ist nicht der richtige Ausdruck, sie verlangt von mir, daß ich ihn mir vorknöpfe und herausfinde, ob er schon mit einem Mädchen geschlafen hat.«

»O Gott, nein!« Der Priester schmunzelte.

»Sie haben gut lachen, aber es ist die traurige Wahrheit!«

»Was ist nur in sie gefahren?«

»Was in sie gefahren ist? Bis zu seinem Tod möchte sie ihn festhalten. Rein und unbefleckt, so soll er für sie sein. Wissen Sie, seit Dons Geburt beachtet sie Stephen und Joe kaum noch. Don ist ihr Kind, und er ist normal. Die beiden anderen lehnt sie ab, wenn auch aus unterschiedlichen Gründen.«

Father Ramshaw schüttelte nachdenklich den Kopf. »Aber selbst wenn Sie sie verließen, Ihre Frau würde sich nie scheiden lassen. Ist Ihnen das klar?«

»Das wäre mir egal, Hauptsache, ich hätte endlich genügend Abstand von ihr. Weit mehr Abstand als bisher; denn seit Jahren teilt Winifred nicht mehr das Bett mit mir. Sie weicht zurück, wenn ich sie berühre.«

»Zu traurig, daß es so weit kommen mußte«, seufzte der Priester. »Aber vielleicht gehört auch das zur Vorsehung des Herrn. Es könnte ja sein, daß Ihre Frau sich ab Samstag wieder Ihnen zuwendet, nachdem sie Don verloren hat.«

»O nein, Father, nie im Leben!« Daniel füllte Whisky nach, und reichte seinem Gast das Glas. Er selbst leerte seins auf einen Zug. »Mir würde vor ihr ekeln. Es ist vorbei! Nein, nach all den Jahren gibt es keine Versöhnung mehr, darauf können Sie Gift nehmen!«

»Angenommen, Sie machen ernst..., was wird dann aus Joe?«

»Joe ist längst selbständig und lebt sein eigenes Leben. Er hat einen guten Posten als Buchhalter und wird seinen Weg gehen. Joe führt seinen eigenen Haushalt in dem kleinen Häuschen drüben, wir bekommen ihn tagelang nicht zu Gesicht, nicht einmal zu den Mahlzeiten. Nein, nein, um Joe mache ich mir keine Sorgen.«

»Das stimmt, Joe ist ein tüchtiger Bursche. Aber allein kommt auf die Dauer keiner zurecht, Daniel. Ach, jetzt fällt es mir wieder ein. Ich muß mir den jungen Mann mal vorknöpfen. In der letzten Zeit hat er seine Pflichten arg vernachlässigt. Zumindest habe ich Joe schon seit Wochen nicht mehr in der Kirche gesehen. Vielleicht besucht er aber auch Father Codys Messe, den ich aber nicht danach fragen wollte. Je weniger dieser Teufelsaustreiber und ich miteinander sprechen, desto besser.« Der Priester nippte an seinem Whisky und fügte lachend hinzu: »Ich bin ja ein schlechter Mensch, aber das wissen nur Sie, der liebe Gott und ich. Drum tragen Sie es bitte nicht weiter. Na ja, so herrlich Ihr Whisky auch schmeckt, nach diesem Glas muß Schluß sein, oder ich fahre grölend nach Hause. Das aber wäre mein Ende, denn wenn Father Cody mich in so einer Verfassung antreffen würde, er haute mir vor dem Altar die Hucke voll und würde mich anherrschen: ›Nachsagen! Der Teufel hat den Schnaps gemacht. Der Teufel hat den Schnaps gemacht. Der Teufel hat den Schnaps gemacht!‹«

Beide bogen sich vor Lachen, und es dauerte eine Weile, bis der Priester fortfahren konnte. »Leider ist er nicht der einzige von der Sorte. Kennen Sie Schwester Catherine? Man könnte sie glatt für seine Mutter halten, so ähnlich sind die beiden sich im Umgang mit Sündern. Wissen Sie, was sie mit den Jungen anstellt? Einmal habe ich gesehen, wie die Schwester einem wehrlosen armen Teufel wegen irgendeines dummen Streiches immer wieder auf den Kopf schlug und dabei jedesmal schrie: ›Nachsagen: Gott ist die Liebe!‹«

Daniel wischte sich die Augen trocken. »O Gott, Father. Hoffentlich kommen Sie zu mir, wenn es mit mir dem Ende zugeht. Ich möchte gern beim Sterben lachen.«

»Ach, solche Komplimente wärmen mir richtig das Herz. Aber glauben Sie nicht auch, daß ich eher gehe? Immerhin bin ich um einige Jährchen älter als sie. So, jetzt ist aber Schluß. Helfen Sie mir doch bitte auf. Mal sehen, ob ich noch gerade gehen kann. Wie viele Whiskys habe ich getrunken?«

»Drei, und den Brandy.«

»Dann liegt es am Brandy. Bei Whisky spüre ich den Alkohol nie. Sehen Sie nur, wie mein Bein zittert! Nun bringen Sie mich noch schön leise zur Tür, und dann gehen Sie gleich ins Bett. Vergessen Sie nicht, am Donnerstag wird die Trauung in der Kirche geprobt. Bis Samstag sind es dann nur noch zwei Tage. Gebe Gott, daß alles klappt. Was die andere Geschichte betrifft, so müssen wir uns unbedingt noch einmal darüber unterhalten, Daniel. Versprechen Sie mir, daß Sie bis dahin nichts unternehmen.«

»Ich verspreche es Ihnen, Father.«

Daniel begleitete den Priester bis zur Auffahrt. Vor dem Wagen fiel Bill ihm ein. »Ich fahre noch bis zum Tor mit«, murmelte er. »Ich habe Bill doch versprochen, die Lichter zu löschen…«

Zurückgekehrt ins Haus, warf er einen Blick auf die Küchentür. Er wußte, daß sich Maggie dort noch aufhielt, denn er hatte von der Auffahrt aus noch Licht brennen sehen. Daniel zögerte, ging dann aber doch müde die Treppe zu seinem Schlafzimmer hinauf.

3

Es war ein herrlicher Tag wie er oft nur im Juli vorkommt. Die Sonne strahlte von einem wolkenlosen Himmel herab, kein Lüftchen regte sich. Kurzum, das Wetter hätte nicht besser sein können.

Auf dem Rasen vor dem Haus wurde die Hochzeitstafel aufgebaut. Ein Lastwagen war vorgefahren, aus dem Möbelpacker emsig Tische und Stühle ausluden. Vor dem Haupteingang parkte ein Lieferwagen. Der Fahrer und eine Frau brachten körbeweise Blumen ins Haus, während eine Angestellte verschiedene Blüten auf der Hochzeitstafel arrangierte. Die Zweige der Lärchen wurden mit Glühbirnen geschmückt. Drinnen wie draußen geschah dies alles in bemerkenswerter Ruhe.

Es war mittlerweile halb zehn. Winifred hatte im Bett gefrühstückt, Daniel rumorte irgendwo im Haus herum, und Joe und Don verließen gerade das Eßzimmer. Auf dem Flur kam ihnen Maggie entgegen. »Stephen ist ganz verwirrt!« rief sie. »Er will nicht aufstehen. Geht doch mal nachsehen. Vielleicht hört er auf euch.«

»Na, wenn Sie ihn nicht aus den Federn gebracht haben, wie sollen wir das dann schaffen?«

Maggie warf Joe einen strengen Blick zu. »Gerade heute wollen wir doch keine Unannehmlichkeiten haben, oder? Beschwatzt ihn, droht ihm, lockt ihn, aber seht zu, daß er aufsteht.«

Don hatte sich schon abgewandt. »Nachdem er nicht den Gottesdienst besuchen durfte, hat er es doch im Bett am schönsten«, rief er ihr über die Schulter zu. »Ich hätte es ihm ja erlaubt. Wenn er will, kann er sich nämlich durchaus zusammennehmen.«

Darauf ging Maggie nicht mehr ein. Sie verschwand wortlos in der Küche.

Joe eilte seinem Halbbruder nach. »Du weißt doch genausogut wie ich, daß er keine Aufregung verträgt«, hielt er ihm vor. »Was soll dieser vorwurfsvolle Ton überhaupt? Niemand hätte sich mehr gefreut als ich, wenn er heute früh dabei gewesen wäre.«

»Ach ja? Bei jeder Feier geht er aber leer aus.«

»Also, das stimmt nun wirklich nicht. Du siehst doch, was Maggie alles für ihn tut. Und ich fahre mindestens einmal pro Woche mit ihm raus.«

»Ich habe ja etwas ganz anderes gemeint. Heute ist nun mal ein... ein besonderer Tag, und da hätte sie ein bißchen nachsichtiger mit ihm sein können, auch wenn ihm wieder ein Mißgeschick passiert wäre.«

Schweigend gingen sie weiter. Joe war auf einmal sehr nachdenklich geworden. Don, den er auch dann nicht inniger hätte lieben können, wären sie leibliche Brüder gewesen, hatte *sie* gesagt, nicht Mam oder Mutter, ein Titel, auf den sie größten Wert legte. Aus mehreren Gründen war es das Beste für alle, daß Don sie jetzt verließ. Auch wenn es nie zum offenen Krach gekommen war, so lag er doch seit einiger Zeit in der Luft. Er selbst tat dieser Frau den Gefallen und nannte sie Mutter. Obwohl auch er ihr höchst zwiespältige Gefühle entgegenbrachte, so wollte er doch nicht, daß ein Zerwürfnis mit ihrem Lieblingssohn ihr das Herz brach. Nichts sei stärker als Mutterliebe, behauptete sie immer wieder. Er jedoch fand für ihre Gefühle wenig schmeichelhafte Worte.

»Ja, was ist denn das?« Don erreichte als erster Stephens Bett. Sein Bruder lag da wie ein Kleinkind. Die Knie hatte er fast bis zum Kinn angezogen, und das Gesicht verbarg er in den Armen. »Stevie, schau mich mal an. Sag, willst du mir heute den Tag verderben?«

In die langen Arme und Beine kam Leben. Stephen richtete sich auf und lehnte sich gegen die Wand. Seine Lippen zitterten. »Nein, bestimmt nicht, Don. Aber ich will auch zu deiner Hochzeit! Darf ich? Joe? Don? Darf ich mit?«

Don setzte sich neben seinen Bruder und legte ihm einen Arm um die Schulter. »Ich möchte doch, daß du mitkommst. Wir alle möchten, daß du mitkommst. Aber du weißt, was am Donnerstag in der Kirche geschehen ist. Sei bitte nicht traurig. Die Hochzeit wird so schnell vorbei sein, wie das da...« – er schnippte einmal mit den Fingern – »... Und danach siehst du Annette in ihrem hübschen Brautkleid. Und soll ich dir sagen, was sie als erstes rufen wird, wenn sie kommt? ›Wo ist Steve? Wo ist Steve?‹ Nach dir erkundigt sie sich ja immer als erstes.«

»Ich bin auch ganz bestimmt brav, Don. Hör zu, ich hab' auch die ganze Nacht nichts angestellt. Schau selber!« Mit einer schnellen Bewegung schlug er die Decke beiseite. Alles trocken!«

Joe tat so, als sehe er zum Fenster hinaus, denn er konnte den Anblick nicht ertragen. Es tat ihm zutiefst weh, miterleben zu müssen, wie dieser ausgewachsene Mann zu ewiger Kindheit verdammt war. Nein, verdammt war er nicht dazu. Er hatte die Reife eines Fünfjährigen, mit allen Freuden und Leiden – unglücklich war er bestimmt nicht. Aber was sollte aus ihm werden, wenn Don auszog und er es ihm gleichtat. Er hielt es in diesem Haus doch kaum noch aus. Natürlich waren noch Maggie und sein Dad da. Aber Dad arbeitete den ganzen Tag im Geschäft und kam oft erst spät in der Nacht nach Hause. Und Maggie? So alt war sie ja noch gar nicht. Joe glaubte zu wissen, warum sie so lange geblieben war. An Stephen lag es bestimmt nicht allein. Konkrete Anhaltspunkte hatte er freilich nicht. Wie dem auch sei, er wußte, daß das Glück diesem Haus immer fern geblieben war. Seinen Adoptiveltern schuldete er durchaus Dank, daß er hier hatte aufwachsen dürfen. Ohne ihre Hilfe hätte er es nie soweit gebracht. Doch sollte er sich vielleicht auch noch dafür bedanken, daß ausgerechnet der heutige Tag zu dem traurigsten seines Lebens zählte? Vor zwei Jahren hatte er noch geglaubt, er würde der glückliche Bräutigam sein. Daß nichts daraus geworden war, lag an seinem Dad und auch ein bißchen an Annette. Vor allem aber an seinem Dad.

Joe warf einen Blick zum Fenster hinaus. Der Blumenlieferant fuhr gerade davon. An seiner Stelle parkte nun ein Bentley vor dem Haus ein. Wer mochte das sein? Sein Vater fuhr seit Menschengedenken einen Rover, und auch sonst besaß niemand in ihrem Freundeskreis eine solche Luxuslimousine. Noch dazu eine mit Chauffeur! Denn der Farbige, der da ausgestiegen war und einer Frau die Tür aufhielt, war doch ein Angestellter. Sein Gesicht verzog sich zu einem breiten Grinsen. »Tante Flo!« Aber kam sie nicht ein bißchen früh? Sie hatte sich doch erst für den Abend angesagt. Er mußte unbedingt Don Bescheid sagen. »Don! Don! Komm doch mal bitte, schnell!«

Als sein Bruder Don sich näherte, deutete Joe auf die äußerst elegant gekleidete Dame und den Mann, den er für ihren Chauffeur hielt. Aber was war denn das? Die beiden jungen Männer brachten vor Staunen den Mund nicht mehr zu. Der Mann legte nämlich einen Arm um Tante Flo und kam so mit ihr auf das Haus zu. »Na so was! Was hältst du davon?«

»Heiliger Himmel!« stöhnte Don. »Das hat uns gerade noch gefehlt! Mam läuft Amok, wenn sie das sieht.«

»Geh zu ihr runter, und bereite sie schonend darauf vor«, flüsterte Joe. »Ich kümmere mich in der Zwischenzeit um unsere Gäste.« Er wollte schon losstürmen, doch dann fiel ihm noch etwas ein. »Stephen, willst du ein braver Junge sein? Heute mußt du mal allein baden. Schaffst du das? Du willst doch sicher gut riechen. Und wenn du fertig bist, ziehst du deinen schönen Anzug an, ja? Dafür darfst du auch bei uns sein.«

»O ja, Joe!«

»So ist es recht. Aber vergiß nicht: Du willst brav sein.«

»Ich bin ganz brav, Joe!«

Joe eilte die Treppe hinunter. Im ersten Stock blieb er kurz stehen, denn die Tür zum Zimmer seiner Adoptivmutter stand offen. Offensichtlich war sie außer sich. Don rüttelte sie an den Schultern. »Hör auf damit!« beschwor er sie. »Hör auf! Es gibt sicher eine Erklärung.«

»Eine Erklärung?« schrie sie. »Das ist ein *Neger*! Laß mich gefälligst los. Der Mann kommt mir nicht über die Schwelle!«

Sie stürmte zur Tür. Don schaffte es jedoch, seine Mutter ins Zimmer zurückzudrängen und die Tür hinter sich zu schließen. »Hör mir gut zu, Mutter. Wenn du heute eine Szene machst, verdirbst du mir die ganze Feier. Setz dich und hol erst mal Luft, einverstanden?«

Er zog seine sich weiter sträubende Mutter zum Sofa am Fuß ihres Bettes.

»Nein, Don, nein! Laß mich in Frieden! ...O Gott, was habe ich da gesagt? Was habe ich da nur gesagt? Ausgerechnet dich schreie ich an, und das an einem Tag, an dem ich dich für immer verliere... Aber diese Schlampe hat das absichtlich getan..., nur um mich zu provozieren! Sie hat sich ja schon immer gefreut, wenn sie mir eins auswischen konnte. Und jetzt schleppt sie am Tag deiner Hochzeit einen... einen *Schwarzen* an!« Sie zitterte vor Empörung am ganzen Körper.

»Du hast sie doch eingeladen. Und warum wolltest du sie dabei haben? Weil sie mit einem Rechtsanwalt verlobt ist!«

»Er kann kein Anwalt sein. Er ist ein Neger!«

»Mutter! Mutter! Sei doch nicht dumm!«

Sie riß sich von ihm los und fing an, zwischen Tür und Fenster hin und her zu laufen. »Ich weiß, woher der Wind weht. Dahinter steckt nur wieder dein Vater. Mir macht keiner was vor, am allerwenigsten er. Sie haben sich ja in London getroffen. Nur *ich* habe sie in all den Jahren seit Harrys Tod nicht mehr gesehen. Hinter meinem Rücken haben sie alles ausgemauschelt. Und dann ist er zurückgekommen und hat gelogen wie gedruckt. Ihr ginge es prächtig, hat er erzählt. Sie hätte einen tollen Job in einer Anwaltskanzlei. Dabei muß er gewußt haben, daß der Anwalt ein Schwarzer ist. Dein Vater ist ein böser Mensch.«

»Sei still, Mutter.«

»O nein! Mich bringt keiner zum Schweigen! Und jetzt sage ich dir noch etwas. Er ist schuld daran, daß es so weit gekommen ist. Er mit seinen Machenschaften.«

»Was für Machenschaften? Du sprichst in Rätseln.«

»Er hat mit allen Mitteln versucht, uns zu trennen. Das weißt du ebenso wie ich.«

O ja, er verstand. Don wußte, daß sein Vater diese Hochzeit in die Wege geleitet hatte. Und er dankte Gott dafür. Das durfte seine Mutter freilich nicht wissen. Er war zum Lügen mehr oder weniger gezwungen, zumindest was die Rolle seines Vaters in dieser Angelegenheit betraf.

»Das ist doch lächerlich, was du ihm da unterstellst«,

brummte er. »Ich liebe Annette. Seit Jahren schon. Wie habe ich damals gelitten, als ich annahm, sie sei in Joe verliebt. Du hast es ja auch geglaubt, nicht wahr?«

»Unsinn. Mädchen sind flatterhaft, alle. Sie wissen noch gar nicht, was sie wollen. Aber... ich muß dich etwas fragen, Don. Es... ist sehr wichtig.« Sie begann zu weinen. Und mit schluchzender Stimme stammelte sie: »Weißt du, was du mir da antust, Don? Weißt du das? Du brichst mir das Herz. Du läßt mich im Stich. Wenn du gehst, habe ich niemanden, hörst du, keinen einzigen Menschen mehr auf der Welt.«

»*Mutter, bitte.*«

»Don! Don!« Sie umarmte ihn und bedeckte seine Augen, seine Wangen mit Küssen.

Er riß sich los und starrte die Frau vor ihm entsetzt an. War das wirklich seine Mutter, die da bebend in diesem dünnen Nachthemd vor ihm stand. Regungslos sah er zu, wie sie sich abwandte und auf das Bett fallen ließ. »Du liebst mich nicht«, schluchzte sie. Du hast mich nie geliebt!«

Die Antwort fiel ihm schwer. »Doch, Mutter«, sagte er schließlich ohne Überzeugung. »Ich liebe dich natürlich. Aber heute heirate ich. Und im Moment haben wir das Problem, daß unten Tante Flo und ihr Verlobter warten. Wie willst du sie begrüßen? Darüber müssen wir jetzt nachdenken. Tante Flo duldet keine Faxen. Du weißt, wie stur sie sein kann. Zieh dich also bitte an und geh runter. Und mach ihr vor allem keine Szene. Was das anbetrifft, so ist sie dir überlegen.«

»Nein! Und dieser Mann kommt mir nicht ins Haus!«

»Er ist schon da. Und Vater wird ihn willkommen heißen. Ich brauche dir wohl nicht zu sagen, was passiert, wenn du dich querstellst.«

»Ich kenne deinen Vater zur Genüge!« Nun schrie sie fast. »Seit dreißig Jahren macht er mir das Leben zur Hölle!«

Don verzichtete auf eine Antwort. Mit einem Stoßseufzer wandte er sich ab, doch sie stellte sich ihm in den Weg. »Ich... ich kann noch nicht hinuntergehen«, versuchte sie einzulenken. »Das verstehst du doch sicher, Don.«

»Soll ich sie dann zu dir schicken?«

Statt einer Antwort verdrehte sie den Kopf. Er faßte das als Zustimmung auf und ging.

Im Treppenhaus blieb er erschöpft stehen und bedeckte seine Augen mit den Händen. Hatte er das wirklich gerade erlebt? Nach einer kleinen Pause ging Don weiter. Aus dem Salon schlug ihm Stimmengewirr entgegen.

Sein Vater stand mit dem Rücken zum blumengeschmückten Kamin. Tante Flo saß auf dem Sofa, und ihr Verlobter stand davor. Bei näherem Hinsehen stellte Don fest, daß er gar nicht so schwarz war, wie er zuerst angenommen hatte, sondern eher schokoladenbraun. Er schien somit ein Mischling zu sein. Der Mann sah blendend aus, war gut einsachtzig groß, kräftig, weder zu dick noch zu dünn.

»Ach, da kommt ja der Held des Tages!« rief sein Vater etwas zu laut. Im selben Moment sprang Tante Flo auf und lief mit ausgestreckten Armen auf ihn zu. »Guten Tag, mein Lieber. Ich erkenne dich kaum wieder. O là là, du hast dich aber verändert.«

Don schüttelte ihr beide Hände und drückte einen Kuß auf ihre Wange. »Du dich auch, Tante Flo.«

Es stimmte. Ihre Sprechweise hatte sich verändert, sie klang für ihn so richtig ›in‹. Die Londoner Umgebung machte sich bemerkbar. Das gleiche galt für ihre Kleidung. Ihre mauvefarbene Kombination sah todschick aus, und der dazu passende Mantel, den sie über eine Stuhllehne gelegt hatte, mußte eine Stange Geld gekostet haben. Soweit er sich erinnern konnte, war Tante Flo früher in punkto Kleidung eher nachlässig, ja fast schlampig gewesen. Von ihrem fröhlichen, etwas lauten Wesen hatte sie dagegen nichts eingebüßt. Mit entsprechender Lautstärke rief sie: »So, jetzt stell' ich dich meinem Harvey vor.« Sie nahm ihn bei der Hand und führte ihn zu dem dunkelhäutigen Mann. »Mein Verlobter, Mr. Harvey Clement Lincoln Rochester.« Sie betonte jedes Wort einzeln und sah lächelend zu ihrem Verlobten auf. Dieser begrüßte Don mit einem kräftigen Händedruck. »Sehr erfreut. Lassen Sie mich Ihnen gleich erklären, daß meine vielen Namen nichts zu bedeuten haben. Ich stehe in keiner wie auch immer gearteten Beziehung zu dem berühmten amerikanischen Präsidenten, und auch mit unserem früheren Premierminister bin ich weder verwandt noch verschwägert. Wenn Sie nun annehmen sollten, meine Eltern hätten mich nach dem Hasen Harvey aus dem gleichnamigen Film benannt, muß ich Sie ebenfalls enttäuschen.«

Das nun einsetzende Gelächter verriet, wie beliebt der Mann bereits war. Auch Don konnte sich seiner Ausstrahlung nicht entziehen. Gleichzeitig wußte er, daß seine Mutter ihnen heute die ganze Feier verderben würde. Einen Protestanten oder sogar Atheisten hätte sie zur Not noch geduldet. Aber einen Farbigen in ihrem Haus, der noch dazu ihr Schwager werden sollte, das war für sie nicht tragbar. Auch die Tatsache, daß der Mann erfolgreicher Anwalt war, half da nicht.

Um kein peinliches Schweigen aufkommen zu lassen, fragte Don den Gast: »Was für Leute vertreten Sie denn vor Gericht?«

»Schurken; meistens sind sie stinkreich.«

Flo gab ihm einen Klaps auf seine Hand. »Also Harvey, das stimmt doch gar nicht. Du vertrittst auch arme Leute.«

Ihr Verlobter blickte sie an. »Frau«, brummte er, »das sind alles Schurken, ohne jede Ausnahme.«

Joe musterte Harvey. Er konnte ihn sich gut beim Plädoyer vorstellen. Mit seiner imposanten Erscheinung, seiner Ausstrahlung stand er sicher überall im Mittelpunkt. Und dazu diese Stimme... Zum zweitenmal binnen weniger Minuten hatte er Flo ›Frau‹ genannt. So laut er auch sprach, dieses Wort klang wie eine Liebkosung: Fraa-oo. ›Liebling‹ hätte sich nicht zärtlicher anhören können.

Don unterbrach seine Gedanken: »Tante Flo, Mutter möchte dich oben empfangen. Sie zieht sich gerade an, und du weißt ja, wie lange das bei ihr dauert.«

»Na gut, dann geht eben der Berg zum Propheten.« Flo war schon unterwegs zur Tür. Sie warf noch einmal einen Blick auf ihren Verlobten. »Schaffst du's auch ohne mich, Harvey?«

»Du weißt ja, wie's mir ohne dich immer ergeht, Frau. Drum bleib bitte nicht allzu lange weg.«

Sie ging schmunzelnd die Treppe hinauf. Bestimmt hatte Harveys Antwort ihren Verwandten Rätsel aufgegeben. Nicht nur seine Wortwahl, seine ganze Art zu sprechen, war so ganz anders, als sie es gewöhnt waren.

Je näher sie Winifreds Zimmer kam, desto straffer wurde ihre Haltung. Dann stand sie vor der Tür und klopfte entschlossen an. Da sie keine Antwort erhielt, drückte sie die Klinke einfach herunter und trat ein. Ihre Schwester saß auf dem Sofa vor dem Fenster.

Flo schloß leise die Tür und hatte das Zimmer bereits zur Hälfte durchquert, bevor sie sich bemerkbar machte. »Grüß dich!«

Winifred biß die Lippen aufeinander und Flo war klar, daß ihre Schwester bereits von Harvey wußte. Don hatte sie kommen sehen und war mit der Neuigkeit zu seiner Mutter geeilt.

»Na, wie geht's dir, Winifred?«

Erst jetzt brachte ihre Schwester den Mund auf. »Wie kannst du es wagen?« zischte sie als Antwort.

»Wie kann ich was wagen?«

»Tu nicht so unschuldig! Du weißt genau, was ich meine. Warum schleppst du mir einen Neger an?«

»Ach, das meinst du? Nun, erstens ist er kein ›Neger‹, sondern ein Mischling, und zweitens hat die Hautfarbe nicht das Geringste zu bedeuten. Er sieht gut aus, ist vom Scheitel bis zur Sohle ein Gentleman und darüber hinaus ein hochangesehener Anwalt, falls dich das auch interessiert.«

»Halt den Mund! Hochangesehen – daß ich nicht lache! In dieser Stadt lassen nicht einmal Arbeiter solche Leute in ihre Clubs. Sieh mir in die Augen und sag die Wahrheit. Ihr habt das absichtlich hinter meinem Rücken ausgeheckt, nur um mich zu provozieren – du und er.«

»Was soll das? Er weiß überhaupt nichts von dir.«

»Ich meine Daniel.«

»Daniel? Jetzt verstehe ich gar nichts mehr.«

»Mir wurde gesagt, ihr wärt euch in London über den Weg gelaufen. Du hättest ihm erzählt, du würdest bei einem Anwalt arbeiten und wolltest ihn heiraten.«

»Richtig, das habe ich Daniel erzählt. Den Anwalt hat er allerdings nicht persönlich kennengelernt. Aber jetzt verstehe ich, warum du mich zu dieser Hochzeit eingeladen hast. Die ganze Zeit wolltest du nichts von mir wissen, aber jetzt bin ich ja mit einem angesehenen Mann verlobt! Damit kann man so herrlich vor den anderen Gästen angeben. Mein Gott, Winnie, du hast dich kein bißchen verändert.«

»Dann hätten wir ja endlich einmal etwas gemeinsam. Deine erste Ehe war ja ein Fiasko. Was wolltest du denn mit diesem Versager? Ein billiger Versicherungsagent... Gesoffen hat er wie ein Loch.«

»Harry war kein Säufer. Na gut, er hatte ein Alkoholproblem, aber er war ein grundanständiger Kerl. Für dich ist das natürlich ein Grund, sich eines Menschen zu schämen. Da bist du nicht anders als Vater. Erinnerst du dich noch an Vater?«

»O ja, nur zu gut!«

»Das überrascht mich aber. Du hast dich ja von deinen Eltern losgesagt. Selbst als er im Sterben lag, bist du nicht gekommen. Du warst dir sogar zu schade, Mutter zu besuchen und ihr in dieser Stunde beizustehen. Aber deine Eltern waren dir ja nicht mehr gut genug. Du warst von jeher auf das große Geld aus und wolltest dir eine gute Partie angeln, was dir ja gelungen ist. Daniel selbst war dir von Anfang an völlig egal. Für dich zählen nur sein Geld, das tolle Haus und das ganze Drum und Dran.«

Winifred schäumte. »Du... du... einen Dreck weißt du. Du bist und bleibst ein billiges Luder. Als du vorhin reingekommen bist, hattest du noch diesen vornehmen Londoner Akzent. Wie aufgesetzt der doch war! Ich habe dich gleich durchschaut. Na ja, inzwischen sprichst du wieder genauso wie früher. Sei nun bitte so gut, schnapp dir deinen Neger und verlaß das Haus. Du kannst ihm ja sagen, es sei nur eine Stippvisite gewesen. Hast du verstanden?«

Flo richtete sich zu ihrer vollen Größe auf. Einen Moment lang sah sie der fetten Gestalt gegenüber verächtlich in die Augen. »Ich bin wegen Dons Hochzeit gekommen«, stellte sie klar. »Und mein Verlobter und ich werden sowohl an der Trauung als auch an der Feier teilnehmen. Erst wenn alles vorbei ist, machen wir uns über die Heimreise Gedanken, auf keinen Fall vorher. Mr. Rochester hat es im übrigen nicht nötig, mit Leuten wie dir zu streiten. Er ist hochgebildet und hat eine gesellschaftliche Stellung, von der dein Mann oder deine Söhne bestenfalls träumen können. Du solltest zumindest eine höfliche Gastgeberin sein, sonst kannst du dich schon mal auf eine Schlammschlacht einstellen. Du weißt, daß ich laut werden kann, Winnie. Und wenn ich mich in Form rede, fällt mir die eine oder andere Anekdote über dich ein. Die Leute werden sich vor Lachen biegen, du wahrscheinlich weniger. Überleg's dir gut. Wenn du nicht in einer halben Stunde fertig angezogen unten antanzt, lege ich eine Nummer hin, daß du dich in zehn Jahren noch schämst. Deine Gäste werden Augen machen, das garantiere ich dir. Hundertdreißig Leute haben sich angesagt, wie ich gehört habe. Überleg es dir gut, Winnie, aber laß dir nicht zuviel Zeit damit.« Flo machte auf dem Absatz kehrt und ging.

Unten im Salon schien sich ihr Verlobter bereits prächtig mit den Gastgebern zu verstehen. Flo trat unbemerkt ein, denn die anderen hingen förmlich an seinen Lippen.

»Meine Großeltern sind Ende letzten Jahrhunderts aus Kalifornien nach England gekommen. Sie traten in die Dienste eines Adeligen, der etwas außerhalb von London sein Schloß hatte. Ihr Sohn wuchs dort auf und wurde später eine Art Faktotum. Kurz nach dem Ersten Weltkrieg heiratete er eine der Hausgehilfinnen, mit ihr hatte er bald darauf einen Sohn. Etwa zur gleichen Zeit brachte die Tochter des Lords, die mit ihrem Mann ebenfalls dort lebte, ihren dritten Buben auf die Welt. Der junge Mischling«, er deutete auf sich, »und die drei Jungen wuchsen zusammen auf, bis die drei Jungen ins Internat geschickt wurden, auf eine sündteure Privatschule. Ich dagegen durchlief die normale Schule. In all den Jahren war ich der einzige Farbige an der Schule. Ich fiel in jeder Hinsicht auf, das kann ich euch sagen. Na ja, der Abschluß war ganz gut, und da lag der Gedanke an eine Universität nahe. Dort fiel ich nicht mehr ganz so aus dem Rahmen, denn außer mir gab es noch ein paar andere Farbige. Ich studierte Jura, und was dabei herausgekommen ist, seht ihr ja.«

»Einer der drei jungen Lords ist übrigens auch ein hohes Tier am Gericht«, schaltete Flo sich nun ein. »Harvey bekommt von ihm die interessantesten Fälle. Der Jüngste hat den Krieg leider nicht so gut überstanden, er verlor seine Beine durch eine Granate. Aber wir besuchen ihn einmal im Monat. Diese drei Brüder sind immer noch seine engsten Freunde.«

So fröhlich Flo sich auch gab, Daniel, Joe und Don erkannten sofort, daß sie das Gespräch mit ihrer Schwester mitgenommen hatte. Ganz offensichtlich bemühte sie sich um Haltung.

Auch Harvey entging das nicht. »Komm zu mir, meine *Fraoo.*« Er nahm sie bei der Hand und sah ihr tief in die Augen. »Sag, möchtest du heimfahren?«

»Heimfahren?« donnerte Daniel, noch ehe sie antworten konnte. »Sie ist doch gerade erst gekommen. Du wolltest die Hochzeit meines Sohnes mitfeiern, Flo. Und auch du, Harvey. Ihr seid meine Gäste. Was heißt meine? Joe und Don wollen euch auch dabei haben. Stimmt doch, oder?«

»Aber natürlich, Dad«, erwiderten die zwei wie aus einem Mund.

»Alles halb so schlimm«, beeilte sich Flo zu sagen. »Winnie zieht sich jetzt an und dürfte bald herunterkommen.«

»Na also. Bis dahin trinken wir Kaffee, einverstanden? Für die harten Sachen ist es noch zu früh, zumindest für mich. Was möchtest du, Harvey?«

»Kaffee wäre wunderbar«, meinte Flos Verlobter mit einem breiten Lächeln.

»Also Kaffee für jeden, einverstanden? Ich sage nur Maggie kurz Bescheid. Ihr habt sie noch gar nicht gesehen, nicht wahr?«

»Nein, und Stephen auch noch nicht.«

»So was. Dann haben wir vor Beginn der Feierlichkeiten noch einiges zu tun. Apropos Feier... Don, könntest du draußen mal nachsehen, ob der Aufbau reibungslos klappt?«

Kurzfristig mußte Joe die Gäste allein unterhalten. Flo hatte auf dem Sofa Platz genommen, die Männer standen davor.

»Mensch, Harvey«, flachste Joe. »Du bist sogar für mich zu groß. Möchtest du nicht Platz nehmen?«

Der Anwalt setzte sich neben Flo und legte sogleich einen Arm um sie. Als wüßte er bereits, daß er in Joe einen Freund hatte, vor dem er nichts geheimhalten mußte, fragte er sie: »Wie schlimm war's denn da oben?«

»Es ging schon«, meinte sie mit einem tapferen Lächeln. »Aber du weißt ja, daß wir uns nie vertragen haben. Ich konnte noch gar nicht richtig sprechen, da ging der Zank schon los. Es fing damit an, daß ich sie Win nannte und nicht Winifred. Diesen Streit hatten wir schon, als ich drei und sie zehn war. Sie gab mir immer Ohrfeigen, wenn sie sich über mich ärgerte. Mit sechs habe ich dann mit der Kohlenschaufel zurückgeschlagen. Seitdem führen wir unseren Krieg nur noch mit Worten.«

»Wie schade!« lachte Joe. Er beugte sich über sie und raunte ihr ins Ohr: »Ob du's glaubst oder nicht – es gibt noch andere Menschen, die sie am liebsten mit der Kohlenschaufel zur Raison bringen würden.« Er wurde wieder ernst. »Ich weiß wirklich nicht, wie es hier weitergeht, wenn ihr Hätschelkindchen heute verheiratet an der Seite seiner Frau aus der Kirche marschiert. Das hast du ja auch mitgekriegt, Don ist ihr ganzer Lebensinhalt.«

»Tja, das war nicht zu übersehen, obwohl wir kaum noch Kontakt hatten. Nur eins will mir nicht in den Kopf: Sie hat sich doch sicher mit Händen und Füßen dagegen gesträubt. Wie habt ihr es geschafft, daß sie stillhält?«

»Das liegt an Dad. Er hat die ganze Sache eingefädelt.«

»Und sie hat nichts gemerkt?«

»Weißt du, Dad hat doch einen Cousin in Amerika. Er hat dort ein ähnliches Geschäft aufgezogen wie Dad hier, nur eine Nummer größer. Vor zwei Jahren hat er ihn gebeten, Don eine Arbeit bei ihm zu verschaffen. Gleichzeitig...« Er sprach nicht weiter, sondern wandte sich ab, um sich wieder zu fangen. Als Don sich den Gästen zuwandte, war ihm nichts mehr anzumerken. »...Gleichzeitig war Dad auch aufgefallen, daß Annette ein Auge auf Don geworfen hatte.«

»Aber damals war sie doch noch im Internat.«

»Richtig, aber sie war immerhin schon fast achtzehn. Annette hätte nach London gehen und studieren können – ich glaube, sie wollte Lehrerin werden –, aber Don war ihr anscheinend wichtiger. Und Mam stand nun vor der Entscheidung, Don entweder nach Amerika ziehen zu lassen oder ins zehn Meilen entfernte Northumberland. Da blieb ihr nichts anderes übrig, als dem bösen Spiel mit mehr oder weniger guter Miene zuzustimmen.«

»Zehn Meilen! Und sie hat immer noch keinen Führerschein! Wie will sie ihn denn jetzt kontrollieren?«

»Ach, dafür hat sie Bill. Er fährt sie überall hin. Wichtig ist doch, daß sie nicht Tür an Tür wohnen. Das hat übrigens auch Dad bewerkstelligt. Das Häuschen in Northumberland hat er ihnen gekauft.«

»Kein Wunder, daß Winifred jetzt den sterbenden Schwan spielt.«

»Und meine Anwesenheit hat die Wogen bestimmt auch nicht geglättet«, brummelte Harvey, der die ganze Zeit schweigend zugehört hatte.

»Das würde ich nicht unbedingt sagen«, lachte Joe. »Du lenkst sie immerhin ab.«

»Wie ein rotes Tuch. Na gut, der Stier wird uns schon nicht aufs Horn nehmen. Wenn sie böse wird, stelle ich mir einfach vor, ich stehe vor Gericht und verteidige eine einsame Frau...«, er drückte Flo fester an sich, »eine Frau, die nicht nur wunderschön ist, sondern auch überaus einfühlsam und liebevoll. Abgesehen davon könnte ich mir den Verlust der besten Anwaltsgehilfin, die es je gegeben hat, gar nicht leisten.«

Das Gelächter hatte sich noch nicht gelegt, als Maggie den Kaffee servierte. Gleich darauf sorgte Stephen für erneute Heiterkeit. Beim Anblick des fremden Mannes rief er erstaunt: »Bist du aber ein großer schwarzer Mann!« Daraufhin erwiderte Harvey, der natürlich längst über Stephens Schicksal aufgeklärt worden war: »Und du bist ein großer weißer Mann, noch dazu ein so hübscher.«

Lachend und schwatzend gingen sie nun vor das Haus, um die Hochzeitstafel zu bewundern. Der rosa Läufer auf dem Rasen und die prächtigen Blumenarrangements überall fanden begeisterte Zustimmung.

Die Fröhlichkeit erstarb jedoch mit einem Schlag, als Winifred mit eisiger Miene auf der Veranda erschien.

Zufällig stand Harvey ihr am nächsten. Während die anderen sie noch anstarrten wie das Kaninchen die Schlange, trat er mit wenigen Schritten auf sie zu und verneigte sich vor ihr. Mit vollendeter Höflichkeit, wie Winifred sie bis dahin in Fellburn noch nie erlebt hatte, erklärte er: »Mrs. Coulson, ich möchte mich dafür entschuldigen, daß ich ausgerechnet bei der Hochzeit Ihres Sohnes zum ersten Mal in Ihrem Haus erscheine.« Er senkte die Stimme, so daß nur noch sie ihn verstehen konnte. »Falls Sie meine Gegenwart als störend empfinden sollten, würde ich selbstverständlich auf der Stelle abreisen. Auf keinen Fall möchte ich an diesem besonderen Tag für Mißklänge sorgen.«

Winifred verschlug es die Sprache. Für einen Moment lang sah sie ihre Schwester an. Flo verzog keine Miene, nur ihre Augen drohten ihr unmißverständlich. Doch die Warnung wäre nicht nötig gewesen. Dieser Mann zog Winifred gegen ihren Willen in seinen Bann. Sie hätte es nicht mehr vermocht, ihn zum Gehen aufzufordern. Plötzlich konnte sie verstehen, daß sich Flo trotz seiner Hautfarbe in ihn verliebt hatte. Er war etwas Besonderes. Und das lag nicht nur an seiner Größe, seinem Aussehen und seiner sonoren Stimme. So verwunderte es sie auch nicht, als sie sich sagen hörte: »Aber... Sie stören nicht... Im Gegenteil.«

Winifred ergriff mechanisch die ausgestreckte Hand. Sein Händedruck war fest und herzlich. Ein völlig neues Gefühl für ihre Schwester bemächtigte sich ihrer. Verblüfft stellte sie fest, daß sie Flo zum ersten Mal im Leben um etwas beneidete.

Nach diesem doch etwas überraschenden Händedruck löste sich die Spannung in der Familie, es kam Freude und Heiterkeit auf.

Kurz vor dem Mittagessen wollte Don, der sich bereits für das Fest umgekleidet hatte, dem Trubel für eine kurze Weile entkommen. Er schlüpfte durch den Seiteneingang hinaus und spazierte zu Joes Häuschen. Hinter einem der kleinen Fenster sah er Joe vor einem Stuhl knien. Offensichtlich betete er.

Joe mochte draußen eine Bewegung wahrgenommen haben, oder vielleicht spürte er auch nur die Nähe eines anderen Menschen, jedenfalls sah er auf. Einen Augenblick lang starrten die beiden Brüder einander wortlos an. Schließlich trat Don ein.

»Machst du dir Sorgen, Joe?« wollte er wissen.

»Nein, nein.«

»Na ja, du warst so...«

»Ich habe nur gebetet. Betest du etwa nie?«

»Aber doch nicht tagsüber. Liegt dir wirklich nichts auf dem Herzen? Du warst ja auch schon lange nicht mehr in der Kirche. Wenn das so weitergeht, bekommst du bestimmt bald den Zorn Gottes zu spüren, oder schlimmer noch, den von Father Cody.«

»Na gut, wenn du's unbedingt wissen willst, ich... habe für euer Glück gebetet.«

»Ach, Joe«, murmelte Don gerührt. Er schloß seinen Bruder impulsiv in die Arme. Blutsverwandtschaft hin oder her, er hatte in Joe nie etwas anderes als einen älteren Bruder gesehen.

Auch, Joe drückte ihn an seine Brust. Schließlich löste er sich. »Aber sag mal, wie hat es dich ausgerechnet heute zu meinem Hexenhäuschen verschlagen?«

»Ich... ich wollte nur Annette anrufen. Einfach ein paar Worte mit ihr wechseln, hören, wie es ihr geht. Von zu Hause aus kann ich ja nicht mit ihr sprechen.«

»Du weißt, wo der Apparat ist.« Joe deutete auf sein Arbeitszimmer nebenan. Er wartete, bis Don den Hörer abnahm, dann verzog er sich in sein Schlafzimmer. Dort lehnte er sich an die Tür. Sein Kopf sank auf die Brust.

»Hallo«, meldete Don sich im Arbeitszimmer. »Ich bin's, Sarah, Don. Könnte ich bitte kurz Miß Annette sprechen?«

»Ach, Mr. Don«, flüsterte Sarah. »Sie zieht sich gerade an... Aber ich gebe Ihnen Mrs. Allison.«

»Hallo, wer spricht da bitte? Ach, Don, was möchtest du denn? Wußtest du nicht, daß es Unglück bedeutet, wenn man sich kurz vor der Hochzeit trifft oder spricht?«

»Aber doch nur, wenn man sich dabei sieht. Sei doch nicht so streng. Du bist doch bald meine Schwiegermutter.«

»Willst du ihr etwa den Laufpaß geben?«

Er mußte grinsen. Na so was, Mrs. Allison machte einen Witz. »Wie du das nur erraten hast,« lachte er. »Ach, sei doch so lieb, und gib sie mir.«

»Es ist aber nicht richtig. Es bringt Unglück.«

»Heute bringt uns alles Glück.«

Mrs. Allison gab keine Antwort. Er hörte gedämpfte Stimmen, Schritte, und dann war Annette selbst am Apparat.

»Ist etwas passiert, Don?«

»Nein, nein, überhaupt nichts, Liebling. Ich wollte nur hören, wie du dich jetzt fühlst.«

»Ich halte es vor Aufregung kaum noch aus!« flüsterte sie. »O Don, sag, stimmt es wirklich, daß wir dem Ziel so nahe sind? Ich habe ja solche Sehnsucht nach dir!«

»Eine Stunde noch, und dann stehen wir vor dem Altar.«

»Ich liebe dich, Don, ich liebe dich unendlich.«

»Und ich liebe dich nicht nur, ich bete dich an.«

»Was?« kicherte sie. Du darfst doch keine Götzen verehren! Das mußt du sofort beichten.«

»Ja, ja, ich betreibe einen Götzenkult. Aber dieser Götze ist auch anbetungswürdig. So, ich lasse dich jetzt in Ruhe weitermachen. Aufwiederhören... Ach, was sage ich da, bis gleich, Geliebte.«

Er legte den Hörer auf die Gabel. Eine ganze Weile blieb er noch neben dem Apparat stehen und starrte ins Leere. ›Bis gleich‹, hatte er gesagt. Doch die nächste Stunde sollte die längste ihres Lebens werden. Ihrer beider Leben.

4

Die Trauung war vorüber. Don und Annette waren Mann und Frau. Die schier endlose Zeit des Wartens war überstanden. Beide hatten die Heilige Kommunion empfangen und aufmerksam Father Ramshaws freundlichen Ermahnungen gelauscht. Der Chor beendete die Trauung. Vor allem der junge Sopran hatte so herzergreifend gesungen, daß einigen Gästen Tränen der Rührung in die Augen getreten waren. Dann trugen sie sich noch ins Familienstammbuch ein. Annette Allison hieß von nun an Annette Coulson. Danach schienen sie beide erleichtert zu sein.

Die Orgel setzte ein, und zu den Klängen des Hochzeitsmarsches schritten sie an den Bankreihen vorbei den Gang hinunter. Annettes Mutter zerfloß in Tränen. Winifred Coulsons Augen dagegen blieben trocken. Ihr aufgedunsenes Gesicht war kreideweiß, sie zeigte keinerlei Regung. Wie erstarrt saß sie auf ihrem Stuhl. Daniel mußte ihr einen Stoß geben und sie hinter dem Paar förmlich zum Ausgang schieben. Dort hatten sich bereits viele Menschen versammelt.

Der Fotograf übernahm nun das Kommando. Er scheuchte die Leute durcheinander, schickte Braut und Bräutigam mal hierhin, mal dorthin, gruppierte die engsten Verwandten sowie Joe, den Trauzeugen, und die Brautjungfern um das Paar. So hängten sich Jessica Bowbent und Irene Shilton, Annettes engste Schulfreundinnen, kichernd bei Joe ein und lächelten um die Wette. Beide hofften insgeheim, sie würden eines Tages mit Joe genauso dastehen wie Annette heute mit Don.

Die üblichen Bilder waren geschossen, da zog Daniel zur Überraschung aller Harvey zum Fotografen und verlangte: »Noch eins! Aber jetzt posieren die Männer! Los, Harvey, zier dich nicht! Und du auch, Joe!« Die Gäste wußten nicht, was das zu bedeuten hatte. Zumindest gab diese Situation zu Spekulationen Anlaß. Alle fragten sich, wer nur dieser hünenhafte Farbige sein mochte.

Es dauert eine Stunde, bis die Gäste endlich mehr erfuhren. Als auf das Wohl des Paares angestoßen wurde und der Vater des Bräutigams die übliche Ansprache hielt, ritt Daniel auf einmal der Teufel. Alle nahmen an, er sei fertig, doch da hob er noch einmal das Glas und rief: »Ich weiß, daß wir alle nun schon auf die nächste Vermählung in unserer Familie hoffen. Und sicher werden meine Schwägerin und ihr Verlobter uns nicht enttäuschen.« Er deutete auf Harvey, dann wandte er sich an Father Ramshaw: »Würden Sie den beiden Ihren Segen geben, Father?«

»Da fragen Sie noch?« versetzte der Priester gutgelaunt. »Ich verheirate auch Moslems und Juden, wenn ich sie damit in die Kirche bringe.«

Alles begann zu lachen. Nur Winifred blieb still. Und auch Joe stimmte nicht mit ein. Das war nicht nett von dir Dad, dachte er. Du weißt genau, wie sehr sie leidet.

Nun war er an der Reihe, einen Toast auf das Paar auszusprechen. Anders als sein Adoptivvater hielt er eine nüchterne Rede, verzichtete ganz auf jedes Beiwerk. Jedermann wisse, gestand er freimütig, daß er und Don zwar keine leiblichen Brüder seien, doch sich nicht näher hätten sein können, als wenn sie als siamesische Zwillinge auf die Welt gekommen wären. Da er nun schon einmal eine Rede halte, wolle er auch dem Mann und der Frau, die er Vater und Mutter nenne, weil er in ihrer Familie habe aufwachsen dürfen, seinen tiefen Dank für ihre Liebe und Fürsorge aussprechen. Zum Schluß prostete er dem Brautpaar zu und rief: »Auf die zwei Menschen, die ich über alles auf der Welt liebe!«

Für einen Trauzeugen war das eine höchst eigenartige Ansprache. Keinen Scherz, ja nicht einmal eine Anekdote gab er zum besten. Zwar wurde geklatscht, doch fiel der Applaus entsprechend verhalten aus. Hier und da schüttelten Gäste befremdet den Kopf.

Dieser Joe Coulson war wirklich ein komischer Heiliger, einer von den Stillen im Lande, aus dem man freilich nicht so recht schlau wurde. Ein tüchtiger Buchhalter war er, das mußte der Neid ihm lassen, immer freundlich und verbindlich – doch zugleich unergründlich tief. Richtig, das traf es am besten, ein stilles, tiefes Wasser. Aber wenn man es genau bedachte, war das bei Adoptivkindern ja oft der Fall. Eigentlich war es auch ganz logisch. Wer wußte denn schon, woher sie kamen?

Nach dem Festschmaus zogen sich Braut und Bräutigam zurück und machten sich für die Reise zurecht – in getrennten Zimmern selbstverständlich. Um Punkt fünf Uhr mußten sie am Bahnhof sein. Mit dem Zug ging es in die Flitterwochen nach Italien. Drei Wochen allein zu zweit!

Als Don aus seinem Zimmer trat, stand seine Mutter im Flur und unterhielt sich mit einer Bekannten. Unten wimmelte es von Leuten. Fröhliche Rufe und lautes Gelächter hallten durch das Haus. Anscheinend waren die Gäste alle kurz nach dem Brautpaar hereingeströmt.

Mit den Worten »Wenn Sie mich bitte entschuldigen würden…« trennte sich Winifred von ihrer Bekannten und ging mit ausgestreckten Händen auf ihren Sohn zu. »Don, mein Lieber, komm doch bitte kurz zu mir rein!« Ihre Stimme klang etwas unnatürlich. Kaum hatte Don ihr Zimmer betreten und die Tür geschlossen, baute sie sich vor ihm auf. »Du hättest mich also ohne ein persönliches Wort verlassen!«

»Aber nein, Mutter! Ich wollte zu dir kommen.«

»Das bist du aber nicht! Jetzt ist alles vorbei, das ist mir vorhin klargeworden. Daß du mir das antust…«

»*Mutter, bitte!* Willst du mir wirklich den ganzen Tag verderben?« Don schloß für einen Moment die Augen. Als er sie wieder öffnete, stand sie dicht vor ihm. Ihr feuchter, heißer Atem schlug ihm ins Gesicht.

»Vielleicht bin ich nicht mehr da, wenn du zurückkommst. Ich weiß nicht, ob ich den Schmerz ertrage. Er ist vielleicht mein Tod.«

»Mein Gott, Mutter!« fuhr er sie an, doch sie wurde nicht ruhiger. Im Gegenteil! Ihr Kopf fing an zu wackeln. »Mutter, fang bitte nicht wieder damit an!«

»Oh! Oh! Oh! In diesem Ton hast du noch nie mit mir gesprochen! Du kennst mich schon nicht mehr! Ich verstehe: Ich habe alles für dich geopfert, aber jetzt brauchst du mich nicht mehr. Das halte ich nicht mehr aus. Womit habe ich das verdient? O Don! Don...«

Sie schlang beide Arme um ihn. Er brachte es jedoch nicht über sich, die Umarmung zu erwidern. Ihre Nähe widerte ihn an. Das war ein völlig neues Gefühl für ihn. Geekelt hatte ihn noch nie vor ihr. Don riß sich fast mit Gewalt los. »Hör mir zu, Mutter. Versuch doch vernünftig zu sein. Ich bin jetzt ein verheirateter Mann. Ich fange mein eigenes Leben an. Verstehst du das denn nicht?«

»Ich verstehe nur zu gut. Ich habe dich verloren.«

»Du hast mich nicht verloren. Aber wenn du so weitermachst, können wir uns wirklich nicht mehr sehen. Das will ich genausowenig wie du. Ich liebe dich doch auch. Du bist meine Mutter.«

Ihre Stimme wurde auf einmal sanft. »Du liebst mich? Du liebst mich also wirklich, Don?«

»Ja. Ja.« Er packte sie bei den Schultern, am liebsten hätte er sie geschüttelt, bis sie wieder Vernunft annahm.

»Versprich mir, daß du mich immer lieben wirst.« Sie wimmerte fast. Ihre Augen schwammen in Tränen. »In deinem Herzen wird immer Platz für mich sein? Versprichst du mir das?«

Am liebsten wäre er davongerannt, für immer vor ihr, vor diesem Haus, vor allen, die darin lebten, geflohen. Nur mit Annette war das etwas anderes. Die eigene Stimme klang ihm fremd in den Ohren, als er sagte: »Ich verspreche es dir, Mutter. Aber jetzt muß ich gehen.«

»Küß mich!«

Widerstrebend beugte er sich vor, streifte ihre Wange mit den Lippen. Das reichte ihr nicht. Winifred drängte sich an seinen schlanken Körper und drückte ihren feuchten Mund auf seinen.

Irgendwie gelang es ihm, sich loszureißen. Er torkelte ins Badezimmer und verriegelte die Tür. Ihm war fast schlecht. Er hatte nur ein Bedürfnis – sich zu waschen, das alles abzuwaschen. Don beugte sich übers Waschbecken und wusch sich das Gesicht mit kaltem Wasser. Noch hatte er sich freilich nicht beruhigt. Er zitterte am ganzen Leib. Diese Frau war doch eindeutig verrückt! Don wischte sich die Lippen ab, spülte den Mund aus, er fühlte sich wieder sauber. Den Anzug, der auch ein paar Spritzer abbekommen hatte trocknete er mit einem Handtuch ab. Bevor er aufsperrte, atmete er mehrmals tief durch.

Auf dem Treppenabsatz stand sein Vater.

»Ich habe dich schon gesucht. Wo hast du gesteckt? Annette wartet doch unten auf dich. Sag, war was?«

»Nichts, nichts.«

Daniel sah sich um. Da niemand kam, fragte er leise: »Der letzte Abschied?«

»Ja, Dad«, seufzte Don. »Mein letzter Abschied.«

»Na, jetzt ist es ja überstanden, Junge. Die Fesseln sind gelöst. Achte darauf, daß es so bleibt, hast du verstanden?«

»Ja, Vater, ich habe dich verstanden.« Sie sahen einander in die Augen wie zwei gleichaltrige erfahrene Männer. »Komm, gehen wir zu den anderen.« Daniel ergriff seinen Sohn am Arm und führte ihn hinunter.

In der Diele schlug ihnen lautes Stimmengewirr entgegen. Die Gäste hatten nur auf das Brautpaar gewartet, sie strömten nun hinaus zur Auffahrt.

Mrs. Allison umarmte ihre Tochter ein letztes Mal. Dann nahm der Vater von ihr Abschied. Stocksteif baute er sich vor ihr auf und drückte ihr unbeholfen je einen Kuß auf beide Wangen. Zum Schluß murmelte er: »Gott möge dich auf allen Wegen begleiten, mein Kind.«

Im allgemeinen Trubel fiel kaum jemandem auf, daß zwei Personen fehlten – die Mutter des Bräutigams und sein Bruder. Stephen war wieder einmal ein Mißgeschick passiert, dessen er sich schämte. Doch von seinem Fenster aus winkte er den beiden nach. Traurig war er trotzdem nicht, denn sein Vater hatte ihm versprochen, er könne später wieder runterkommen und den Gästen beim Tanzen zusehen.

Daß auch Winifred fehlte, merkten nur Daniel, Flo, Joe und Don.

Endlich saßen Don und Annette im Wagen. Daniel und Joe redeten durch das eine Fenster auf sie ein, während Flo durch das andere sprach: »Fahr vorsichtig! Paßt gut auf euch auf...«

»Genieß das Leben, Junge!« Das sagte natürlich sein Vater.

»Vielen Dank!«

Flo ergriff Annettes Hand. »Liebet einander immer«, sagte sie leise.

Beide waren so erfüllt und dankbar, daß sie darauf keine Antwort geben konnten. Langsam fuhren sie los, und die Gesichter von Daniel und Joe verschwanden aus ihrem Gesichtskreis. Statt dessen sahen sie nun Father Ramshaw und hielten noch einmal an. Der Priester mußte fast schreien, um den Motor zu übertönen. »Das letzte Wort muß natürlich wieder ich haben! Gott segne euch beide!« Und mit gespielt würdevoller Miene fügte er hinzu. »Sollte euch zufällig der Heilige Vater über den Weg laufen, richtet ihm meine Grüße aus. Sagt ihm doch bitte, daß ich hier so einen Hilfsgeistlichen habe, der wunderbar als erster Sekretär in seine Amtsstube passen würde. Ich schicke ihn jederzeit zu ihm, er muß es mich nur wissen lassen.«

Don und Annette brachen in schallendes Gelächter aus. »Ich richte es ihm mit dem größten Vergnügen aus«, versprach sie.

»Auf Wiedersehen!«

»Auf Wiedersehen!«

Angefeuert von den Rufen der anderen, brausten sie die Auffahrt hinunter. Noch ein anderes Geräusch begleitete sie, ein unaufhörliches Klappern. »Wetten, daß sie uns etwas an die Stoßstange gebunden haben«, lachte Don. »Sobald wir auf der Straße sind, halte ich an und sehe nach.«

Annette drehte sich um. »Sie laufen uns nach, Don.«

»Laß sie ruhig laufen, Liebling. Sie erwischen uns nie.« Er sah ihr in die Augen. Sein Blick war voller Liebe. »Wir sind frei. Weißt du, was das bedeutet, Schatz? Wir sind frei!«

»Und ob ich das weiß! Oh, Geliebter, keine Sorgen mehr, keine Angst vor den Folgen, wenn sie...«

Er ergriff ihre Hand und führte sie an seine Lippen.

Sie näherten sich nun dem Tor. Annette drehte sich ein letztes Mal um. »Da sind ja Joe und dein Dad! Sie laufen nebeneinander her.«

An diese Worte würde sie sich später erinnern können. Der Möbelwagen war das letzte, was sie sah, bevor das Unglück geschah. Erst glaubte sie, von einer Last niedergedrückt zu werden, dann schleuderte sie eine Kraft nach oben. Annette hörte ihre eigenen Schreie. Und plötzlich war der Wagen ein Pferd, ein riesiges fliegendes Pferd, das die Umzäunung durchbrach und gen Himmel stürmte.

Und dann war da nur noch Stille.

5

An der Wand des Wartezimmers im Krankenhaus hing eine Uhr. Der Zeiger stand auf halb eins. Es war Sonntag morgen. Daniel, Joe und Flo saßen zusammen an einem kleinen Tisch. Janet und James Allison hatten an einem anderen Tisch Platz genommen. Sie stützte sich mit den Ellbogen ab, während er stocksteif mit geschlossenen Augen dasaß. Man hätte meinen können, Daniel sei eingenickt, hätte er nicht immer wieder irritiert zu Winifred hinübergesehen, die ratlos vor der Tür auf und ab ging – sechzehn Schritte in jede Richtung.

Keiner hätte zu sagen vermocht, wann sie damit angefangen hatte. Aber ihre wütenden Schreie klangen ihnen allen noch in den Ohren. Als Daniel sie zu einem Stuhl hatte führen wollen, war sie mit wüsten Beschimpfungen auf ihn losgegangen. Und Flo, die nur versucht hatte, sie zu beruhigen, hätte sie fast mit einem Stoß ihres Ellbogens zu Boden geschickt – eine Technik, die sie meisterhaft beherrschte. »Mutter, bitte, du tust dir damit keinen Gefallen«, hatte Joe sie beschworen. Daraufhin hatte sie wütend die Zähne gefletscht wie ein bissiger Hund.

Einzig Harvey hatte ihren Zorn bislang noch nicht zu spüren bekommen, was auch daran lag, daß er vor einer Weile wortlos aus dem Zimmer gegangen war. Nun kam er wieder zurück. Auf einem Tablett balancierte er eine Teekanne und Tassen, die er dann auf dem Tisch abstellte. Danach schenkte Harvey allen ein. Sie dankten es ihm mit einem stummen Nicken. Zum Schluß blieben nur noch zwei Tassen übrig. Bedächtig füllte er die vorletzte, ging damit auf Winifred zu, die nach wie vor auf und ab schritt, und stellte sich ihr in den Weg. Harvey befürchtete schon, sie würde sie ihm aus der Hand schlagen. Einen Moment lang sah es auch ganz danach aus, doch zur Überraschung aller nahm sie die Tasse an und setzte sich sogar auf den nächsten Stuhl. Sollte die Krise vorbei sein?

Nun ließ die Spannung im Raum etwas nach. Doch nur für kurze Zeit. Sie hatten die Tassen gerade an den Mund geführt, da ging die Tür auf, und die Nachtschwester kam herein. »Mr. und Mrs. Allison, Sie können jetzt Ihre Tochter sehen. Sie ist wieder bei Bewußtsein. Aber Sie dürfen nur kurz bei ihr bleiben.«

Annettes Eltern sprangen wie elektrisiert auf und hasteten zur Tür. Die Schwester ließ ihnen den Vortritt und wollte ihnen gerade folgen, als Winifred sie festhielt.

»Und mein Sohn?«

»Er wird noch operiert, Mrs. Coulson. Keine Angst, der Doktor kommt zu Ihnen, sobald er fertig ist.«

Kaum hatte sie die Tür hinter sich zugezogen, nahm Winifred wieder ihr rastloses Hin- und Herwandern auf. »Keine Angst«, knirschte sie. »Keine Angst. So ein dummes Volk! Keine Angst! Keine Angst!« Ihre Stimme wurde immer lauter, bis Daniel es nicht mehr aushielt. Er ging auf sie zu und packte sie wütend an den Schultern. »Es reicht, Frau!« zischte er. »Hör sofort auf damit! Und versuch für einen Moment zu vergessen, daß du nicht die einzige bist, die sich Sorgen macht.« Mit einem kräftigen Stoß beförderte er sie auf den nächsten Stuhl. Ehe sie erneut aufspringen konnte, drückte er sie mit aller Kraft auf den Sitz. »Und wenn du so weitermachst, dann schlage ich dich grün und blau. Hast du mich verstanden?«

Zum zweitenmal in dieser Woche drohte er ihr nun schon Prügel an. Sie erwiderte kein Wort, doch der Blick, den sie ihm zuwarf, war so voller Haß, daß er zurückschrak. Keuchend richtete Daniel sich auf und wandte sich zu Joe und Harvey. Beide standen dicht hinter ihm. Hätte er tatsächlich seine Frau geschlagen, wären sie eingeschritten. So sehr sie Winifreds Reaktion mißbilligten, Tätlichkeiten dieser Art hätten sie nicht zugelassen.

Fürs erste blieb der große Krach aus, und die Männer setzten sich. »Hier«, sagte Flo leise, »trinkt euren Tee. Er wird kalt.« Gehorsam wie kleine Kinder ergriffen sie ihre Tassen und nahmen ein paar Schlucke.

Etwa zehn Minuten später ging die Tür erneut auf. Zwei Männer traten ein. Es waren der Chirurg Dr. Richardson und sein Assistent Dr. Walters. Beide wirkten erschöpft, vor allem der Chirurg.

Winifred war nicht mehr zu halten. Sie sprang auf und lief auf ihn zu. Dr. Richardson tätschelte ihr beruhigend den Arm. »Es ist gut, Madam. Er lebt.«

»Wie geht es ihm? Wie geht es meinem Sohn?«

»Setzen Sie sich doch bitte.«

Sie schüttelte hartnäckig den Kopf und wich ihm nicht von der Seite. Dr. Richardson wandte sich nun an alle Anwesenden. Sein Blick blieb bei Daniel hängen, während er sagte: »Es war eine schwere Operation.«

»Wird er… wird er wieder gesund?«

»Es wird sich erweisen. Die Verletzungen sind sehr schwer.«

»Wird er leben?« Winifred fragte ihn mit barscher Stimme.

Der Chirurg zog die Augenbrauen hoch. »Wir müssen es abwarten, Mrs. Coulson«, erwiderte er müde und wandte sich gleich wieder an Daniel. »Aber eins steht leider bereits jetzt schon fest. Ihr Sohn wird seine Beine nie wieder gebrauchen können. Das Rückgrat ist in der Lumbalregion irreversibel geschädigt. Das allein wäre nicht lebensbedrohlich, doch es sind auch innere Organe betroffen. Ein Lungenflügel ist zerquetscht, und die Leber hat einen Riß. Er ist also noch nicht über den Berg. Eine endgültige Prognose kann im Augenblick noch nicht gestellt werden. Für heute möchte ich Ihnen raten: Gehen Sie nach Hause und versuchen Sie zu schlafen. Morgen können wir wahrsch…«

»Ich gehe nicht nach Hause! Ich muß ihn sehen. Ich bleibe bei ihm!«

»Heute dürfen Sie leider nicht zu ihm, Mrs. Coulson«, entgegnete ihr der Chirurg höflich, aber bestimmt. »Ihr Sohn liegt jetzt auf der Intensivstation. Kommen Sie morgen wieder. Vielleicht läßt sein Zustand dann schon einen Besuch zu. Fürs erste braucht er jedoch absolute Ruhe.«

Winifred war nach wie vor äußerst erregt. Sie atmete heftig.

Flo meldete sich nun zu Wort. Ihre Frage war ganz dazu angetan, Winifred zusätzlich zu reizen: »Wie geht es Annette... seiner Frau?«

Diesmal gab Dr. Walters die Antwort. »Sie hatte ausgesprochenes Glück – ein gebrochener Arm, Quetschungen im Brustkorb und eine leichte Gehirnerschütterung. Es grenzt an ein Wunder, daß sie so glimpflich davongekommen ist. Die junge Frau wird sich bald vollständig erholt haben. Natürlich braucht auch sie jetzt vor allem Ruhe. Ich möchte mich Mr. Richardson anschließen. Fahren Sie heim und legen Sie sich schlafen. Was uns betrifft, so sind wir nach dem langen Tag sehr erschöpft. Das werden Sie sicher verstehen.«

»Aber natürlich«, erwiderte Joe. »Wir werden Ihre Ratschläge befolgen, Doktor. Und... vielen Dank für Ihre Bemühungen.«

»Ja, vielen herzlichen Dank.« Joes Worte erinnerten Daniel daran, auch seinerseits zu danken. Zögernd fuhr Daniel fort: »Ich... wir alle stehen wohl noch unter Schock. Es ist ja so plötzlich geschehen. Wir hatten doch gerade seine Hochzeit gefeiert. Und sie waren im Begriff, in die Flitterwochen aufzubrechen... Ich kann's noch gar nicht glauben...«

Dr. Richardson nickte. »Solche Unglücke geschehen leider immer wieder. Und unsere Frage nach dem Warum läßt sich nur selten beantworten. Auf jeden Fall sollten Sie die Hoffnung nicht aufgeben. Ich wünsche Ihnen eine gute Nacht.« Der Arzt verneigte sich vor Daniel und verließ zusammen mit Dr. Walters den Raum.

Bis auf Winifred brachen nun auch alle anderen auf. Sie jedoch rührte sich nicht von der Stelle, sondern starrte vor sich hin. Daniel ließ sie einfach stehen, und Flo hielt kurz bei ihr an, ging dann aber weiter.

Der einzige, der sich um sie kümmerte, war Joe. »Komm, Mutter. Ich bringe dich heim. Morgen früh fahre ich dich gleich wieder hierher.«

Noch immer stand sie regungslos da. Dann aber nahm sie den dunkelhäutigen Mann wahr, der einen Meter entfernt vor ihr stand und anscheinend fest gewillt war, solange wie sie zu bleiben. Wini schob Joe daraufhin unwirsch beiseite und setzte sich nun doch in Bewegung.

Die beiden Männer wechselten einen Blick. Dann folgten sie ihr zum Ausgang.

Um zwei Uhr kam die Familie zu hause an. Winifred, die während der Heimfahrt kein Wort gesprochen hatte, ging unverzüglich in ihr Zimmer hinauf. Alle anderen hingen ihren Gedanken nach, es wurde kaum gesprochen. Daran konnte auch der Punsch nichts ändern, den ihnen Maggie servierte. Sie hatte auf die Familie gewartet und in der Zwischenzeit das Gästezimmer für Flo und Harvey hergerichtet, ohne daß ihr das aufgetragen worden wäre.

Am nächsten Morgen waren bis auf Stephen schon um acht alle wieder aus den Federn. Ein Arzt hatte ihm in der Nacht eine Beruhigungsspritze geben müssen, denn anscheinend hatte er den Unfall von seinem Fenster aus in allen Einzelheiten mitbekommen und danach unablässig geschrien wie am Spieß.

Maggie war bereits seit sechs auf den Beinen, doch niemand rührte das Frühstück an, das sie aufgetischt hatte. Nun saß sie mit Daniel in ihrem Zimmer. Ihre Augen waren rot und verquollen. »Ihn hat es also am schlimmsten erwischt?«

Daniel schluckte mehrmals, ehe er den Mund aufbrachte. »Ja, er hat Pech gehabt.«

»Wenn es wirklich so schlimm ist, wie du sagst, könnte sie ihn also ganz verlieren. Wir alle könnten das. Aber ich glaube, daß es für ihn sowieso besser wäre, wenn er im Grab läge. Sie würde doch nur versuchen, ihn wieder zu reglementieren. Nur wäre es jetzt noch viel schlimmer, weil er sich nicht mehr wehren kann.«

»O nein! Das lasse ich nicht zu! Schließlich haben sie ihr eigenes Haus. Und soweit ich das mitbekommen habe, sind Annettes Verletzungen nicht so schlimm; sie könnte ihn also durchaus allein pflegen. Außerdem gibt es ja ambulante Schwestern. Ich werde mich auf alle Fälle dafür stark mache, daß sie in ihren eigenen vier Wänden leben können. Schließlich sind sie verheiratet.«

Zeit für eine längere Aussprache hatten sie nicht. Die Pflichten riefen. Aus einer Schublade holte Maggie eine frische Schürze und band sie sich um. »Kommst du heute zum Mittagessen?«

»Wahrscheinlich nicht.«

»Und Flo und Mr. Rochester? Bleiben sie noch länger?«

»Ich weiß es nicht... Was hältst du eigentlich von ihm? Warst du auch so überrascht, als du gesehen hast, mit wem sie verlobt ist?«

»Am Anfang vielleicht schon, aber später überhaupt nicht mehr. Eine bessere Partie läßt sich kaum denken. Er ist doch sehr gebildet und sieht auch noch blendend aus. Aber bei den Farbigen ist das ja nichts Außergewöhnliches. Oder hast du schon mal einen häßlichen Schwarzen gesehen?«

»Stimmt, du hast recht. Aber das ist auch egal. Hauptsache, sie hat die richtige Wahl getroffen, unabhängig von der Hautfarbe – und da haben wir wohl beide ein gutes Gefühl. Trotzdem, ich muß los.« Einen Moment lang blieb er vor ihr stehen, dann schlang er beide Arme um sie. Sie schmiegte sich an ihn, erwiderte die Umarmung, und sein Kopf sank auf ihre Schulter. »Maggie!« schluchzte er. »Ich bin verzweifelt! Nicht nur meinetwegen – er tut mir so unendlich leid. Mir graut vor der Zukunft, Maggie.«

Sie löste sich von ihm. »Du kannst nichts daran ändern«, erwiderte sie und wischte sich seine Tränen von der Wange. »Das müßtest du spätestens gestern begriffen haben. Der Mensch denkt, aber Gott lenkt. Geh jetzt lieber, denk aber bitte dran und ruf mich vom Krankenhaus aus an.«

Er nickte stumm und ging.

Flo, Harvey und Joe warteten bereits in der Empfangshalle. Seine Schwägerin trat sogleich auf ihn zu. »Ich habe versucht, mit ihr zu sprechen, aber sie läßt keinen an sich ran.«

»Wo ist sie?«

»Im Frühstückszimmer. Sie trinkt Tee. Aber das Essen hat sie nicht angerührt.

»Das wird ihr bestimmt nicht schaden«, knurrte er. »Von ihrem Fett kann sie ja noch Wochen zehren. Sag ihr doch bitte, daß wir fertig sind und nur noch auf sie warten.«

»Sie ist längst fertig und wartet auf *dich*, Daniel«, erwiderte sie in mißbilligendem Ton. Dennoch tat sie ihm den Gefallen und ging noch einmal zu ihrer Schwester.

Die Spannung war mit Händen zu greifen. Bei dem Versuch, die Atmosphäre etwas zu entkrampfen, wandte sich Joe an Harvey. »Wann müßt ihr eigentlich nach London zurück?«

»Wir haben beide eine Woche Urlaub. Wenn wir euch helfen können, bleiben wir gerne noch eine Weile da.«

Bei den letzten Worten hatte er sich an Daniel gewandt. »Ihr seid herzlich eingeladen«, erwiderte dieser einfach. »Die Entscheidung liegt ganz bei euch.«

Flo erschien wieder in der Halle, und Ihr folgte wenig später Winifred. Ohne die Wartenden auch nur eines Blickes zu würdigen stürmte sie aus dem Haus und setzte sich in den Wagen. Dabei rutschte ihr das Kleid übers Knie. Hastig zog sie es wieder über die Wade, als dürfe ihr Mann auf keinen Fall mit ihrem Bein in Berührung kommen.

Vor dem demolierten Zaun schloß Daniel beide Augen. Während der Fahrt schwieg er dumpf und brachte erst als sie sich dem Krankenhaus näherten ein Wort über die Lippen. »Keinen hysterischen Anfall, hast du verstanden? Wenn du dich nochmal so aufführst wie heute nacht, lernst du mich kennen. Gegen Hysterie gibt es ein einfaches, aber sehr wirksames Mittel.«

Sie zeigte zunächst keinerlei Reaktion, doch daß es in ihr brodelte, erwies sich beim Aussteigen. »Dir werde ich es schon noch zeigen!« fauchte sie ihn an. »Warte nur, mein Tag kommt noch.«

»Hoffentlich kommt er bald«, versetzte er. »Dann werden wir ja sehen, wer es wem zeigt.«

Winifred drehte sich abrupt um und stürmte die Stufen zum Eingang hinauf. Ihr Mann wartete unterdessen, bis alle ausgestiegen waren; gemeinsam gingen sie zur Pforte.

»Wo ist Dr. Richardson!« herrschte Winifred die Schwester am Empfang an, noch ehe die anderen bei ihr waren. »Ich muß ihn sprechen!«

»Es tut mir leid, Madam«, erwiderte die Schwester, »aber

Mister Richardson operiert gerade. »Wenn Sie solange im Wartezimmer Platz nehmen, will ich gerne einen anderen Arzt holen. Es dauert nicht lange.«

»Könnten Sie uns denn sagen, auf welcher Station mein Sohn liegt?« schaltete sich nun Daniel ein. »Er ist heute nacht operiert worden. Der Name ist Coulson.«

»O ja, ich bin informiert. Aber wie ich Ihrer Frau bereits gesagt habe, es kommt gleich jemand. Wenn Sie bis dahin warten würden...«

»Vielen Dank.«

Er wandte sich ab. Flo, Harvey und Joe folgten ihm zum Wartezimmer. Nur Winifred blieb noch über eine Minute stehen, ehe sie ihnen folgte.

Im Wartezimmer war es sehr voll; nur drei Stühle waren frei. Zehn Frauen, ein Mann und ein Jugendlicher warteten auf ihre Angehörigen, und zwischen den Tischen tollten zwei Kinder herum.

Winifred drehte sich kurz entschlossen um und ging in die Vorhalle zurück. Daniel und Joe wechselten einen besorgten Blick. Der Jüngere nickte kurz und folgte seiner Stiefmutter.

Mittlerweile führte Harvey Flo zu einem freien Stuhl und setzte sich neben sie. Daniel blieb dagegen bei der Tür stehen. Ihm entging nicht, daß jedes Gespräch im Raum abrupt verstummt war. Selbst die Kinder gaben auf einmal Ruhe. Eine Weiße ging mit einem Schwarzen! Noch dazu mit einem so vornehmen! Wie schick die beiden angezogen waren! Das war etwas ganz anderes als die schwarz-weißen Pärchen aus der Gegend, die immer so verschämt taten. Die hier dagegen traten auf, als sei das die selbstverständlichste Sache der Welt.

Die Befangenheit löste sich erst wieder, als die Tür aufging und Joe seinen Vater, Flo und Harvey zu sich winkte. Im Korridor erwartete sie ein junger Arzt.

»Mr. Richardson möchte Sie sprechen; er ist allerdings erst in einer halben Stunde fertig. Bis dahin können Sie kurz zu dem Patienten. Bitte haben Sie Verständnis, wenn Sie nicht länger bleiben dürfen. Mr. Coulson ist noch nicht wieder bei

Bewußtsein, und es wird noch eine Weile dauern, bis er aus dem Koma erwacht... Hier entlang... Und bitte nur immer zwei Besucher auf einmal...«

Er führte sie durch mehrere lange Flure, in denen viel Betrieb herrschte. Vor ihnen klapperte Geschirr. Eine Lernschwester schob einen Servierwagen in die Küche. Schließlich blieb der Arzt stehen, nickte Winifred und Daniel zu und öffnete leise eine Tür.

Daniel stakste zum Bett und sah auf seinen Sohn hinab. Don hätte genausogut tot sein können, so weiß war sein Gesicht. In die Nase hatte man ihm einen Schlauch geschoben, mit dem Sauerstoff zugeführt wurde. Zwei weitere Schläuche führten von den Armen zu zwei an einem Ständer angebrachten Infusionsflaschen. Seine Beine waren auf einem Kissen hochgelagert.

Der Anblick schnürte Daniel die Kehle zu, und für einen Moment schloß er die Augen. Die Beine! Die Beine! dachte er verzweifelt, hörte ein Keuchen und sah sich um. Seine Frau stand nun ebenfalls am Bett. Ihr Gesicht war tränenüberströmt. Sie war es, die so stöhnte.

Eine Schwester, die ihm zunächst nicht aufgefallen war, trat auf sie zu und legte eine Hand auf ihren Arm. »Kommen Sie bitte.«

Winifred riß sich von ihr los. »Ich will bei ihm bleiben. Ich kann doch am Bett sitzen.«

»Der Doktor sagt...«

»Ich bin seine Mutter!« stieß Winifred hervor.

Die Schwester sah Daniel fast flehend an. Er wollte Winifred fortziehen, doch sie reagierte schneller, als man es von einem so übergewichtigen Menschen hätte erwarten können, und rannte zur Tür. »Ich will den Chefarzt sprechen.«

Nicht den Stationsarzt oder den Chirurgen, nein, es mußte der Chefarzt sein.

»Wann, glauben Sie, kommt er wieder zu sich?« fragte Daniel die Schwester leise.

»Ich weiß es nicht«, erwiderte sie. »Niemand kann das wissen.«

»Und auf welcher Station liegt seine Frau? Mrs. Coulson?«

»Ein Stockwerk über unserer, glaube ich.«

»Vielen Dank, Schwester.«

Wenige Minuten später wurde er in Annettes Zimmer geführt. Zu seiner Überraschung saß sie aufrecht in ihrem Bett. Beim Nähertreten sah er, daß ihr rechter Arm eingegipst und ihre rechte Gesichtshälfte mit Blutergüssen übersät war, als hätte sie jemand geschlagen.

»Dad?« sagte sie mit kläglicher Stimme.

»Ach, Mädchen, mein liebes, armes Mädchen.« Er griff vorsichtig nach ihrer unversehrten Hand und streichelte sie.

»Don?« murmelte sie. Dann noch einmal: »Don? Ist er… schlimm verletzt? Sie… wollen mir… nichts sagen.«

Er schluckte. »Er wird sich bald erholen«, log er. »Seine Beine… sind verletzt, und er ist noch nicht richtig wach, aber es wird schon wieder, ganz bestimmt.«

Die Schwester, die ihn zu ihr geführt hatte, brachte ihm einen Stuhl. Er bedankte sich mit einem Nicken und setzte sich, ohne dabei Annettes Hand loszulassen. »Nicht weinen, mein Mädchen. Du wirst sehen, es wird alles wieder gut.«

»Wir… wir wollten doch…«

»Was wolltet ihr, Kind?«

»Ent… kommen.«

»O ja, ihr wart drauf und dran. Und es wird euch wieder gelingen. Ganz bestimmt sogar, keine Angst.«

»Warum nur, Dad? Warum ausgerechnet wir?« Die letzten Worte stieß sie unter Schluchzen hervor. Die Schwester trat daraufhin neben Daniel und bedeutete ihm zu gehen. »Für heute haben Sie sich genügend angestrengt«, erklärte sie Annette. »Sie müssen jetzt wieder schlafen. Ich gebe Ihnen etwas zu trinken, und dann werden Sie ruhen. Sie werden sehen, morgen geht es Ihnen schon viel besser.«

Daniel entfernte sich langsam. Vor wenigen Stunden war sie noch eine Braut gewesen, eine wunderschöne Braut, die vor Lebensfreude gesprüht hatte. Und jetzt auf einmal schien sie nur noch ein Häufchen Elend. Konnte das Leben wirklich so grausam sein?

Er wartete draußen vor der Tür, bis die Schwester aus

dem Zimmer kam. »Ein Wort nur noch, Schwester. Wie steht es um sie?«

»Sie hat sehr, sehr viel Glück gehabt. Natürlich hat sie am ganzen Körper Blutergüsse, einen gebrochenen Arm und einen Schock. Es ist ein Wunder, daß ihr nicht mehr passiert ist. Ihren Mann soll es dagegen schlimm erwischt haben. Sind Sie ihr Vater?«

»Nein, ihr Schwiegervater.«

»O Gott, dann ist er Ihr Sohn?«

»Ja, er ist mein...« Die Stimme versagte ihm.

»Ist das nicht eine Tragödie?« fragte die Schwester. »Sie hatten gerade erst geheiratet und wollten in die Flitterwochen aufbrechen, und dann das... Daß so etwas möglich ist...«

»Entschuldigen Sie... mich bitte«, stammelte Daniel und lief weg. Als er wenig später aus der Toilette trat, hatte er zwar noch rote Augen, doch wirkte er gefaßter.

Eine Tür ging auf, und Mr. Richardson stürmte auf den Flur. Fast wäre er mit Daniel zusammengeprallt.

»Ach, Mr. Coulson. Sie habe ich schon gesucht.«

»Guten Morgen, Mr. Richardson. Ich komme gerade von meiner Schwiegertochter...«

»Ach ja? Nun, sie hat Glück gehabt, großes Glück. Erstaunlich, daß sie so glimpflich davongekommen ist... Würden Sie mir bitte für einen Moment in mein Büro folgen? Ich möchte etwas mit Ihnen besprechen.«

Sie betraten einen kleinen Raum. »Setzen Sie sich bitte«, forderte der Chirurg den Besucher auf. Er selbst nahm hinter seinem Schreibtisch Platz. Wie so viele Ärzte faltete er die Hände über der Tischplatte und beugte sich leicht vor.

»Es geht um Ihre Frau, Mr. Coulson. Ich muß Sie leider bitten, ein ernstes Wörtchen mit ihr zu reden. Wir können aus medizinischer Sicht nicht gutheißen, daß sie sich ständig bei ihrem Sohn aufhalten will, zumindest solange das Ausmaß und die Folgen seiner Verletzungen noch nicht definitiv feststehen. Ich habe Ihnen ja schon gesagt, daß er vermutlich nie wieder wird laufen können und daß seine Leber geschädigt ist. Offen gesagt hat er Glück gehabt, daß er überhaupt noch lebt – wenn man in diesem Fall von Glück sprechen kann. Mr. Coulson, Ihr Sohn wird aller Wahrscheinlichkeit nach zeitlebens unter Inkontinenz leiden. Aber das ist noch nicht alles. Wir mußten auch einen Lungenflügel entfernen.«

Er hielt inne und streckte die Hand aus, als wolle er Daniel trösten. Statt dessen befingerte er jedoch nur nervös die Schreibunterlage. »Ich weiß, es ist schrecklich für ihn und die ganze Familie, aber wir müssen mit noch schlimmeren Folgen rechnen. Bislang habe ich nur von den physischen Problemen gesprochen – die sich auf die eine oder andere Weise immer behandeln lassen. Solange er aber nicht bei vollem Bewußtsein ist, können wir keine zuverlässige Prognose hinsichtlich seines Geisteszustands treffen. Vielleicht wird sich Ihnen die Frage sogar stellen, ob Sie ihn von allen Leiden erlösen oder lieber am Leben erhalten wollen. Letzteres würde bedeuten, daß er bis zu seinem Tod ein Pflegefall bliebe. Wie lange das dauern würde… nun, ich bin nicht allwissend. Noch wissen wir ja nicht einmal, ob sein Verstand Schaden erlitten hat. Fest steht allerdings, daß mehrfach Schädelfrakturen vorhanden sind. Nun ja, auch Ihr Sohn wird vor derselben Frage stehen wie Sie, wenn er aufwacht und über seinen Zustand Bescheid weiß. Wird er weiterleben wollen? Der Wille ist in jeder Hinsicht ein bedeutender Faktor. Vorläufig sind uns leider die Hände gebunden. Wie gesagt, die nächsten Tage werden über sein Schicksal entscheiden; darum müssen wir unbedingt jede seelische Belastung für Ihren Sohn vermeiden. Ich vertrete den Standpunkt, daß viele Patienten auch im Koma unterbewußt die Emotionen um sich herum aufnehmen. Und Ihre Frau – nun ja, Sie kennen Sie wohl besser als jeder andere – scheint eine äußerst nervöse Person zu sein. Oder täusche ich mich da?«

Daniel starrte ihn einen Moment lang benommen an. »Doch, doch, da haben Sie schon recht«, murmelte er schließlich. »Seit seiner Geburt lebt sie nur noch für ihn. Ehrlich gesagt war sie schon gestern den ganzen Tag außer sich. Er hat doch geheiratet, und das war eine Katastrophe für sie... O Gott, das ist ja alles so kompliziert..., aber ich werde dafür sorgen, daß sie nicht mehr lange bei ihm bleibt.«

Mr. Richardson erhob sich. »Vielen Dank, Mr. Coulson. Ich gebe meinen Mitarbeitern Anweisungen, daß bis auf weiteres nur noch Sie und Ihre Frau ihn besuchen dürfen. Aber sie scheint wirklich fest entschlossen zu sein, Tag und Nacht bei ihm zu bleiben. Bitte machen Sie ihr in aller Deutlichkeit klar, daß sie ihm damit nur schaden würde.«

»Ganz gewiß, Mr. Richardson.« Dabei war Daniel schon jetzt klar, was für eine gräßliche Szene ihn erwartete. Diesmal, das wußte er, würde er selbst vor Gewalt nicht mehr zurückschrecken, wenn sie wieder zu schreien anfing.

Mr. Richardson war noch nicht ganz fertig. »Ich rate Ihnen erst gar nicht, sich nicht allzusehr zu sorgen, Mr. Coulson. Das hätte wohl wenig Sinn. Aber seien Sie versichert: Soweit es in unserer Macht steht, werden wir uns für das Leben Ihres Sohnes einsetzen und ihm dabei helfen, sein Schicksal zu bewältigen.«

»Vielen Dank. Vielen herzlichen Dank.«

Daniel brauchte seine Frau nicht mehr im Wartezimmer abzuholen; ihre laute Stimme gellte von der Pforte her über den Korridor. Daß sowohl Besucher als auch Personal sie anstarrten, schien sie nicht zu stören.

»Das lasse ich mir nicht bieten! Ich werde mich beim Gesundheitsministerium beschweren. Andere dürfen doch auch bei ihren Angehörigen bleiben. Was bildet dieser Mann sich ein, wofür hält er sich eigentlich?«

»Ach, er ist nur der Mann, der deinem geliebten Sohn das Leben gerettet hat.« Daniel sprach sehr leise, und dennoch wirkte jedes Wort wie ein Peitschenhieb. »*Deinem* Sohn. Sonst liebt ihn ja niemand. Und keiner empfindet Schmerz oder Trauer – außer dir. Hast du Annette besucht? Nein, natürlich nicht! Was geht sie dich auch an? So, jetzt laß gefälligst die Leute in Ruhe! Los, komm mit!«

Sie bedachte die Umstehenden mit einem giftigen Blick und stapfte aus dem Gebäude. Bis zum Parkplatz fiel kein Wort mehr, doch vor dem Auto war es vorbei mit ihrer

Selbstbeherrschung. »Wie kannst du es wagen, mich so bloßzustellen!«

»Dich kann keiner bloßstellen, das schaffst du ganz allein. Halt lieber den Mund und steig ein.«

Seiner Aufforderung kam sie allerdings erst nach, als er den Motor aufheulen ließ. Sie riß die Tür auf und ließ sich auf den Beifahrersitz plumpsen.

Während der gesamten Fahrt redeten sie kein Wort, und kaum hielt er vor ihrem Haus an, stieß sie die Tür auf und sprang hinaus. Einmal mehr erstaunte ihn ihre Behendigkeit. Leichtfüßig als wäre sie ein junges Mädchen und keine fettleibige Matrone, lief sie den Weg zur Eingangstür hinauf.

Joe war kurz vor ihnen eingetroffen. Er ging hastig auf den Wagen zu und beugte sich zu dem geöffneten Fenster herunter. »Sei nicht zu hart zu ihr... sonst...«

»Was sonst?«

Darauf ging Joe nicht mehr ein. Während Daniel ausstieg, meinte er nur noch: »An deiner Stelle würde ich den Arzt holen. So kann es nicht mehr weitergehen. Sie schnappt ja noch über.«

Daniels Stimme klang auf einmal unendlich müde. »Sie ist schon vor langer Zeit übergeschnappt, Joe.«

»Einerseits hast du ja recht, aber diesmal ist es etwas anderes. So knüppeldick ist es noch nie für sie gekommen.«

»Ist es uns etwa anders ergangen?«

»Das stimmt auch wieder. Aber was sollen wir tun? Soll ich den Arzt anrufen?«

»Ja, gut, ruf ihn an. Aber ich will einen Besen fressen, wenn das etwas hilft.«

Für scharfe Sachen war es noch zu früh, das wußte Daniel, doch hatte er einen Whisky zur Stärkung dringend nötig, ehe er nach oben ging und seine Frau darüber aufklärte, daß sie im Krankenhaus nicht als Babysitter für ihren Sohn erwünscht war.

Gerade hatte er sein Glas runtergekippt, als die Tür aufging.

»Dad?«

Daniel wandte sich um. Stephen war unschlüssig in der

Tür stehengeblieben. Er traute sich anscheinend nicht näher, so ging Daniel auf ihn zu.

»So früh schon auf den Beinen, Stephen?« Er wollte ihn schon zurechtweisen, weil er unbeaufsichtigt herumlief, besann sich dann aber eines Besseren und fragte, wo denn die Angestellten wären.

»Maggie ist in der Küche«, erklärte Stephen, »Lily und Bill sind in der Kirche, und Peggie putzt das Bad. Aber nicht meins! Ich war heute ganz brav, Dad!«

Daniel tätschelte ihm die Schulter. »So ist es recht, mein Junge. Aber jetzt erzähl mal, wo drückt dich der Schuh?«

»Ich... ich suche Joe. Ich will ihn was wegen Don und Annette fragen.«

Daniel war schon oft aufgefallen, daß Stephen sich immer an Joe wandte, wenn er Hilfe brauchte, und nicht an ihn, seinen Vater. »Na ja«, brummte er, »Joe hat heute viel zu tun. Wir sind ja gerade erst zurückgekommen. Du solltest lieber...«

»Bitte nicht, Dad! Bitte schick mich nicht schon wieder rauf, bitte! Ich... ich bin so traurig. Ich mag Don doch so gern... Und... und ich möchte ihn im Krankenhaus besuchen. Ich hab' doch alles gesehen, wie...« Tränen schossen ihm in die Augen.

Sein Vater schnitt ihm das Wort ab. »Ich weiß! Und ich weiß auch, daß du dich nicht aufregen darfst. Gib jetzt bitte Ruhe und sei ein lieber Junge. Ich verspreche dir – wenn es Don und Annette ein bißchen besser geht, besuchen wir sie zusammen. Na, was hältst du davon?«

»Nimmst du mich wirklich mit?«

»Versprochen. Es muß ihnen nur noch ein bißchen besser gehen. Aber bis dahin versprichst du mir, brav zu sein. Du weißt schon, was ich meine.«

Der Mann mit dem Verstand eines kleinen Jungen ließ den Kopf hängen. »Ich hab' verstanden, Dad.« Er wimmerte fast. »Aber ich versprech' dir – ich will ganz brav sein.«

»Sehr schön. Sag, möchtest du nicht zu Maggie in die Küche gehen und ihr Gesellschaft leisten? Ich muß nur mal kurz nach oben. Wenn ich wiederkomme, spielen wir ein bißchen, ja? Was würdest du zum Beispiel von einer Partie Billard halten?«

»Au ja, Billard!«

»Also gut. Dann geh schon mal. Ich komme gleich wieder runter.«

Stephen rannte glückstrahlend davon, während Daniel noch zögerte. Er warf einen sehnsüchtigen Blick auf die Karaffe mit dem Whisky, doch dann verzichtete er.

Oben klopfte er erst gar nicht an der Tür seiner Frau an. Statt dessen rief er laut: »Bist du da?«

Da er keine Antwort erhielt, trat er kurzentschlossen ein. Sie hatte sich umgezogen und saß vor dem Schminktisch. Daniel hatte sich schon oft gefragt, wie sie nur soviel Zeit vor dem Spiegel verbringen konnte. Am plausibelsten erschien ihm, daß sie ihre nach wie vor glatte Haut und ihre Haare bewunderte, in denen noch immer nicht die geringste Spur von Grau schimmerte. Ihm war es ein Rätsel, warum sie sich trotz ihrer Eitelkeit so wenig um ihre Figur kümmerte, denn ohne das viele Fett wäre sie eine durchaus ansehnliche Frau gewesen. Ihr Hausarzt hatte einmal gemeint, ihre Probleme mit dem Essen seien die Folge einer tief in ihr verwurzelten Angst. Einer Angst – und das dachte sich jetzt Daniel –, mit der sie seit Jahren die gesamte Familie terrorisierte.

Daniel blieb in der Mitte des Zimmers vor dem Bett stehen. Näher wollte er ihr nicht kommen. Er räusperte sich. »Ich muß etwas mit dir besprechen.«

Sie gab keine Antwort, sondern starrte nur weiter in den Spiegel.

»Es geht um unsere Besuche im Krankenhaus. Mr. Richardson hat mich deswegen angesprochen. Er empfiehlt uns, in den nächsten Tagen jeweils nur sehr kurz bei Don zu bleiben, ein, zwei Minuten. Er hätte eine bessere Chance...«

»Eine bessere Chance!« Sie wandte sich ihm bedrohlich langsam zu. Er sah die fleischigen Arme aus dem Kleid hervorquellen und das Wogen ihres gewaltigen Busens. Bei einer anderen Frau hätten die gleichen Bewegungen vielleicht verführerisch gewirkt, doch bei Winifred waren das Anzeichen einer wachsenden Erregung.

Noch sprach sie so langsam, wie sie sich bewegte. »Eine bessere Chance«, wiederholte sie. »Eine bessere Chance? Du willst also seine Chancen verbessern? Peinigt dich dein Gewissen so sehr? Du hast ja sein Leben für ihn geregelt. Du hast diese Hochzeit für ihn geplant. Du hast alles getan, nur um ihn mir wegzunehmen. Aber das mit der Hochzeit war nur ein Vorwand für deine Machenschaften! Mich konntest du nicht täuschen.« Sie wurde lauter, schrie aber noch nicht. »Du konntest den Gedanken nicht ertragen, daß ich dafür gesorgt habe, daß er anständig geblieben ist, daß er nicht in deine Fußstapfen trat und sich nicht auch mit so widerwärtigen Schlampen wie du eingelassen hat!«

»Halt doch den Mund!«

Sie sprang so überraschend auf, daß er kaum Zeit fand zu reagieren. Plötzlich stand sie vor dem Bett und zerrte mit aller Kraft an einem der Bettpfosten, als wolle sie ihn herausreißen und damit auf ihn losgehen.

»Verbiete mir nicht noch einmal den Mund! Hör mir gefälligst zu, verstanden? Wenn mein Sohn stirbt, bringe ich dich um! Du konntest seine Hochzeitsnacht gar nicht mehr erwarten. Und warum? Er wäre dann genauso schmutzig gewesen wie alle anderen Männer! Einen Mann wolltest du aus ihm machen? Daß ich nicht lache! Ein verkommener Hurenbock wäre er geworden, so wie du.«

Die letzten Worte kreischte sie ihm entgegen, und seine Antwort war ein Schlag mitten auf ihren Mund. Doch sie wankte nicht einmal, und ehe er sich's versah, krallte sie ihre Nägel unter den übelsten Verwünschungen in sein Gesicht.

Daniel packte sie an der Kehle und versuchte sie abzuschütteln. Blinder Haß bemächtigte sich seiner, der dem ihren in nichts mehr nachstand. Er wäre wohl zu allem fähig gewesen, hätten ihn nicht fremde Hände weggerissen. Durch einen Schleier aus Blut erblickte er ein schwarzes Gesicht und dann Joe, der Winifred umklammert hielt.

Peggie stand mit verstörter Miene im Türrahmen. »Hol Maggie!« schrie Joe. Doch das war nicht mehr nötig, denn schon kam Maggie ins Zimmer gestürzt. Vor Daniel blieb sie abrupt stehen. Winifred hatte ihn fürchterlich zugerichtet. Sein Gesicht war blutüberströmt, von beiden Wangen hingen Hautfetzen herab.

Maggie reagierte schnell. »Hol Mrs. Jackson, Peggie. Sie ist mit Stephen im Garten. Und dann rufst du den Arzt an.« Und an Harvey gewandt, fügte sie leise hinzu: »Bringen Sie ihn da raus.«

Tatsächlich ließ sich Daniel widerstandslos aus dem Zimmer führen. Auf dem Treppenabsatz blieben er und Harvey jäh stehen. Überraschend stand Father Cody vor ihnen.

Der Priester war nicht viel älter als dreißig. Sein Gesicht, seine ganze Haltung wiesen ihn als Asketen aus. Er nuschelte leicht, doch sprach er ein völlig dialektfreies Englisch. »Was ist das für ein Lärm? Ich wollte die Zeit vor der nächsten Messe nutzen und mich nach dem jungen Paar erkundigen. Um Himmels willen...! Sie haben sich ja böse zugerichtet. Jetzt sind doch keine Schuldzuweisungen angebracht, würde ich meinen. Wissen Sie denn nicht, wie sehr Ihre Frau in den letzten Wochen gelitten hat, Mr. Coulson? Sie braucht nichts so sehr wie Trost, nach allem, was sie durchgemacht hat. Ach, die armen, unschuldigen Kinder! Sie können am allerwenigsten dafür. Aber Sie wissen ja: Die Sünden der Väter werden die Kinder bis in die dritte oder vierte Generation heimsuchen. Für alles muß man irgendwann büßen. Gottes Mühlen mahlen langsam, aber schrecklich...«

»*Raus!*« Daniel hatte sich von Harvey losgerissen und baute sich vor dem Priester auf.

»Sie werden es doch nicht wagen... Was nehmen Sie sich heraus, Daniel Coulson? Ich bin der Beichtvater Ihrer Frau. Und gerade in dieser schweren Zeit ist sie auf meinen Beistand angewiesen!«

»Hören Sie mir gut zu: Wenn ich Sie nicht mit einem Arschtritt an die Luft befördern soll, gehen Sie lieber schleunigst von selbst. Und noch etwas: Sie setzen nie wieder den Fuß über meine Schwelle!«

Father Cody warf einen Blick auf Harvey, als erwarte er von dem fremden Schwarzen, den Tobenden wieder zur

Raison zu bringen. Den Gefallen tat ihm Harvey jedoch nicht. »An Ihrer Seite würde ich tun, was er sagt, und schnellstens gehen«, meinte er gelassen.

»Mich können Sie nicht einschüchtern!« Father Codys Blick wanderte von Harvey zu Daniel. Aber als Daniel die Fäuste ballte, überlegte er es sich blitzschnell anders und wich zurück, freilich nicht ohne eine letzte Belehrung: »Gottes Wege sind oft unergründlich, doch er beschützt die Seinen, das werden auch Sie noch merken.«

»Scheren Sie sich zum Teufel!«

Die zwei Männer blieben oben auf dem Treppenabsatz stehen und blickten der Gestalt in der schwarzen Soutane nach, bis die Haustür hinter ihr ins Schloß fiel. »Keine Angst, der Teufel holt ihn bestimmt nicht«, bemerkte Harvey trocken. »Hast du gesehen, wie er sich unten bekreuzigt hat?« Zu jeder anderen Zeit hätte er damit einen Heiterkeitserfolg erzielt, aber zum Lachen war weder ihm noch Daniel zumute. Harvey wurde auch sofort wieder ernst. »Los, komm mit ins Bad, du mußt dir das Blut abwaschen.«

Der Arzt gab Winifred eine Beruhigungsspritze. Sie nahm die Prozedur kaum wahr, denn noch immer kochte sie vor Wut. Nach ihr kümmerte er sich um Daniel. »Großer Gott!« stieß er beim Anblick seiner Wunden hervor. »Ein Tiger hätte Sie nicht sehr viel schlimmer zurichten können. Der Sicherheit halber gebe ich Ihnen mal eine Spritze.«

Als die Wunden verarztet waren und der Arzt sich verabschiedete, senkte er die Stimme. »Sie wird wohl früher oder später Hilfe brauchen, Hilfe von Spezialisten. Ich als Allgemeinmediziner wäre da überfordert. Sie verstehen doch, was ich meine?«

Daniel verstand nur zu gut. Er hoffte inständig, dieser Tag würde bald kommen.

Gegen zwei Uhr machte Father Ramshaw seine Aufwartung. Im Haus war es ungewöhnlich still. Der Priester wartete nicht erst, bis ihn jemand in Empfang nahm, sondern ging schnurstracks in die Küche zu Maggie.

»Na, wo ist denn die ganze Belegschaft?«

»Sie dürften Mr. Coulson in der Bibliothek antreffen, die anderen sind alle in ihren Zimmern.«

»Nun, in erster Linie will ich ihn sprechen. Haben Sie zufällig Teewasser aufgesetzt?«

»Noch nicht, aber Sie können gern eine Tasse haben, Father.«

»Wenn ich Ihnen keine Umstände bereite. Das wäre sehr nett.«

Er ging über den Flur zur Bibliothek, klopfte an und rief: »Daniel? Ich bin's!«

Daniel, der auf dem Ledersofa gelegen hatte, setzte die Füße auf den Boden, stand aber nicht auf, denn der Pfarrer war schon eingetreten. Auf halbem Weg blieb er wie vom Donner gerührt stehen. »Ja, um Himmels willen! Wie ist denn das passiert? Aber was frage ich Sie da nur? Ich kann's mir schon denken.« Er kam kopfschüttelnd näher und setzte sich neben Daniel. »So kann es nicht weitergehen. Es muß etwas geschehen. Die Frage ist nur, was. Irgendwann ist das Maß voll, und wenn ich mir Ihr Gesicht anschaue, dann weiß ich, daß wir jetzt nicht mehr tatenlos zusehen dürfen. Wie fühlen Sie sich denn?«

»Nicht gerade gut, Father. Kommen Sie wegen Ihres Assistenten?«

Der Priester setzte seine strengste Miene auf. »Sehr richtig. Sie haben meinen Kuraten beleidigt, wissen Sie das? Soweit ich ihn verstanden habe, wollten Sie ihn sogar zum Teufel schicken. Soll ich Ihnen was sagen? Manchmal wünschte ich mir, ich brächte den Mut auf und würde so mit ihm umgehen. Bitte hören sie sofort zu grinsen auf – das muß Ihnen doch höllisch weh tun.«

Sie sahen sich schweigend an. In ernsterem Ton murmelte der Priester schließlich: »Jetzt ist sie wohl endgültig übergeschnappt. Wie ist es denn dazu gekommen?«

»Im Krankenhaus hat sie sich schon aufgeführt, weil sie nicht bei Don bleiben durfte. In einem Gespräch unter vier Augen hat der Arzt mich dann gebeten, ihr doch irgendwie beizubringen, daß unsere Besuche nur wenige Minuten dauern sollten und nicht mehrere Stunden, Tage oder gar Nächte, wie sie es sich einbildet. Vorhin bin ich also zu ihr ins Zimmer gegangen und habe versucht, ihr das in aller Ruhe klarzumachen. Aber dann...« – er seufzte – »... sie gibt mir die Schuld für den Unfall. Wenn ich nicht die Hochzeit arrangiert hätte, wären sie auch nicht am Abend losgefahren, und das Ganze wäre nicht passiert. Tja, ich bin für alles verantwortlich.«

»Sehen wir es mal so, Daniel: Sie hat insofern recht, daß Sie es sind, der die zwei zusammengebracht hat. Ohne Ihr Zutun hätten sie wohl nie geheiratet. Komisch, nicht wahr, aber wenn Sie ihnen nicht geholfen hätten, wäre der Unfall tatsächlich nie passiert. Aber war zählt, das ist die Absicht – und die war gut. Sie wollten den Jungen doch davor bewahren, vollständig von ihr erdrückt zu werden. Wenn es je einen umgekehrten Ödipuskomplex in Reinkultur gegeben hat, dann den hier. So etwas Schlimmes habe ich im ganzen Leben noch nicht gesehen. Und ich habe einiges mitbekommen, das können Sie mir ruhig glauben. Es ist wie bei einem Eisberg – den größten Teil sehen wir nicht. Was meinen Sie, wie viele Frauen ihre Schwiegertöchter wie ein Stück Dreck behandeln? Ständig für Ärger sorgen? Sich in alles einmischen? Manche haben so lange einen Keil zwischen die Eheleute getrieben, bis die Scheidung perfekt war. Und doch waren sie alle gläubige Katholiken. Ja, ja, nichts ist so widersprüchlich wie die Natur der Menschen. Ich bekomme so einiges hautnah mit, wissen Sie... Wie dem auch sei, eines nicht mehr allzu fernen Tages wird man Winifred wohl in einer Anstalt unterbringen müssen. Für eine Weile zumindest. Ich glaube, nur dort kann man ihr noch helfen. Sie braucht dringend psychiatrische Betreuung.«

Daniel starrte den Priester verblüfft an. Father Ramshaw hatte ausgesprochen, was ihm seit Monaten unentwegt durch den Kopf ging, was er selbst aber niemandem anzuvertrauen wagte. Stets hatte er sich vorgehalten, man könne doch eine Frau nicht in eine psychiatrische Klinik stecken, nur weil ihre übersteigerte Liebe zu ihrem Sohn unnatürlich war. Oder sollte es etwa doch möglich sein?

»Don soll es sehr schlecht gehen. Ich glaube fast, es wäre ein Segen für ihn, wenn der Herr ihn zu sich nähme...«

»Wie kommen Sie darauf, Father? Der Chirurg, Mr. Richardson, will um sein Leben kämpfen. Verstehen Sie, er...«

»Ich weiß, was Sie meinen: Wo Leben ist, gibt es auch Hoffnung. Aber zufälligerweise kenne ich Freddie Richardson. Ich bin mit seinem Vater in die Schule gegangen und habe mit ihm gesprochen. Er war es, der mir im Vertrauen gesagt hat, daß es nicht gut für ihn aussieht. Ich glaube, Sie sollten sich keinen Illusionen hingeben, Daniel. Nun, Sie werden es wohl schaffen und der Wahrheit ins Gesicht blicken, aber bei Ihrer Frau habe ich meine Zweifel. Vor kurzem haben Sie mir erzählt, Sie wollten sie verlassen. Ich habe es Ihnen ausgeredet, und Sie haben auf mich gehört. Heute frage ich mich, ehrlich gesagt, ob mein Rat wirklich so gut war. Manchmal wünschte ich mir, ich wäre näher bei Gott und wüßte genau, wie man sich in solchen Situationen zu verhalten hat.«

Daniel stand langsam auf. »Sie brauchen sich nichts vorzuwerfen, Father. Ich glaube, näher als Sie kann man Gott nicht kommen.«

»Übertreiben Sie nur nicht; ich will ja kein Heiliger werden. Nur ist mir eben meine eigene Fehlbarkeit schmerzlich bewußt geworden.«

»Ich habe Sie schon richtig verstanden, Father. Aber gestatten Sie mir bitte ein Wort. Vielleicht sage ich das jetzt nur, weil ich mich so seltsam fühle und oft nicht weiß, ob das alles nur ein Traum ist oder doch die Realität. Nun, Sie sind der beste Freund, den ich habe. Sie kennen mich in und auswendig, mit all meinen guten und weniger guten Seiten, und da kann ich mir nicht vorstellen, daß Sie mich deswegen verurteilen würden. Father, ich wollte sie heute morgen umbringen.«

»Nun ja, unter den Umständen ist das sicher eine natürliche Reaktion, aber Sie wissen, wir dürfen solchen Impulsen nicht nachgeben. Tja, aus eigener Erfahrung weiß ich leider allzu gut, daß man sich hin und wieder im Zaum halten muß... Aber danke, daß Sie mich Ihren Freund nennen. Na ja, ich muß schon wieder weg, Daniel... die Pflichten... Bevor ich gehe, habe ich aber noch ein Hühnchen mit Ihnen zu rupfen.« Er drohte Daniel mit dem Zeigefinger. »Sie haben meinen Kuraten beleidigt und zum Teufel gewünscht! Das kann ich nicht zulassen, Daniel, denn dieses Privileg steht einzig mir zu, haben Sie verstanden?«

Daniel lachte. »Schön, Father, machen Sie reichlich davon Gebrauch. Aber halten Sie ihn bitte fern von mir. Ich habe den Kerl noch nie ausstehen können. Und das heute war der Tropfen, der das Faß zum Überlaufen gebracht hat.«

»Soll ich Ihnen was sagen?« Der Priester senkte grinsend die Stimme. »Am meisten hat ihn ja gewurmt, daß ein Schwarzer es gewagt hat, ihm die Tür zu weisen. Der Bursche gefällt mir. Allein schon die Stimme! Wie Musik! Und er sieht besser aus, als ihm guttun kann. Gestern hat er ja ganz schön für Aufsehen gesorgt. Im besten Sinne, meine ich. Die Leute haben sich alle nach ihm erkundigt. Eine von meinen alten Schachteln hat gemeint: ›Er spricht wie ein Gentleman.‹ Frauen! Aber was wären wir ohne sie? Ich jedenfalls wäre aufgeschmissen – ich müßte die ganze Zeit allein im Beichtstuhl sitzen und Däumchen drehen. Aber jetzt muß ich wirklich gehen. Na ja, bei der Abendmesse sehe ich Sie heute wohl nicht. Wenn ich Ihnen noch einen Rat geben darf: Trinken Sie zwei heiße Whisky und beten Sie vor dem Zubettgehen. Und nehmen Sie sich viel Zeit dafür. Sie haben Gottes Beistand nötig. Auf Wiedersehen, Daniel.«

»Auf Wiedersehen, Father.«

Daniel setzte sich auf die Couch. Ja, der Pfarrer hatte recht. Er hatte Gottes Beistand bitter nötig.

Zweiter Teil

1

Don ließ die Tür nicht eine Sekunde aus den Augen. Er fieberte dem Moment entgegen, in dem sie sich öffnen und sich ein bestimmtes Gesicht darin zeigen würde. Zugleich graute ihm vor dem Anblick eines anderen Gesichtes.

Wie lange lag er nun schon hier? Eine halbe Ewigkeit, so kam es ihm vor – mindestens sechs Jahre und nicht sechs Wochen, wie ihm alle sagten. Trotzdem waren seit jenem gräßlichen Knall tatsächlich erst sechs Wochen vergangen.

Er hob langsam den rechten Arm und betrachtete ihn. Danach wiederholte er dieselbe Prozedur mit dem linken. Noch hatte er beide Arme und den Kopf, und der Verstand war ihm ebenfalls erhalten geblieben. Er konnte sehen, hören und sprechen. Aber was nützte ihm all das? Sein Körper war gelähmt. Na ja, nicht ganz, immerhin einen Lungenflügel hatte er noch – sein beständiges Keuchen erinnerte ihn daran. Auch seine Blase und die Verdauungsorgane waren noch vorhanden. Ihr Funktionieren beschämte ihn jeden Tag aufs neue. Aber die Beine waren weg. Nein, das stimmte nicht – er konnte sie ja sehen. Aber was nützten sie ihm noch? Warum hatten sie sie ihm nicht abgenommen? Sie hatten ihm ja soviel anderes weggenommen. Beeil dich, Annette! Komm schnell! Bitte, lieber Gott, gib, daß Mam mir heute erspart bleibt! Joe und Dad möchte ich ja sehen, aber bitte nicht Mam. Ja, Joe mochte er. Gestern hatte er versprochen, er wolle Stephen mitbringen, auf einen Sprung wenigstens.

Auf einen Sprung! Alle kamen ja immer nur auf einen Sprung vorbei. Sie schauten kurz rein und waren schon wieder weg. Wenn sie doch ein bißchen länger blieben! Wenn doch Annette nur käme und Tag und Nacht bei ihm bliebe! Gestern und vorgestern war sie fast den ganzen Tag bei ihm gewesen. Halt, nein, nicht vorgestern! Da hatte seine Mutter am Bett gesessen, ihn unaufhörlich gestreichelt und ihm irgendwelche Sachen ins Ohr geflüstert. Das war fast zuviel für ihn gewesen. Er war zu schwach, um sie die ganze Zeit zu ertragen. Wenn sie sie doch von ihm fernhielten! Er nahm sich vor, Dad deswegen anzusprechen. Dad verstand ihn. Joe auch. Und Annette sowieso. Nur ihre Verwandten konnte er nicht leiden. Ihr Vater war ein Wichtigtuer, und ihre Mutter war auf ihre Weise genauso von Gott besessen wie die seine. Ein merkwürdiger Gedanke: von Gott besessen. Es gab Menschen, die vom Teufel besessen waren – aber von Gott? Ihn wunderte, daß er trotz allem über solche Dinge nachdachte. Überhaupt, was er sich so alles vorstellte… Gedanken strömten die ganze Zeit durch ihn, ohne daß er sich dagegen wehren konnte. Neulich erst hatte er sich bei völlig klarem Bewußtsein vorgenommen, gleich aufzustehen und sich anzuziehen. Wortwörtlich hatte er sich das so überlegt. Was für eine kindische Vorstellung! Im ganzen Leben würde er nicht mehr aufstehen und sich anziehen können! Damit war es vorbei. *Für immer!*

Er drückte beide Augen fest zu. *Bitte, lieber Gott, laß nicht zu, daß ich weine! Heilige Maria Mutter Gottes, bitte hilf mir. Ich will nicht weinen!*

»Don! Don!«

»Annette! Liebling! Du bist da? Das habe ich gar nicht mitgekriegt.«

Seine Hand fand die ihre, schloß sich kraftlos um ihre weichen Finger. »Ich habe mich ja so nach dir gesehnt!«

»Ich war doch nur eine Stunde weg. Sieh nur! Sie haben mir den Gips abgenommen. Jetzt muß ich regelmäßig zur Massage und Krankengymnastik, aber bald kann ich den Arm wieder normal benutzen!«

Er blinzelte. »Nur eine Stunde, sagst du?«

»Glaubst du mir etwa nicht?«

»Doch, doch, ich bin nur etwas durcheinander. Manchmal kann ich normal denken, aber dann bin ich wieder völlig benebelt.«

»Das geht vorüber. Seit der letzten Woche hast du gewaltige Fortschritte gemacht. Keiner hätte das für möglich gehalten, aber du hast es ihnen allen gezeigt!«

»Wirklich?«

»Wenn ich's dir sage!«

»Meinst du, ich komme mal wieder nach Hause?«

»Aber natürlich, Liebling.«

»In *unser* Haus, meine ich.«

»Nur in unser Haus. Es ist ja schon fertig eingerichtet.«

Er sah weg. Alles konnte er betrachten, die Blumen auf dem Tisch, die Stöße von Karten mit Genesungswünschen – nur in die Augen könnte er ihr in diesem Moment nicht sehen. »Ich werde nie wieder gehen können, Annette«, sagte er leise.

»O doch, das wirst du auch noch schaffen. In der Medizin ist heute vieles möglich.«

»Das aber nicht. Ich habe sie doch gehört, Mr. Richardson und die anderen. Zwar habe ich nicht alles verstanden, aber ich habe begriffen, worum es ging. Er hat seinen Studenten die Operation geschildert. ›Und was passiert, wenn das Rückenmark durchtrennt ist?‹ hat er sie zum Schluß gefragt.«

»Hör zu, Liebling. Steigere dich da bitte nicht rein. Du wirst schon wieder gesund, richtig gesund. Und ich werde dir helfen. Vergiß nicht, es ist etwas unterwegs, worauf wir uns gemeinsam freuen.«

Er wandte sich ihr wieder zu und strahlte sie an. »O ja, das habe ich nicht vergessen! Das habe ich nicht vergessen. Aber bei dir ist wirklich nur der Arm gebrochen? Keine inneren Verletzungen?«

»Ganz richtig, Liebling. Nichts als ein gebrochener Arm und ein paar Quetschungen.«

»Ach, ist das schön!« freute er sich. Im nächsten Moment wandte er sich wieder ab. »Wunderschön. Wenigstens das. Vielleicht mußte es ja so kommen, meinst du nicht auch?«

»Ja, vielleicht«, murmelte sie mit tränenerstickter Stimme, beugte sich über ihn und drückte ihm einen Kuß auf die Lippen. Er schlang beide Arme um sie und hielt sie so fest er konnte. Schließlich legte sie den Kopf neben den seinen. »Ich liebe dich«, flüsterte sie ihm ins Ohr.

»Und ich bete dich an«, erwiderte er. »Von Anfang an habe ich dich angebetet, und solange ich lebe, wird sich nichts daran ändern... solange ich lebe...« Tränen rannen ihm über die Wangen.

»Du wirst leben, Geliebter«, versuchte sie ihn zu trösten. »Alles wird wieder gut. Hör zu...«

Sie verstummte abrupt, denn die Tür ging plötzlich auf. Seine Mutter kam herein.

Einen kurzen Moment noch schmiegte sie ihr Gesicht an seines, dann richtete Annette sich auf. »Hallo, Schwiegermutter«, sagte sie leise.

Winifred ging grußlos an die andere Seite des Bettes, küßte ihren Sohn auf die Lippen und zog dann einen Stuhl nahe heran.

»Wie geht es dir, mein Liebling?«

»Ganz gut, Mutter... Viel besser.«

»Ich habe dir eine Apfeltorte von Maggie mitgebracht... die hast du doch so gern. Und den Weibern hier habe ich gesagt, welches Eis du am liebsten magst.«

Er schloß beide Augen. »Mutter«, seufzte er gequält, »die Schwestern wissen schon, was gut für mich ist. Sie sind alle sehr nett.«

»Nett mögen sie von mir aus sein, aber sie haben ja von nichts eine Ahnung. Im Krankenhaus kann doch niemand kochen. Auch wenn du jetzt ein Privatzimmer hast, am Essen ändert sich deswegen nichts.« Sie warf einen Blick zu Annette hinüber. »Ach, dir ist der Gips abgenommen worden?«

»Gott sei Dank.« Zur Demonstration winkelte Annette den Arm an. »Der Bruch war nicht so kompliziert. Ich hatte Glück.«

»Richtig, *du* hattest Glück.«

Und schon wieder herrschte eisiges Schweigen. Prompt sammelten sich auf Dons Stirn Schweißtropfen an. Annette wollte sie mit ihrem Taschentuch wegwischen, da sprang Winifred auf. »Doch nicht so!« Sie lief zum Waschbecken und befeuchtete ein Handtuch. Damit tupfte sie ihrem Sohn, der die ganze Zeit die Augen fest geschlossen hielt, das Gesicht ab. Als sie auch noch anfing, ihm die Hand abzureiben, riß er sich los.

»Mutter, bitte! Ich bin sauber! Ich werde jeden Tag gewaschen. Bitte laß mich!«

»Reg dich nicht auf. Bleib still liegen.« Sie warf einen Blick auf Annette. »Wie lange willst du denn bleiben?«

»Den ganzen Tag.«

»Ach so? Nun, ich dachte, er braucht nicht zwei Menschen auf einmal. Wolltest du dich nicht um das Haus kümmern?«

»Das ist alles schon erledigt. Mein Platz ist hier an seiner Seite.«

Beide fuhren zusammen, als Don plötzlich auf die Klingel drückte und »Schwester! Schwester!« schrie.

Die Tür wurde aufgerissen, und eine Schwester kam hereingestürzt.

»Ich bin müde, Schwester«, murmelte Don.

Die Schwester musterte die zwei Frauen kurz. »Wenn Sie bitte einen Moment vor die Tür gehen würden.«

Winifred und Annette setzten sich zögernd in Bewegung. »Annette! Annette!« rief Don abrupt, und seine Frau rannte zu ihm zurück. »Was hast du denn? Keine Angst, ich bin ja gleich wieder bei dir.«

Auf dem Flur sahen sich die zwei Frauen wütend an. Noch bevor Annette den Mund aufmachen konnte, herrschte Winifred sie an. »Zwei sind zuviel für ihn.«

»Da gebe ich dir vollkommen recht«, entgegnete Annette kühl. »Und als seine Ehefrau habe ich Vorrang. Vergiß das bitte nicht.«

»Wie kannst du es wagen!«

»Ich wage es, Punkt.« Annette ließ ihre Schwiegermutter stehen und stürmte zur Stationsschwester ins Zimmer, die an ihrem Tisch saß und erstaunt aufsah.

Annette stellte ihr die Situation in knappen Worten dar. »Wer hat nun das erste Anrecht auf seinen Besuch?« wollte sie zum Schluß wissen. »Die Ehefrau oder die Mutter?«

»Die Ehefrau selbstverständlich. Aber machen Sie sich keine Sorgen, Mrs. Coulson. Ich kenne den Fall und werde Mr. Richardson noch einmal deswegen ansprechen. Sie werden sehen, auch er steht auf Ihrer Seite.«

Tränen schimmerten in Annettes Augen. Die Schwester

kam um den Tisch herum und legte begütigend eine Hand auf ihre Schulter. »Sie haben viel durchgemacht und sind sehr tapfer gewesen. Nicht weinen, ich kümmere mich schon darum. Bleiben Sie bitte einen Moment hier, ich werde ein Wörtchen mit Ihrer Schwiegermutter reden. Ist sie noch im Flur?«

»Vorhin war sie es zumindest.«

»Dann warten Sie bitte. Ich komme gleich wieder.«

Was die Schwester Winifred erklärte, konnte Annette nicht hören. Um so lauter fiel dafür die Antwort ihrer Schwiegermutter aus: »Er ist immer noch mein Sohn! Ich werde schon noch zu meinem Recht kommen!«

Danach herrschte Schweigen, doch die Schwester kehrte nicht sogleich zu ihr zurück. Als sie dann endlich kam, wirkte ihr Lächeln etwas gequält. »Die Luft ist wieder rein. Ihr Mann wartet schon auf Sie.«

»Danke, Schwester. Herzlichen Dank. Ach Schwester, eine Frage noch: Könnten Sie mir sagen, wann ich ihn mit nach Hause nehmen kann?«

»Oh!« Die Schwester zog die Augenbrauen hoch. »Das wird leider noch eine Weile dauern. Mehr wissen wir erst in ein paar Wochen. Er muß ja noch einmal operiert werden. Und nach seiner Entlassung wird er noch eine ganze Weile auf Pflegekräfte angewiesen sein, das verstehen Sie doch hoffentlich?«

»Ja, das ist mir klar.«

»Alles zu seiner Zeit, Mrs. Coulson. Werden Sie bitte nicht ungeduldig. Am Anfang hätten wir nie gedacht, daß er so schnell Fortschritte machen würde. Und wissen Sie, was uns aufgefallen ist? Ihre Besuche tun ihm gut. Er lebt richtig auf.«

Darauf wußte Annette nichts mehr zu sagen, sondern eilte in Dons Zimmer zurück. Ihr Mann lag nach wie vor mit geschlossenen Augen da. Daß sie es war, erkannte er erst, als sie seine Hand ergriff.

»Ach, Annette, was kann ich nur tun, um sie mir vom Leibe zu halten?«

»Mach dir keine Sorgen. Die Schwester kümmert sich schon darum.«

»Ich rege mich immer so auf, wenn sie da ist. Ich kann nichts dagegen tun, sie macht mich ganz fertig! Mir graut davor, daß die Tür aufgeht und sie schon wieder reinkommt! Was soll ich nur tun?«

»Du bleibst einfach still liegen und schläfst ein bißchen. Denk doch an Zuhause, an *unser* Zuhause. In ein paar Wochen bist du ja bei mir daheim. Was meinst du, wie ich mich schon darauf freue! Ich lebe doch für nichts anderes.«

»Aber wie willst du mich heimbringen?«

»Ach, das beunruhigt dich?« lachte sie. »Überlaß es ruhig mir! Erstens werden mir jede Menge Leute helfen, und wenn nicht, würde ich es auch allein schaffen.«

»Aber... wie lange, Liebling?«

Sie sah ihm in die Augen. Eine gute Frage: Wie lange? Er konnte zweierlei gemeint haben. Wollte er wissen, wie lange es noch dauern würde, oder wie lange ihre Kraft reichte? Sie wich ihm lieber aus. »Solange es eben dauert. So, jetzt machst du die Augen zu und schläfst ein bißchen. Du willst doch nicht, daß sie mich auch rauswerfen, oder?«

Darauf gab er keine Antwort, ließ den Kopf zur Seite rollen und blickte sie stumm an. Sie erwiderte seinen Blick. Langsam führte sie seine Hand an ihre Brust.

2

»Das mußt du doch verstehen, Mädchen.« Daniel legte einen Arm um Annettes Schulter und führte sie zu seinem Wagen, den er nicht weit vom Krankenhaus geparkt hatte. »Keiner wünscht sich sehnlicher als ich, daß er endlich in seinem eigenen Heim wohnen kann. Aber der Doktor entläßt ihn nur unter der Voraussetzung, daß wir ihm Betreuung rund um die Uhr garantieren. Natürlich kannst du eine Tages- und eine Nachtschwester für ihn auftreiben, aber eine einzige Person reicht manchmal eben nicht. Man muß ihn regelmäßig heben und wenden. Und du weißt selbst, daß er zeitlebens unter Inkontinenz leiden wird. Schließlich fehlt ihm nach der Brustoperation sogar die Kraft, sich allein aufzurichten. Dr. Richardson hätte ihn ja lieber noch länger dabehalten, wenn er nicht so depressiv geworden wäre. Na ja, ich kann ihn verstehen – er sieht dich viel zu wenig im Krankenhaus. Aber, wie gesagt, wie willst du allein ihm helfen? Vergiß nicht, dir haben sie eben erst den Gips abgenommen. Bei mir zu Hause dagegen ist immer jemand da. Joe oder ich können sofort einspringen, wenn Not am Mann ist. Darum sind wir ja darauf gekommen. Na ja, im Grunde war es Joes Idee. Kennst du eigentlich unseren Hobbyraum neben dem Billardzimmer? Er ist schön groß und hell und hat zwei Fenster, die beide auf den Garten gehen. Das wäre ideal für Don. Daneben ist noch ein Raum, der praktisch leer steht. Früher haben wir darin die Utensilien für den Wintergarten aufbewahrt. Joe meint, wir könnten ein gemütliches Wohnzimmer daraus machen. In den Hobbyraum müßten wir nur ein Bett für Don stellen. Joe würde noch zusätzliche Matratzen besorgen, damit er ähnlich hoch liegt wie im Krankenhaus. Du weißt schon, das Heben und Wenden wäre dann bedeutend leichter. Und damit Don dich jederzeit in deinem Zimmer erreichen kann, würde Joe eine Art Gegensprechanlage basteln. An dem Kerl ist ein Erfinder verloren gegangen, sag' ich dir. Wenn ihr einverstanden seid, baut er auch eine bei mir ein. Wie gesagt, nur wenn ihr einverstanden seid.«

Annette blieb abrupt stehen. »Und wie soll das mit... seiner Mutter gehen?« In ihrem Ton schwang Verbitterung mit. »Sie wird doch nicht mehr aus seinem Zimmer fortzukriegen sein. Bei euch kann ihn keine Schwester mehr vor ihr schützen. Es ist schließlich ihr Haus.«

»Es ist auch immer noch *mein* Haus!«

»Bitte keine Haarspaltereien, Dad. Als ob wir nicht schon so genug Ärger hätten! Ich... ich halte das nicht mehr aus! Du weißt doch selbst, wie es Don mit ihr geht.«

»Ich weiß es nur zu gut, Mädchen. Aber ich verspreche dir: Der Herr im Haus bin ich, und mein Wort gilt. Wenn ihr das nicht paßt, können wir ihr jederzeit damit drohen, daß wir ihn in euer Häuschen schaffen. Laß den Kopf nicht hängen, Mädchen. Wir können es zumindest versuchen. Es wäre wirklich das Beste für Don. Versuch doch, es so zu sehen.«

»Das kann ich nicht, Dad. Die Hauptschuld an seinen Depressionen trägt sie, das mußt du doch zugeben.«

»Du hast ja recht. Aber im Moment sehe ich wirklich keine andere Lösung. Entweder er bleibt im Krankenhaus, oder er kommt in sein früheres Zuhause zurück. Wie gesagt, es ist ja nur vorübergehend. Wenn er später mal im Rollstuhl sitzt, sieht die Welt ganz anders aus. Denk doch bitte auch daran. Komm schon, du warst die ganze Zeit so tapfer. Weißt du, ein bißchen Aufmunterung könnte auch ich vertragen. Besonders gut geht es mir im Moment nämlich nicht.«

»Das tut mir leid, Dad.«

»Sprechen wir lieber über etwas anderes. Wie läuft es denn bei dir zu Hause?«

»Wie üblich. Mutter rennt noch öfter in die Kirche und sucht verzweifelt nach einer Erklärung. Bei Dad ist es genauso, aber er spricht nie darüber.«

Er hob ihr Kinn mit der Hand an und zwang sie, ihm

ins Gesicht zu sehen. »Sind sie denn liebe- und verständnisvoll?«

Sie hielt seinem Blick stand. »Liebevoll, ja, auf ihre Weise, aber Verständnis bringen sie nicht auf. Das haben sie noch nie gekonnt, und sie werden es auch nie lernen.«

Sie sahen einander noch einen Moment in die Augen, sie mit offenem, er mit nachdenklichem Blick. Schließlich rief er in seinem fröhlichsten Ton: »Da vorn ist ja der Wagen! Steig ein, ich bringe dich heim.«

»Wolltest du nicht etwas in Newcastle erledigen?«

»Das habe ich immer noch vor, aber für einen kleinen Umweg habe ich schon Zeit.«

»Ich kann auch ein Taxi nehmen.«

»Papperlapapp. Los, steig ein.«

Fünf Minuten später setzte er sie vor ihrem Häuschen ab. »Gegen acht fahre ich noch mal ins Krankenhaus«, meinte er zum Abschied. »Wenn du willst, bringe ich dich dann wieder hin.«

»Das wäre nett, Dad. Vielen Dank.«

Er winkte ihr zu, wendete und fuhr auf kürzestem Weg nach Newcastle in die Bowick Road.

Maggie öffnete ihm die Haustür so schnell, als hätte sie die ganze Zeit dahinter gewartet. Kaum hatte sie sie wieder geschlossen, fielen sie einander in die Arme und küßten sich lange und innig. »Du bist ja richtig durchfroren«, stellte sie danach fest. »Komm rein, ich habe eine heiße Suppe für dich.«

»So wie es aussieht, steht uns eine weiße Weihnacht bevor«, stellte er fest. »Kalt genug ist es ja.«

»Warte, leg erst mal ab.« Sie nahm ihm Mantel und Hut ab und verschwand damit. Als sie zurückkam, drückte er sie noch einmal an sich, bis sie sich von ihm löste und ihn ins Wohnzimmer führte. »Setz dich.« Sie deutete auf ihr Sofa vor dem Kamin, in dem ein Feuer munter prasselte und für behagliche Wärme sorgte. Während sie in die Küche ging, ließ er sich mit einem tiefen Seufzer auf das Polster plumpsen und streckte beide Beine aus. Sein Kopf sank auf die Lehne. »Wann bist du denn gegangen?« rief er, ohne sich zu rühren.

»Kurz vor zwölf«, antwortete sie ihm aus der Küche.

Er fuhr hoch. »Was? So spät? Du warst doch schon in der Früh mit allem fertig.«

»Sicher, aber ich mußte mich noch ein bißchen mit Stephen abgeben. Du weißt doch, wie er sich aufführt, wenn er weiß, daß ich fortgehe. Er lief im Schlafanzug in die Küche und war nicht zu überhören, obwohl ich in meinem Zimmer war. Seine Stimme überschlägt sich ja immer dann, wenn sich ein Schreikrampf ankündigt. Er wollte mit mir kommen oder Don im Krankenhaus besuchen. Sie hätten ihm nie so etwas versprechen dürfen. Das hattet ihr doch mal ausgemacht, daß ihr ihm nur dann etwas versprecht, wenn ihr es auch halten könnt. Na gut, er war noch halbwegs manierlich, aber rate mal, wer uns gerade in dem Augenblick einen Überraschungsbesuch abgestattet hat! Seine Mutter natürlich, und dann ging das Theater richtig los. Er hat sich auf dem Boden gewälzt und gebrüllt wie ein Dreijähriger. Da hat sie sich nicht anders zu helfen gewußt und hat ihn geschlagen.«

»Sie hat was?«

»Ihn geschlagen. Und sie hatte recht. Diesmal hatte sie ausnahmsweise recht. Er hat auf der Stelle Ruhe gegeben. Aber er hat geweint. Darum habe ich ihn in sein Zimmer gebracht und ihm gesagt, er solle sich baden und anziehen. Danach habe ich mich mit ihr unterhalten.« Sie verstummte.

»Was weiter?« rief er in die Küche.

Auf einem Tablett brachte Maggie zwei dampfende Suppenteller ins Wohnzimmer und stellte sie auf einem kleinen Eßtisch ab. »Ich bin zu ihr ins Zimmer gegangen«, fuhr sie fort. »Sie saß am Fenster und sah hinaus. Ihre Haare waren offen. So hatte ich sie noch nie gesehen, weißt du? Sie drehte sich um und sah mich stumm an. Ihre Augen waren ganz rot. Sie hatte geweint, Daniel.«

Er stand auf und ging auf sie zu. »Na gut«, knurrte er, »dann hat sie halt geweint. Warum auch nicht? Ich nehme an, sie hat sich mal wieder selbst leid getan, weil nicht alle nach ihrer Pfeife tanzen und sie ihren Sohn nicht für sich allein haben kann.«

Maggie ließ sich nicht beirren, vermied es aber, ihm beim Weitererzählen ins Gesicht zu sehen. »Ich fragte sie, ob es ihr recht sei, wenn ich mit Stephen an die frische Luft ginge, da antwortete sie: ›Sie haben heute doch Ihren freien Tag. ›– ‹ Ich weiß‹, sagte ich, ›aber ich habe nichts Besonderes vor.‹ Weißt du, was sie da gesagt hat? ›Das war früher einmal ein glückliches Haus, nicht wahr, Maggie?‹«

»Ein glückliches Haus? Daß ich nicht lache! Von Anfang an hat dort das Unglück gewohnt. Das Haus wollte sie nur haben, weil sie damit Eindruck schinden konnte. Und weil sie viel Platz brauchte, damit ihr Stephen nicht dauernd in die Quere kam.«

»Ich weiß, ich weiß. Trotzdem glaube ich, daß sie das Damals mit dem Heute verglich. Und als sie mich dann fragte: ›Finden Sie nicht auch, daß das Leben ungerecht ist, Maggie?‹ habe ich ihr wahrheitsgemäß geantwortet: ›Ja, Madam, es ist alles andere als gerecht. ›–‹ Sind Sie glücklich?‹ wollte sie dann wissen, und wieder habe ich ihr die Wahrheit gesagt: ›Zwischendurch vielleicht mal, Madam.‹ Soll ich dir was sagen, Daniel? Zum erstenmal hat sie mir leid getan. Sie kann gegen ihre Gefühle für Don einfach nicht an.« Sie legte beide Hände auf seine Schultern, und ihr Ton wurde eindringlich. »Hand aufs Herz, haben wir denn Macht über das, was wir füreinander empfinden, Daniel? Unsere Gefühle sind einfach stärker als wir. Versuch's doch mit ein bißchen mehr Nachsicht. Weißt du, Lily hat mir erzählt, wie schlimm es für sie ist, jeden Tag das Essen aufzutragen. Du sprichst mit Joe, oder deine Frau spricht mit Joe, und Joe spricht mit dir oder ihr – mehr Möglichkeiten gibt es für euch nicht. Neulich, hat sie mir erzählt, wäre sie sich vorgekommen wie in einem Marionettentheater. Am wohlsten fühlt sie sich noch, wenn du nicht da bist, weil sie sich dann ungezwungen mit Joe unterhalten kann. Mit Annette findet sie es auch ganz angenehm, aber am liebsten sind ihr Mrs. Jackson und Mr. Rochester – weil sie so lustig sein können.«

Er nahm ihre Hände von seinen Schultern und drückte sie fest. »Ich finde es nur merkwürdig, daß ausgerechnet du Mitleid mit ihr hast.«

»Na ja, ich fühle mich irgendwie schuldig.«

»Ach Gott, bitte fang jetzt nicht an zu heucheln.«

Sie riß sich von ihm los. »Ich bin keine Heuchlerin, das weißt du genau! Aber ich bin praktisch den ganzen Tag mit ihr zusammen und bekomme alles hautnah mit. Ich mag sie nicht – sie war mir von Anfang an unsympathisch –, aber das hat nichts mit dir zu tun. Mich stößt einfach ihre ganze Art ab. Sie ist ein Emporkömmling, ein schrecklicher Egoist. Und sie hat noch viel mehr schlechte Eigenschaften – aber sie hat nun mal auch diese Liebe zu ihrem Sohn... halt, nein, nicht Liebe... es ist Leidenschaft, eine Manie. Teilweise kann ich sie sogar verstehen. Wie oft habe ich mir einen eigenen Sohn gewünscht, den ich bis zum Wahnsinn lieben könnte – deinen Sohn!«

»Ach, Maggie! Maggie!« Er drückte sie fest an sich, ließ den Kopf auf ihre Schulter sinken.

Sie löste sich sanft von ihm. »Die Suppe wird kalt«, murmelte sie. »Komm, setz dich, du mußt ja ausgehungert sein.«

»Ausgehungert bin ich, Maggie, aber der Mensch lebt nicht vom Brot allein.«

»Tja«, lächelte sie und tätschelte ihm die Schulter. »Da können wir sicher Abhilfe schaffen. Aber alles zu seiner Zeit. Setz dich erst mal.«

Gegen sechs Uhr stand er reisefertig im Flur. »Ich weiß ja nicht, wie lange ich noch zu leben habe«, brummelte er. »Aber eins kann ich dir sagen: Wenn ich könnte, würde ich den ganzen Rest meines Lebens gegen ein paar Wochen zusammen mit dir in diesem Haus tauschen. Na ja, es kann auch ein anderes Haus sein. Sonst müßte ich ja Helen in kauf nehmen. Gib ihr trotzdem ein Küßchen von mir.«

»Kommt nicht in Frage. Grüße richte ich ihr gern von dir aus, mehr aber bestimmt nicht. Komm gut heim, Lieber. Aber paß auf dich auf. Wir haben Frost. Die Straßen sind sicher vereist.«

Daniel hatte sein Haus kaum betreten, da kam Joe ihm schon entgegen. Wie zuvor Maggie, schien auch er auf ihn gewartet zu haben.

»Kann ich kurz mit dir sprechen, Dad?«

»Aber natürlich. Was ist denn los? Warte, erzähl's mir im Büro.«

Im Büro kam Joe ohne Umschweife zur Sache: »Annette war am Nachmittag da. Sie hatte eine Unterredung mit Mam. Viel hat sie mir nicht darüber erzählt, nur daß sie sich ein Minimum an Privatsphäre ausbedungen hat, wenn Don und sie hier wohnen sollen. Sie braucht nur eine Tagesschwester. In der Nacht kann sie ihm allein helfen, oder zur Not dich oder mich holen. Wahrscheinlich ist das aber gar nicht nötig, wenn wir vor dem Zubettgehen und am Morgen gleich nach dem Aufstehen zu ihm kommen und ihn versorgen helfen. Alles andere kann sie dann allein erledigen. Wie Mam das aufgenommen hat, wollte sie mir nicht sagen. Aber anscheinend konnten sie sich einigen. Seitdem geht es hier zu wie in einem Ameisenhaufen. Mam läßt Lily und Peggie schrubben, was das Zeug hält. Und sie hat sogar Stephen auf den Plan gerufen. Stell dir vor, er hilft mir die Möbel tragen! Ich wollte ja lieber auf dich warten, aber sie hat gemeint, Stephen würde das schon schaffen, er sei stark genug. Und sie hat recht. Wenn er will, kann er mit anpacken. Und daß er begeistert war, kannst du dir ja denken.«

»Schön, schön, es geht voran.«

»Das ist noch nicht alles, Dad. Sie wirkte heute richtig glücklich und gelöst, wie in ihren besten Tagen... na ja, soweit sie damals halt gelöst sein konnte... Dad, versuch doch, freundlich zu ihr zu sein, wenigstens bis...«

Daniel starrte seinen Stiefsohn verblüfft an. Joe war so liebevoll, so gutmütig. Merkwürdig, dachte er, Maggie und Joe, die zwei Menschen, die er über alles liebte, hatten beide immer wieder unter Winifred gelitten, und doch warben sie um Verständnis für sie. Da konnte er doch nicht stur auf seine Rechte pochen. »Ich werde es nach Möglichkeit versuchen«, versprach er. »Schließlich bin ich keiner, der

Streit sucht. Aber was, glaubst du, wird hier los sein, wenn sie trotzdem explodiert? Die Frau ist ein Pulverfaß, sag' ich dir. Mich wundert ja, daß das nicht schon längst geschehen ist. Ich kenne sie doch. Ein einziger Funke nur, und wir haben die Katastrophe. Aber an mir soll es nicht liegen. Ich mache mit und verspreche dir, daß ich sie nicht reizen werde.

3

Der Funke, der das Pulverfaß zum Explodieren brachte, sprang fünf Tage nach Dons Heimkehr über. Von Anfang an stand fest, daß Winifred fest entschlossen war, kein Wort mit ihrem Mann zu sprechen und auch Annette mit Nichtachtung zu strafen.

Der erste kleinere Streit hatte sich schon vorher an der Frage entzündet, ob ein zweites Bett in Dons Zimmer gestellt werden sollte. Damit wollte man zwei Fliegen mit einer Klappe schlagen. Annette konnte so bei ihrem Mann schlafen, und bei Tage würde man Don hineinlegen, während das seine frisch bezogen wurde. Am Abend vor Dons Transport nach Hause stellten Joe und Stephen dieses zweite Bett auf.

Winifred kochte. Da sie niemand informiert hatte, nahm sie an, Daniel hätte wieder einmal über ihren Kopf hinweg entschieden, doch als sie erfuhr, daß Joe dahinter steckte, rastete sie aus. »Wie kannst du es wagen!« schrie sie ihn an. Gegen alle Gewohnheit hörte er ihr aber nicht geduldig zu, sondern schnitt ihr kurzerhand das Wort ab. »Du kannst daran nichts ändern, Mam. Sie sind verheiratet. Annettes Platz ist nun mal an der Seite ihres Mannes. Du würdest es dir und allen anderen hier im Haus leichter machen, wenn du das endlich akzeptieren könntest.«

Ihr blieb die Spucke weg, so überrascht war sie. Joe hatte bislang immer versucht, sie zu beschwichtigen – und nun auf einmal das!

Sie stapfte hinaus, und das Bett blieb an Ort und Stelle.

An ihrer Entschlossenheit, die Nummer Eins in Dons Leben zu bleiben, konnte das freilich nichts ändern. Jeden Morgen richtete sie es so ein, daß sie wie zufällig durch die Empfangshalle lief, wenn die ambulante Krankenschwester eintraf. Und natürlich gab sie ihr ständig gute Ratschläge und einen Haufen unnötiger Anweisungen.

Schwester Pringle, eine Frau mittleren Alters, versah ihren Beruf als ambulante Pflegerin schon seit Jahren. Sie wußte also aus Erfahrung, wie man mit Damen von Winifreds Sorte umzugehen hatte. »Jawohl, Mrs. Coulson«, erwiderte sie stets mit einem freundlichen Lächeln und tat weiter das, was sie für richtig hielt.

Nachdem sie der Schwester ihre Anweisungen erteilt hatte, trollte sich Winifred und nahm ein opulentes Frühstück ein. Der Appetit verging ihr nie, ja er schien mit den Sorgen sogar zu wachsen. Wenn sie alles aufgegessen hatte – auf keinen Fall vorher – ging sie zu ihrem Sohn ins Zimmer. Leicht fiel ihr das lange Warten nicht. Jeden Morgen mußte sie sich förmlich dazu zwingen, ihn nicht schon gleich nach dem Aufwachen im Nachthemd zu besuchen. Das aber wollte sie sich nicht antun, denn sie konnte den Anblick dieses Mädchens in seiner unmittelbaren Nähe nicht ertragen. Am Ende lag sie womöglich noch im Bett mit ihm!

Ihr war aufgefallen, daß Annette sich in den letzten Wochen gewaltig verändert hatte. Sie hatte plötzlich so gut wie gar nichts mehr von dem stillen Mädchen aus der Klosterschule an sich. Ihr schien, als sei sie seit ihrer Hochzeit mit Don zur Frau gereift.

Annette war also der eine Grund, warum Winifred sich ihrem Sohn gegenüber Zurückhaltung auferlegte, der zweite hatte mit Don zu tun. Sie hätte ihn am liebsten bei jeder Gelegenheit geküßt und an sich gedrückt, doch seit dem Tag seiner Hochzeit glaubte sie zu spüren, daß er ihre Nähe nur widerstrebend duldete. Daß er schon lange vorher begonnen hatte, sich ihr zu entziehen, wollte sie sich allerdings nicht eingestehen.

Nach ihrem Empfinden hatte man ihr vieles, wenn nicht alles, aus der Hand genommen. So waren es Daniel und Joe, die den Patienten umbetteten. Zähneknirschend überließ sie ihnen diese Aufgabe. Als sie aber herausbekam, daß die Schwester Don nicht mehr baden wollte, beschied sie Annette, daß dann eben sie das übernehmen würde. Doch das Mädchen reagierte skeptisch: »Nicht einmal ich darf ihn baden – da wird er dich schon zehnmal nicht ranlassen.« Zum wiederholten Male widerstand sie dem Impuls, dem Mädchen in das ach so frische Gesicht zu schlagen, bis ihr das zuversichtliche Grinsen verginge. Andere Leute hätten von einem schönen Gesicht gesprochen, aber das Wort kam ihr nicht über die Lippen. Nein, in ihren Augen war Annette nicht einmal hübsch!

So stapfte Winifred auch an diesem fünften Morgen ziemlich schlechter Laune durch die Vorhalle. Als sie dann auch noch Gelächter aus Dons Zimmer hörte, platzte ihr endgültig der Kragen. Wie rücksichtslos die anderen doch waren! Don brauchte Ruhe – und eine Mutter, die ihn verstand! Sie riß aufgebracht die Tür auf. Ihr ältester Sohn, den sie eigentlich nie als ihr Kind angesehen hatte – warum war ausgerechnet sie mit einem Zurückgebliebenen bestraft? – stand mit dem Rücken zu Don und lachte über das ganze Gesicht. »Mach weiter, Don!« schrie er. »Das ist so schön. Du kannst ruhig fester klopfen! Maggie klopft mir auch immer auf den Rücken, wenn ich brav bin. Und heute und gestern war ich ganz brav, weil du wieder da bist. Komm, klopf weiter!«

Keiner achtete auf Winifred, auch Annette und die Schwester nicht. Sie sahen lachend zu, wie Don seinem Bruder auf den Rücken trommelte und rief: »So, und das ist eine Extraportion für die Nacht!«

»Ist das schön!« jauchzte Stephen. »Und heute nacht will ich wieder brav sein, du wirst schon sehen, wie brav ich sein kann. Und morgen hebe *ich* dich hoch ich hab' Dad gefragt, und er hat es mir erlaubt. Ich bin bärenstark, sagt er. Ich hab' ja auch Joe mit dem Bett ge…«

»Stephen!« Ihr geistesschwacher Sohn erstarrte jäh. »Ja, Mam?«

»Du gehst sofort in dein Zimmer!«

»Aber… aber ich bin doch gerade erst runtergekommen. Und Don freut sich, wenn ich bei ihm bin. Ich… ich bring ihn zum Lachen.«

»Keine Widerrede! Geh in dein Zimmer!«

Stephen warf einen fragenden Blick zu Don hinüber. Der nickte ihm zu und sagte: »Geh jetzt lieber. Du kannst ja später noch mal kommen. Dann gibt es Kaffee und Schokoladenkekse. Na, was hältst du davon?«

»Schokoladenkekse? Au fein!« Stephen war schon wieder glücklich. Auf dem Weg zur Tür machte er gleichwohl einen Bogen um seine Mutter.

Kaum fiel die Tür hinter ihm zu, baute sich Winifred vor der Schwester auf. »Sie müssen strenger mit ihm sein! Er kann doch nicht einfach kommen und gehen, wie es ihm paßt. Don braucht Schonung, und Stephen ist zu anstrengend für ihn.« Eine Antwort wollte sie anscheinend nicht hören, denn sie wandte sich sofort ab und ging auf Don zu.

»Aber er strengt mich überhaupt nicht an, Mutter«, protestierte Don mit leiser Stimme. »Ich freue mich über seine Besuche.«

Sie beachtete den Einwand nicht weiter. »Wie geht es dir, mein Liebling?« flüsterte sie und beugte sich über ihn.

»Ich habe ganz gut geschlafen. Hundertmal besser als im Krankenhaus. Und gestern hat die Schwester etwas von einem Rollstuhl gesagt. Ich bekomme doch bald einen, Schwester, nicht wahr?«

»Das ist schon möglich. Aber das hängt auch von Ihnen ab. Wie Ihr Bruder müssen auch Sie brav sein. Darf ich Sie mal kurz allein lassen? Sie können ja mit Ihrer Frau das Kreuzworträtsel fertigmachen. Ich rufe nur kurz Mr. Richardson an. Er will einen Bericht hören. Außerdem brauche ich bestimmte Medikamente.«

»Was wollen Sie Mr. Richardson sagen?«

Schwester Pringle sah Winifred fest in die Augen. »Ich muß ihn über die Fortschritte des Patienten informieren«, erklärte sie ihr geduldig.

»Das kann doch auch ich übernehmen.«

»Es tut mir leid, Mrs. Coulson, aber das fällt in meinen Aufgabenbereich. Ich halte mich im übrigen streng an Mr. Richardsons Anweisungen.«

»So eine Unverschämtheit!«

»Es tut mir leid, daß Sie das so sehen, Mrs. Coulson. Wenn Sie sich beschweren wollen...«

»Schwester«, schaltete Annette sich ein. »Tun Sie ruhig,

was Sie für richtig halten. Ich finde nicht, daß Sie unverschämt sind. Mein Mann und ich sind Ihnen vielmehr überaus dankbar für Ihre Hilfe. Habe ich nicht recht, Don?«

»Doch, doch, ich bin froh, daß Sie sich soviel Mühe mit mir geben«, murmelte Don. »Aber Sie müssen das meiner Mutter nachsehen...« Er zwang sich zu einem dünnen Lächeln. »Sie hat eben keine Ahnung von solchen Dingen. Sie war ja nie länger im Krankenhaus.«

Die Schwester ließ die drei wortlos zurück. Sie war froh, der feindseligen Atmosphäre zu entkommen. Die Luft im Zimmer war zum Zerschneiden dick.

»Es muß etwas geschehen!« fauchte Winifred. »Das ist ja unerhört. Die Herrin im Haus bin immer noch ich!«

»Um Himmels willen, Mutter, bitte hör auf damit. Sonst lasse ich mich wieder ins Krankenhaus einliefern. Halt, nein, warte! Wir gehen in unser Häuschen.« Er warf den Kopf hin und her wie Stephen bei seinen Schreianfällen und klammerte sich an Annettes Hand. »Ich halte dieses Hickhack nicht mehr aus! Wir besorgen uns eine Nachtschwester... oder besser noch, einen Pfleger. Jawohl, einen Pfleger! Der kann mich heben und wenden.«

»Es tut mir leid«, schluchzte Winifred. »Reg dich nicht auf. Es tut mir leid und... es wird nie wieder vorkommen!«

Don und Annette horchten auf. Diese Worte mußten sie einige Selbstüberwindung gekostet haben. Annette nahm die Entschuldigung an. »Bitte, Schwiegermutter«, sagte sie in versöhnlichem Ton, »versuch doch, die Dinge so zu akzeptieren, wie sie sind. Wir alle können es soviel leichter haben. Er will dich ja sehen... Das stimmt doch, Liebling, nicht wahr?«

Sie hielt inne und sah Don fragend an. Dieser nickte. »Siehst du«, fuhr sie fort, »du mußt nur...«

Sie verstummte jäh, als sie Winifreds Gesichtsausdruck bemerkte. Unvermittelt wandte die Mutter sich ab und stürmte aus dem Zimmer.

»Es hat keinen Sinn, Annette. Sie läßt nicht mit sich reden.«

»Doch, doch, Liebling. Sie wird schon zur Besinnung

kommen. Wir müssen ihr nur etwas Zeit lassen. Bis zu einem gewissen Grad kann ich sie sogar verstehen. Ich habe dich ihr ja weggenommen. Stell dir nur vor, jemand würde versuchen, einen Keil zwischen dich und mich zu treiben. Mir ginge es bestimmt nicht anders.«

»Das ist doch ein himmelweiter Unterschied!«

Natürlich stimmte das. Annette würde sich nie so verhalten wie diese Frau. Sie liebte Don auf eine grundsätzlich andere Weise. Ihre Schwiegermutter hatte etwas an sich, das... Annette vermochte es nicht zu benennen. Auch wollte sie Don mit solchen Dingen nicht zusätzlich belasten. So meinte sie nur: »Du darfst dich nicht aufregen. Was kann uns denn schon passieren? Wenn es uns zuviel wird, gehen wir einfach in unser Häuschen. Wir können jederzeit umziehen, von mir aus heute schon. Ich wollte ja von Anfang an nicht hierher.«

»Hättest du dich nur durchgesetzt!«

Auch sie wünschte sich im nachhinein, sie hätte nicht nachgegeben. Aber niemand konnte sie zum Bleiben zwingen. Und nach Lage der Dinge stand eine einschneidende Änderung unmittelbar bevor. Es war, als ahnte Annette schon den nächsten Eklat.

Tatsächlich hatte dieser Krach nur einen Vorgeschmack auf die eigentliche Explosion gegeben. Sie ereignete sich noch am selben Abend um halb zehn.

Winifred war aufgebracht. Der ganze Rest der Familie hatte sich gegen sie verschworen, und nun machte auch noch diese Schwester gemeinsame Sache mit ihnen. Die ihr gebührende Achtung brachten ihr nur noch die Bediensteten entgegen. Auf den Gedanken, daß sie sich ganz anders verhalten hätten, wenn sie nicht dafür bezahlt worden wären, kam sie nicht. Besonders enttäuscht war sie von Joe. Er, der sonst immer so liebenswürdig zu ihr war, hatte sich voll und ganz auf die Seite dieses Mädchens geschlagen. Aber was hätte sie auch anderes von einem Bastard erwarten können?

Ihr Magen meldete sich zu Wort. Nun, sie hatte ja auch

schon über drei Stunden nichts mehr gegessen. Höchste Zeit für ein gutes Mahl!

Auf dem Weg zur Küche fiel ihr auf, wie still es überall war. Bis auf das Pochen des Boilers im Keller unten war kein Laut zu hören. Das ganze Haus kam ihr vor wie ausgestorben. Auch die Küche war leer. Maggie hatte sich wahrscheinlich in ihr Zimmer zurückgezogen, und Lily und ihr Mann hatten sich wohl schon schlafen gelegt. Ab acht hatte sie ja jeden Tag frei. Peggie Danish dagegen ging bestimmt nie vor Mitternacht ins Bett. Sie trieb sich sicher bei Stephen oben herum und hoffte garantiert, Joe über den Weg zu laufen. Auf das Mädchen mußte sie besser achten. Sie war für ihren Geschmack viel zu jung und frisch. Wie sie Joe immer umgarnte!

Im Kühlschrank fand sie nichts als Kalbsbraten und ein Stück Käse. Sie zögerte. Mit Käse im Magen konnte sie nie einschlafen, so schnitt sie vom Kalbsbraten eine Scheibe ab und legte sie auf einen Teller. Einen Moment lang blieb sie unentschlossen stehen. In der Küche hatte sie noch nie gern gegessen. Zwar hatte sie richtigen Heißhunger, aber sie verzehrte den kalten Braten wohl besser im Eßzimmer. Auf dem Weg dorthin überlegte sie es sich noch einmal anders. Sie hatten ja Vollmond. Da war es doch am schönsten, wenn sie sich in den Wintergarten setzte und beim Essen zum Fenster hinausschaute. Und danach konnte sie noch einmal kurz bei Don nach dem Rechten sehen.

Wie sie es erhofft hatte, schimmerte der Mond im Wintergarten sanft durch das Fenster herein. Sie setzte sich in den Ohrensessel und kaute vergnügt ihren Braten. Zum Schluß leckte sie sich die Finger ab und reinigte sich mit einem Taschentuch die Hände. Eine Weile noch blieb sie nachdenklich vor dem Fenster sitzen. Im Garten lag überall Rauhreif. Man hätte fast meinen können, es habe geschneit.

Obwohl sie sonst kaum kälteempfindlich war, fröstelte sie auf einmal. Sie zog den Morgenrock fester um sich und ging zum Flur. Doch dann fiel ihr ein, daß sie eine Abkürzung nehmen konnte. Wer hinderte sie eigentlich daran, den Raum zu durchqueren, der Annette neuerdings als Wohnzimmer diente? Damit bot sich ihr auch eine günstige Gelegenheit, zu sehen, was die zwei so trieben, wenn sie sich allein wähnten. Der Frau traute sie ohne weiteres zu, daß sie sich die ganze Nacht zu Don ins Bett legte. Aus keinem anderen Grund hatte sie sich doch so vehement gegen eine Nachtschwester gewehrt. Und das bei seinem Zustand! Einfach widerwärtig!

Sie huschte zur Tür am anderen Ende des Raumes und drückte die Klinke leise herunter. Auf der Schwelle blieb sie stehen und wartete. Im Raum selbst war es dunkel; der einzige Lichtschimmer kam durch die Ritze unter der Tür zum Krankenzimmer. Aber da kein Hindernis im Weg stand, fand sie sich ja auch bei Dunkelheit zurecht. Sie schloß die Tür hinter sich und tastete sich mit ausgestreckten Händen voran, fand die andere Tür und stieß sie auf. Der Anblick der sich ihr bot, ließ ihr das Blut in den Adern gefrieren.

Dieses Mädchen, diese Frau, diese Schlampe lag splitternackt auf dem Bett! Und *ihr* Sohn betastete mit beiden Händen ihren Bauch!

Annette fuhr erschrocken zu ihr herum und griff nach dem Morgenrock. »Nein, laß das!« hörte sie ihren Sohn rufen. »Bleib, wie du bist! Soll sie uns ruhig so sehen!« Und das Mädchen ließ den Morgenrock wieder sinken.

Winifred war im ersten Schock wie gelähmt. »Das kann nicht sein!« gellte eine Stimme in ihr. Der Unfall war doch vor der Hochzeitsnacht gewesen. In der kurzen Zeit konnten sie unmöglich... Ein schrecklicher Verdacht regte sich tief in ihrem Innersten, fand den Weg in ihr Bewußtsein, drohte ihr den Verstand zu rauben. Es stand ihr deutlich vor Augen, doch immer noch weigerte sie sich, es zu glauben. »Du verkommenes Subjekt!« kreischte sie. »Du Schlampe! Du Rabenaas! Du bist schwanger und willst den Balg jetzt meinem Sohn anhängen! Du Dirne, du...«

»Hör auf!« Don stemmte beide Ellbogen auf die Matratze und richtete sich mühsam auf. »Halt den Mund, hörst du!«

Winifred erreichte das Bett mit fünf großen Schritten. »Nie!« kreischte sie. »Ich lasse mir den Mund nicht verbieten. Ich kenne dich doch! Du bist mein Sohn. Du warst so gut, so rein, so unbefleckt...«

»Unbefleckt? Zum Teufel damit!«

»Don! Don! Leg dich wieder hin! Ich regle das schon...«

Annette, die sich nun doch in aller Hast den Morgenrock übergeworfen hatte, versuchte ihn zu beruhigen. Statt auf sie zu hören, richtete Don sich noch weiter auf und brüllte so laut er konnte seine Mutter an: »Hör mir zu, Mutter! Hör mir einmal im Leben zu, verdammt nochmal! Es ist unser Kind... *meines*, hörst du? Ein Jahr sind wir schon zusammen, ein ganzes Jahr. Und ich sage dir auch, was das heißt. Unter deinen Augen haben wir es heimlich miteinander getrieben. Kapierst du? Wir haben es miteinander getrieben! Sag bloß, du hättest was anderes erwartet! Es konnte doch gar nicht anders kommen, wo ihre Mutter sie wie eine Nonne aufgezogen hat und du mir bis zum Schluß am liebsten Windeln umgebunden hättest. Ein ganzes Jahr sind wir schon zusammen. Und als es passiert ist, da war es kein Mißgeschick! Ich wollte es so! Ich wollte den großen Knall! Hast du gehört? Ich wollte mich damit von dir befreien!«

»Don! Es reicht! Hör auf damit! Leg dich sofort hin und halte still!«

»Ich habe lange genug stillgehalten. Es muß endlich einmal raus. Und jetzt sage ich es dir: Es war ein wunderschönes Jahr, und ich bedaure nicht eine Minute. Ich habe ihm den Namen ›das Jahr der Jungfrauen‹ gegeben.«

Winifred weigerte sich, in dem Mann im Bett ihren Sohn zu erkennen. Dieser Kerl da sprach so derb, so vulgär und so schmutzig wie ihr Gatte. Ihr Sohn hatte doch mit Daniel nichts gemeinsam. Aber eines stimmte wohl: Er war so verrückt nach dieser Kreatur neben ihm, daß er sich selbst verleumdete, nur um sie zu schonen.

»Ich glaube kein einziges Wort!« brüllte sie. »Mir machst du nichts vor! Du versuchst doch nur ihren guten Ruf zu retten!«

Irgendwo im Haus knallte eine Tür. Das Geräusch kam von der Rückfassade, dort, wo der Weg zu Joes Häuschen führte. Das brachte sie auf einen neuen Gedanken. »Er war's, gib's zu!« schrie sie. »Joe! Er hat dich doch immer gewollt, Annette. Und er hat dich ja auch in der Gegend herumkutschiert! Selbst als ihr verlobt wart, hat er dich noch im Auto mitgenommen. Joe war's, sag die Wahrheit, Mädchen! Aber was rede ich mit dir? Du kennst ja keine Wahrheit. Du bist nichts als eine schmutzige, verkommene Hure, eine...«

Die Tür flog auf, und Joe kam herein. Doch auch er vermochte Winifred nicht zu beruhigen, vielmehr richtete sich ihre Wut auf ein neues Opfer. »Du Hurenbock hast also meinen Sohn beschwatzt, er soll dich decken, und jetzt glaubst du, ihr könnt euch weiter ungestört suhlen, du und diese Schlampe!«

Joe blinzelte Don verdattert an. »Was hat sie denn?«

Doch Winifred war durch nichts mehr zu bremsen. »Tu nicht so scheinheilig, du Pharisäer! Schau dir doch nur ihren Bauch an! Aber was sage ich da? Du weißt ja genau, wo er herkommt. Der Apfel fällt nicht weit vom Stamm. Du bist doch selbst ein Bastard, und jetzt hast du auch ihr einen beschert.«

»Gott im Himmel!« Don fiel ächzend auf sein Kissen zurück. »Sie ist übergeschnappt... vollends übergeschnappt! Schaff sie raus, Joe... Schaff sie raus!«

Joe blieb benommen stehen. Er hätte sich ja so inbrünstig gewünscht, das daß, was seine Adoptivmutter ihm da vorwarf, gestimmt hätte; gerne wäre er Annettes Geliebter gewesen. Doch dann zischte er zwischen den Zähnen: »Ich kann mich noch gut an eine Zeit erinnern, als du froh warst, daß du wieder ein Baby hattest, obwohl es ein Bastard war. Aber es gibt noch ganz andere Bastarde als die, die ihren Vater nicht kennen. Denk darüber nach. Und jetzt würde ich an deiner Stelle lieber ins Bett gehen.«

Sie wirbelte herum, packte eine Karaffe, die auf dem Tisch stand, und schleuderte sie ihm an den Kopf. Das Gefäß traf ihn am Ohr. Joe geriet ins Taumeln. Noch ehe er sich gefangen hatte, ging sie mit zu Klauen verkrümmten Fingern auf ihn los. Sie hätte ihn zerkratzt, wäre nicht in diesem Moment Daniel hereingestürzt.

»Um Himmels willen, was ist hier los?«

Mit vereinten Kräften gelang es Joe und Daniel, die Tobende festzuhalten. Zu bändigen war sie freilich nicht. Unentwegt spuckte sie ihnen die übelsten Schimpfworte ins Gesicht.

Sie schrie auch noch, als die zwei Männer sie durch die Empfangshalle schleiften. Peggie Danish stand mit schreckgeweiteten Augen da; Maggie dagegen zeigte sich nicht im geringsten beeindruckt. Sie wich geschickt Winifreds Fußtritten aus und half, sie die Treppe hinaufzuzerren. »Hol den Arzt!« rief sie Peggie zu. Sie selbst konnte nicht weg, denn Winifred klammerte sich mit aller Kraft an das Geländer. »Mach schon, Mädchen, ruf den Arzt an!«

Dann endlich hatten sie die nach wie vor tobende Frau in den ersten Stock geschleift. Daniel stieß die Tür zu ihrem Schlafzimmer mit dem Fuß auf. »Laß sie los, Joe!« brüllte er und beförderte sie mit einem Stoß zu Boden. Ehe sie sich aufrichten konnte, riß er den Schlüssel aus dem Schloß, schlug die Tür zu und sperrte von außen ab. Die drei blieben keuchend davor stehen. Drinnen gellte plötzlich ein schriller Schrei, dem ein wildes Poltern folgte. Winifred schleuderte alles, was nicht niet- und nagelfest war, an die Wand. Als ein schwerer Gegenstand gegen die Tür krachte, wichen sie erschrocken zurück.

»Was ist denn unten passiert?« fragte Daniel.

»Sie hat Annette beschimpft«, keuchte Joe. »Den Anfang habe ich auch nicht mitgekriegt, weil ich erst später dazugekommen bin.«

Wieder donnerte etwas gegen die Tür. »Sie demoliert ja das ganze Zimmer!« rief Maggie.

»Soll sie doch!«

Daniel wandte sich ab und ging schwankend die Treppe hinunter. Die anderen folgten ihm nach kurzem Zögern ins Krankenzimmer. Don war leichenblaß und zitterte am ganzen Leib.

»Was ist denn nun eigentlich geschehen?« wollte Daniel von Annette wissen. »Habt ihr es ihr gesagt, daß ihr ein Kind bekommt?«

Annette starrte noch ganz benommen zu Boden. »Ich war nackt, da ist sie einfach reingekommen und hat gesehen, wie Don meinen Bauch gestreichelt hat. Sie hat überhaupt nicht angeklopft und nichts!«

»Na ja, früher oder später mußte sie es ja herausfinden.«

Jetzt erst sah die junge Frau zu Daniel auf. »Ich bringe ihn morgen in unser Haus, Dad.«

»Das ist vielleicht nicht mehr nötig, Mädchen. Allein wird der Arzt wohl nicht über ihr weiteres Schicksal entscheiden können, aber für eine Weile wird sie garantiert woanders untergebracht. Ich habe es ja schon lange kommen sehen.«

Als eine halbe Stunde später Dr. Peters zusammen mit Maggie vorsichtig Winifreds Zimmer betrat, bot sich ihnen ein Anblick der Verwüstung. Das ganze Mobiliar lag in Trümmern auf dem Boden. Einzig das Himmelbett war heil geblieben. Quer darauf lag die Frau, der er jahrelang alle möglichen Pillen verschrieben hatte, obwohl er genau gewußt hatte, daß sie ihr nicht helfen würden.

Vorsichtig näherte der Arzt sich ihr und legte ihr behutsam die Hand auf die Stirn. In seinem ruhigsten Ton sagte er: »Es ist ja gut, Mrs. Coulson. Sie können sich aufsetzen... So ist es recht.«

Sie stierte ihn an. Ihre Miene verriet keinerlei Regung, ganz anders dagegen ihre Stimme. Als ginge sie davon aus, daß der Arzt Bescheid wisse, rief sie: »Wenn ich Ihnen doch sage, daß er rein wie eine Jungfrau ist! Ich habe über ihn gewacht und...« Sie wandte den Kopf und kniff die Augen zusammen, als versuche sie, sich etwas ins Gedächtnis zu rufen. Plötzlich sprang sie auf. »*Er* war's!« schrie sie. »Er wollte, daß er so wird wie er! Er konnte den Anblick eines reinen Menschen nicht ertragen! Nein, warten Sie! Es ist anders!« Sie packte ihn am Arm. »Joe war's! Da sieht doch jeder, daß er verrückt nach ihr ist. Er hat es ihr gemacht!«

»Ganz ruhig. Kommen Sie, setzen Sie sich.« Der Arzt führte sie zum Bett zurück und drückte sie sanft auf die Matratze. Dann warf er einen Blick zu Maggie hinüber und deutete mit dem Kinn auf seine Tasche, die er neben der Tür hatte stehen lassen. Maggie brachte sie ihm sofort und stellte sie aufs Bett. Als er anfing, darin herumzukramen, sprang Winifred erneut auf.

»Sie geben mir kein Schlafmittel! Ich bin noch lange nicht fertig! Ich habe noch nicht einmal angefangen! Ich werde sie und alles hier im Haus zerstören. Und wenn ich fertig bin, wird hier keiner mehr leben können!«

»Darüber können wir uns auch morgen noch unterhalten. Setzen Sie sich wieder.«

Doch sie wich zurück, und ohne den Blick von ihr zu wenden murmelte er in Maggies Richtung: »Holen Sie die Männer.«

Im Handumdrehen waren Joe und Daniel da. Winifred sah gehetzt um sich und suchte irgendeinen Wurfgegenstand. Unter dem Schminktisch lagen ihre Glasflaschen und Puderdosen auf dem Boden. Als sie sich danach bückte, stürzten sich die zwei Männer auf sie und hielten sie fest, obwohl sie wild um sich schlug und ihnen die unflätigsten Beschimpfungen entgegenschleuderte. Der Arzt näherte sich ihr vorsichtig mit einer Spritze und setzte sie ihr in den Armmuskel.

Winifred wehrte sich noch immer mit der Kraft der Verzweiflung, doch bald glitt sie zu Boden.

Dr. Peters atmete erleichtert auf. »Sie muß natürlich in eine Anstalt. Und zwar noch ehe sie wieder zu sich kommt. Wo ist Ihr Telefon? Ich brauche einen Krankenwagen.«

Während der Arzt die Formalitäten regelte, starrte Daniel wortlos auf das Bündel zu seinen Füßen hinab. Er bekam gar nicht mit, daß Maggie Joe anstupste und die zwei ihn mit seiner Frau allein im Zimmer ließen. Tausend Gedanken stürmten auf ihn ein. Allen voran die Frage nach der Schuld. Hatte es etwa an ihm gelegen?

Nein, nein! gab er sich gleich selbst zur Antwort. War es denn sein Fehler, daß er sich mit anderen Frauen eingelassen hatte? Es wäre doch nie geschehen, wenn sie sich wie eine Ehefrau verhalten hätte.

War sie überhaupt je eine Ehefrau gewesen? Eine liebende Frau? Oder hatte sie nicht nur wegen der Sicherheit und des Ansehens einen Mann gebraucht?

Wann hatten eigentlich die Streitereien, die bitteren Vorwürfe ihren Anfang genommen?

Von dem Zeitpunkt an, als feststand, daß Stephen geistig behindert bleiben würde.

War sie ihm denn wenigstens eine Frau gewesen, als sie für Joe die Mutter gespielt hatte?

Nur unter Protest.

Wie viele Frauen hatte er eigentlich ihretwegen gebraucht? Richtig, er hatte sie nur gebraucht. Liebe oder Zärtlichkeit waren nie im Spiel gewesen. Erst jetzt, mit Maggie, war alles anders geworden.

Vielleicht konnte ihm Father Ramshaw eine Antwort auf die letzte Frage geben. Er hatte ihm ja alles gebeichtet, und der Pfarrer hatte ein gutes Gedächtnis.

Was war es eigentlich gewesen, das ihn jedesmal in den Beichtstuhl getrieben hatte? Die Angst vor Gottes Vergeltung? Oder das Bedürfnis nach einem verständnisvollen Zuhörer, ja Freund? Nun, Father Ramshaw hatte sehr viel Verständnis gezeigt, auch und vor allem was Maggie betraf.

Wie hatte sich ihre Liebesbeziehung eigentlich entwickelt? Er mußte sie ja schon die ganze Zeit geliebt haben, aber wirklich bewußt geworden war es ihm erst in den letzten Jahren. Wenn sie ihm doch nur gezeigt hätte, daß es ihr genauso ging! Dann hätte er es nicht nötig gehabt, sich so oft herumzutreiben. Zu vielen Frauen hatte er Beziehungen unterhalten, aber niemals für längere Zeit.

Sein Leben... Was hatte er nur daraus gemacht? Er hatte Geld, ein blühendes Unternehmen, ein prächtiges Haus, und bis auf wenige Ausnahmen wurde er von allen geachtet. Daß Annettes Vater nichts von ihm hielt, konnte er nun wirklich verschmerzen. Aber diese eine Frage ließ sich nicht verdrängen: Was hatte er aus seinem Leben gemacht? Und die Antwort lautete: Einen Scherbenhaufen hatte er angerichtet! Das einzige, das im Leben zählte, war die Liebe. Man mußte seinen Namen nicht richtig schreiben können, man konnte blind, taub oder gar zurückgeblieben sein – das alles war nicht so wichtig. Wirklich glücklich machte einen nur die Liebe.

Er richtete sich zu seiner vollen Größe auf und hob den Blick. Hatte seine Frau denn jemals richtig geliebt? Nein, ihre Gefühle für Don waren keine Liebe gewesen! Eine Affenliebe, eine Manie, ein Klammern – schlimmer noch: Inzest! Liebe war doch etwas ganz anderes. Aber was genau?

Er sah sich im Zimmer um, als könne er die Antwort unter den Trümmern finden. »Güte«, sagte er plötzlich laut. Richtig, Liebe war Güte. Wer liebte, spendete Trost, liebte jemanden um seiner selbst willen, vergaß seine Fehler. Jawohl, wer das alles konnte, der liebte. Und er hätte es nie erkannt, wäre nicht Maggie in sein Leben getreten.

Mühsam bückte er sich und stellte einen umgeworfenen Stuhl wieder auf. Als nächstes nahm er einen zerbrochenen Bilderrahmen, doch ließ er ihn sogleich wieder fallen. Morgen konnte er ja auch noch Ordnung schaffen, dann endlich herrschte wieder Friede im Haus. Dann hatte er alle Ruhe, die er brauchte, morgen, nächste Woche und – wenn es Gott gefiel – den ganzen nächsten Monat.

Noch einmal betrachtete er seine Frau. Nun, da er die Gewißheit hatte, daß sie bald fort war, tat sie ihm auf einmal leid. Sie mußte doch nicht so würdelos auf dem Boden liegen bleiben wie ein Bündel. Er sollte sie wohl doch aufheben und aufs Bett legen. So sehr er auch unter ihr gelitten hatte, ihre Haltung hatte ihm manchmal auch Achtung abgenötigt.

Andererseits brachte er es nicht fertig, sie anzufassen. Ihn ekelte zu sehr vor ihr. Sollten sich die Sanitäter um sie kümmern, oder Joe oder sonst wer!

Er bahnte sich durch die Trümmer den Weg zur Tür. Draußen wartete Joe. Joe schien immer für ihn da zu sein, bereit, ihm zu helfen. Da war es vollkommen natürlich, auf ihn zuzustolpern und zu murmeln: »Mir wird schlecht, Junge.« Joe führte ihn sogleich ins Badezimmer und stützte ihm den Kopf, während er sich erbrach, bis der Magen nichts mehr hergab. Danach setzte er ihn auf einen Stuhl und tupfte ihm mit einem mit kaltem Wasser getränkten Schwamm das Gesicht ab.

»An deiner Stelle würde ich jetzt ins Bett gehen«, riet er seinem Stiefvater.

»Nein, nein. Ich bleibe auf, bis alles vorbei ist. Sag mal, wie lange telefoniert der Doktor denn noch?«

»Das ist längst erledigt. Vorhin hat er Don was zur Beruhigung gegeben. Er steht noch unter Schock, weißt du. Und im Moment ist er bei Annette. Ihr geht es nicht viel besser.«

Daniel hatte sich nun wieder soweit erholt, daß er aufstehen konnte. Er zog sein Jackett glatt und rückte die Krawatte zurecht. »Mich wundert nur, daß Stephen nicht aufgewacht ist«, murmelte er.

»Er konnte nicht schlafen und ist bei Maggie in der Küche. Anscheinend ist er durchs Haus geirrt, als wir mit ihr gekämpft haben, und hat sich zu Tode geängstigt.«

Von der Empfangshalle drang Gepolter zu ihnen herauf, und sie gingen nachsehen. Am Treppenabsatz unten stand der Arzt mit zwei Sanitätern und erteilte ihnen Anweisungen. Dann drehte er sich zu Daniel um, dessen kreidebleiches Gesicht ihm natürlich sofort auffiel. »Trauen Sie es sich zu, sie ins Krankenhaus zu begleiten? Jemand muß mitkommen. Vielleicht kann Ihr Sohn...«

»Nein, nein, ich fahre schon mit.«

»Sehr schön.«

Unter Joes Führung gingen der Arzt und die Sanitäter in Winifreds Zimmer. Daniel blieb beunruhigt zurück. Er hatte gehofft, es wäre endlich ausgestanden, doch nun mußte er sie noch ins Krankenhaus begleiten.

Im Haus herrschte eine schier unheimliche Stille. Um so lauter wirkte dafür das Ticken der alten Wanduhr, die in diesem Moment dreimal schlug. Viertel vor zwölf. Don schlief tief und fest; er würde erst spät am Morgen aufwachen. Auch Stephen und Peggie schlummerten. Maggie war in ihrem Zimmer, aber schlafen konnte sie nicht. Sie wollte erst ins Bett gehen, wenn sie Daniels Wagen hörte. Joe und Annette saßen vor dem Kamin im Salon. Eine geraume Weile schon schwiegen sie sich an. Die Stille lastete auf ihnen, doch keiner fand einen geeigneten Anfang. Es war Annette, die schließlich den Bann brach. Sie sah zu Joe hinüber, der nach vorne gebeugt mit den Ellbogen auf den Schenkeln und den Händen zwischen den Knien dasaß. »Es tut mir leid, daß wir dich da mit reingezogen haben, Joe«, murmelte sie. »Sie... sie wußte nicht mehr, was sie sagte, verstehst du das?«

Joe wandte sich ihr langsam zu und blickte ihr in die Augen. Seine Gedanken überstürzten sich. Wenn in den Anschuldigungen doch nur ein Körnchen Wahrheit stecken würde, dachte er. Nach außen hin bewahrte er freilich Ruhe. »Ich weiß, Annette«, sagte er. Es war eine vollkommen lächerliche Unterstellung, aber du hast recht: Sie wußte nicht mehr, was sie sagte. Weißt du... du warst für mich ja immer so etwas wie eine Schwester...«

Um ihre Lippen spielte ein gequältes Lächeln. »Ach, es gab einmal eine Zeit, da habe ich in dir keinen Bruder gesehen. Weißt du noch, wie ich dir früher immer nachgelaufen bin? Mit vierzehn war ich fast verknallt in dich.«

Er zwang sich zu einem Grinsen. »Na ja, *fast* ist eben nicht ganz.«

»Sei doch nicht albern, Joe. Du unterschätzt dich immer. Dabei wäre das gar nicht nötig. Irene Shilton zum Beispiel wartet geradezu auf dich. Du bräuchtest nur mit den Fingern zu schnippen. Oder Jessica Bowbent – die wäre auch so eine Kandidatin.« Sie senkte die Stimme. »Du solltest heiraten, Joe, und von hier weggehen. Kümmere dich nicht mehr um sie... um uns... Stephen hat immer noch Dad, und was Don betrifft, so sorge ich für ihn. Auf Dad brauchst du erst recht keine Rücksicht zu nehmen. Wir sind eine Last für dich. Wenn du nicht endlich auch mal an dich denkst, hast du uns immer am Hals.«

Er wollte den Arm um sie legen, sie an sich drücken und ihr gestehen: Ich würde dich auf Händen tragen, Annette. Eine Last wie dich würde ich mein Leben lang gerne ertragen. Doch er schwieg.

Annette war noch nicht fertig. »Die nützen dich doch alle aus, Joe. Du bist einfach zu gutmütig. Du glaubst, du schuldest ihnen etwas, weil sie dich damals aufgenommen haben. Ich finde, du bist niemandem etwas schuldig. Du hast es ihnen längst mit Zins und Zinseszins zurückgezahlt, weil du eine Lücke in ihrem Leben geschlossen hast.«

»Mag sein, aber höchstens vorübergehend. Die Lücke, die

du meinst, wurde mit Dons Geburt geschlossen. Das war mir als Kind schon klar, aber ich habe es Don nie verübelt. Ich habe ihn immer geliebt. Und ich liebe ihn auch heute noch.«

»Joe! Ach, Joe!« Sie legte die Hand auf die seine. Einen Moment zögerte er, dann ergriff er sie und drückte sie an sein Herz. »Du weinst? Bitte weine nicht, Annette, bitte. Es wird alles gut, du wirst schon sehen. Wir kriegen ihn bestimmt wieder hin.«

Die Tränen flossen in Strömen über ihre Wangen, und ihre Lippen zitterten. »Mach dir nichts vor, Joe«, flüsterte sie. »Und versuch auch nicht, mir etwas vorzumachen. Wir werden ihn nie wieder ›hinkriegen‹. Wenn nur seine Beine kaputt wären, gäbe es ja noch Hoffnung. Aber seine Organe sind teilweise schwer beschädigt. Das weißt du doch auch. Ihm ist es genauso klar. Er wird sich nie erholen.«

»Annette! Liebes!« Ihr Kopf war auf seine Schultern gesunken. Er legte unwillkürlich den Arm um sie. Und es tat so gut, ihre Nähe zu spüren. Gleichzeitig sträubte er sich gegen die Wahrheit, wollte er nicht wahrhaben, daß es keine Hoffnung mehr geben sollte. Denn das, was er ihr gerade gesagt hatte, stimmte wirklich: Er liebte den Mann, den er seinen Bruder nannte, liebte diesen Bruder, obwohl er ihn von seinem Platz an Annettes Seite verdrängt hatte.

Mit den Lippen strich er über ihre Haare. »Er wird noch lange leben«, raunte er. »Wir werden alles tun, damit er sein Kind in den Armen halten kann und erlebt, wie es heranwächst.«

Er hätte ihr noch mehr von diesen tröstlichen, doch im Grunde leeren Worten ins Ohr geflüstert, aber sie entzog sich ihm sanft. Kurz berührte sie seine Wange, dann war der Augenblick der Nähe vorbei. »Du bist der netteste Mann auf der Welt, Joe. Dir könnte ich alles erzählen und würde mich nie schämen. Ich habe mich auch nicht geschämt, als ich dir gesagt habe, daß ein Baby unterwegs ist. Und jetzt kann ich dir sogar meine Ängste anvertrauen. Mir graut davor, heimzugehen und meinen Eltern zu erzählen, was mit mir los ist.

Soll ich dir sagen, was passiert, wenn sie das hören? Sie werden mich verstoßen.«

»Das glaube ich nicht.«

»O doch. In gewisser Weise ist meine Mutter deiner Stiefmutter ähnlich. Sie hat die Religion in den falschen Hals gekriegt. Ich bete schon lange nicht mehr. Weder für Don noch sonst etwas. Als Kind mußte ich immer den ganzen Tag nichts tun als beten. Früh, mittags und abends, bei Tisch und beim Spielen, immer hieß es beten. Zu lesen gab es Erbauungsbücher über die Leben der Heiligen und die Leiden aller möglichen Märtyrer... Und in der Fastenzeit mußte ich jeden Morgen mit nüchternem Magen zur Messe. Auch wenn ich vor Hunger fast umfiel – die Heilige Kommunion ging vor. Selbst die Schwestern in der Klosterschule waren nicht so streng. Nur um sie zu beeindrucken, trimmten meine Eltern mich zu einer Art Heiligen. Ein braves kleines Mädchen mußte ich sein. Aber im tiefsten Innern habe ich Gott gehaßt. Du kannst dir nicht vorstellen, was für schreckliche Gefühle das waren. Beim Gedanken an die Jungfrau Maria wurde mir regelrecht schlecht! Ich wollte nichts als entkommen. Und an unserem Hochzeitstag dachten Don und ich, wir hätten es nun endlich geschafft. Aber wie Mutter ja immer gepredigt hat: Gott läßt seiner nicht spotten. Weißt du, nach dem Unfall habe ich wirklich geglaubt, daß das stimmt und Gott uns nun für alles bestraft. Das habe ich jetzt aber endgültig hinter mir. Es sind die Menschen, die einen strafen, nicht Gott. Die Menschen sind es, die uns von Gott entfremden, die Menschen mit ihrem Gerede, ihren Taten. Verstehst du jetzt, warum mir vor morgen so graut? Aber das ist noch nicht alles. Dieses Haus ist mir unheimlich. Ich spüre immer deutlicher, daß ein Fluch auf ihm lastet. Und wenn es noch so prächtig ist, ich habe Angst hier! Deine Stiefmutter ist gerade weggeschafft worden, aber schon habe ich Angst davor, daß sie bald zurückkommt. Wir können hier unmöglich bleiben. Ich muß weg und Don mitnehmen. Kannst du das verstehen?«

»Ich verstehe dich nur zu gut. Aber bitte quäle dich nicht

mit Sorgen. Zuallererst mußt du an dich denken und an das Baby… und an Don.«

»Ja… natürlich. Wir wollten dich um etwas bitten, aber dann ist diese Katastrophe dazwischengekommen. Wir wollten dich fragen, ob du mit uns in unserem Häuschen wohnen willst. Wärest… wärest du dazu bereit gewesen?«

Wie viele Schmerzen konnte ein Mann denn noch ertragen, ohne laut zu schreien? Hier konnte er sich zurückziehen, nachdem er getan hatte, was alle von ihm erwarteten. Aber mit ihnen zusammenleben und täglich fühlen zu müssen, wie unerreichbar sie war?

»Na ja, das hat sich inzwischen wohl erübrigt«, murmelte er. »So wie es aussieht, kannst du ja bleiben.«

»Du wärest also nicht zu uns gezogen?«

Er sah ihr tief in die Augen. »Annette, ich würde alles tun, worum du mich bittest, nur um dich glücklich zu machen… dich und Don«, fügte er nach kurzem Zögern hinzu.

4

Die Messe näherte sich dem Ende. Der Pfarrer legte das Meßbuch auf den Altar, verhüllte den Kelch, bekreuzigte sich vor dem Tabernakel und folgte seinen Ministranten in die Sakristei. Insgesamt hatten zwölf Gläubige an der Acht-Uhr-Messe teilgenommen. Bis auf einen kamen sie alle jeden Tag.

Nach dem Ablegen des Meßgewandes hatte Father Ramshaw es in der Regel eilig, die Kirche durch den Seiteneingang zu verlassen und auf dem kürzesten Weg über den Rasen zum Pfarrhaus zu gelangen, wo ein reichhaltiges Frühstück auf ihn wartete. Doch diesmal kehrte er ausnahmsweise noch einmal ins Gotteshaus zurück. Er wußte, daß einer aus der Versammlung dort sitzen geblieben war.

Er hatte sich nicht getäuscht. In der hintersten Bankreihe nahm er neben Daniel Platz. »Sie hätten sich doch gleich beim Ausgang hinsetzen können«, knurrte er. »Guten Morgen, Daniel. Sie sehen ja schrecklich aus.«

»Mir geht es auch schrecklich, Father.«

»Was ist geschehen?«

»Winifred ist gestern abend endgültig übergeschnappt. Sie hat rausgefunden, daß...« Er stockte.

»Was hat sie rausgefunden, Daniel?«

»Daß Annette schwanger ist.« Er zögerte erneut. »Sie erwartet ein Kind.«

»Ich habe schon verstanden. Sie müssen mich nicht extra aufklären. Mich überrascht nur, daß Annettes Zustand ihr so spät aufgefallen ist. Was ist jetzt mit ihr?«

Daniel vermied es, dem Pfarrer ins Gesicht zu sehen. Sein Blick war starr auf den Altar gerichtet. »Sie hat sich einfach geweigert zu glauben, daß Don der Vater ist und wollte es Joe in die Schuhe schieben. Dann ist sie auf ihn losgegangen. Sie können sich nicht vorstellen, wie sie getobt hat; zu dritt konnten wir sie kaum bändigen. Uns blieb nichts anderes übrig, als sie in ihr Zimmer zu schleifen und einzusperren. Dort hat sie dann das gesamte Mobiliar kurz und klein geschlagen. Jetzt ist sie in der Nervenklinik.«

»Allmächtiger Vater! In der Nervenklinik! Es tut mir in der Seele weh, daß es so weit kommen mußte. Na gut, es war ja abzusehen. Möge Gott ihr helfen, wenn sie dort wieder zu sich kommt. Wissen Sie, ich muß mich bei meinen Besuchen dort immer regelrecht überwinden. Dabei tun mir die wirklich Verrückten gar nicht so leid; auf ihre Weise sind sie glücklich, wenn sie sich für den Kaiser von China oder irgendeinen Filmstar halten. Nein, schlimm ist es vor allem für diejenigen, die nur einen Nervenzusammenbruch hatten oder wegen einer anderen vorübergehenden Krise eingeliefert wurden, denn sie bekommen mit, was mit ihnen angestellt wird. Und zu dieser Kategorie zähle ich auch Ihre Frau...« Er beugte sich weit vor, und seine Augen verengten sich zu Schlitzen. »Sagen Sie, Daniel, haben Schuldgefühle Sie heute morgen zu mir geführt?«

»Schuldgefühle? Warum sollte ich mich schuldig fühlen? Sie wissen doch, was für ein Leben ich mit dieser Frau hatte.«

»Sicher, sicher, ich weiß das. Aber auch Sie sind nicht frei von Verantwortung. Fragen Sie sich doch mal, warum Sie ausgerechnet heute in die Messe gekommen sind. Unter der Woche sind Sie im ganzen Leben noch nicht in die Kirche gegangen. Nein, Daniel, die ganze Schuld können Sie nicht auf Winifred abladen. Einen Teil davon tragen Sie schon selbst. Bis zu einem bestimmten Grad sind wir alle verantwortlich für die Sünden anderer. Vor allem aber müssen wir für unsere Gedanken Rechenschaft ablegen, denn die bedingen unsere Worte und Taten. Ich frage Sie, sagen wir je etwas, das bei anderen keinerlei Reaktionen hervorruft? Na gut, wir haben bestimmt in den wenigsten Fällen einen schlechten Vorsatz. Aber sehen Sie sich doch nur selbst an, Daniel. Sie wollten Don vom Schürzenband seiner Mutter befreien – und was ist passiert? Ich weiß, ich fasse Sie hart an, Daniel, wo sie doch gerade jetzt so schwere Schicksalsschläge einstecken mußten. Aber Sie sollen begreifen, daß auch Sie sich nicht frei von Schuld fühlen dürfen.«

Daniel starrte den Priester an. Er war in die Kirche gegangen, um Trost zu finden. Nachdem er erst gegen zwei Uhr aus dem Krankenhaus heimgekommen war, hatte er den ganzen Rest der Nacht kein Auge zugetan. Zwar hatte er nur einen kurzen Eindruck davon gewonnen, wie es in einer Nervenklinik zuging, doch das hatte gereicht. Was er in dieser einen Station gesehen und gehört hatte, verfolgte ihn sogar jetzt noch. »Haben Sie denn kein Privatzimmer für sie?« hatte er den Arzt gefragt. »Nicht in ihrem gegenwärtigen Zustand«, hatte die Antwort gelautet. »Abgesehen davon gibt es so etwas bei uns nicht.« Und ausgerechnet nach dieser schrecklichen Nacht sprang sein bester Freund so mit ihm um! »Sie scheinen ja von heute auf morgen Partei für sie ergriffen zu haben«, erwiderte er schroff.

»Ich stehe auf keiner Seite, Daniel. Ich laufe wie immer die Außenlinie rauf und runter und assistiere lediglich dem Schiedsrichter. Die Fouls muß nach wie vor Er pfeifen. Aber ich muß ständig Seine Absichten erahnen. Wie so viele andere auch meint Er nämlich, das wäre meine Aufgabe, und verläßt sich dabei auf mich. Wissen Sie, Daniel, ich bin ein gewöhnlicher Mensch. Zu Gottes Auserlesenen gehöre ich nicht und habe auch keinerlei Ambitionen in diese Richtung. Ich teile die Welt auch nicht in Heilige und Sünder ein – vielmehr sehe ich eine Vielzahl von Grauschattierungen um mich herum.«

Darauf gab Daniel keine Antwort. Bis dahin hatte er nicht gewußt, daß der Priester ihn mit seinen Parabeln auch reizen konnte. Zumal an diesem Morgen, da er ohnehin schon der Verzweiflung nahe war.

»Ich möchte Sie nicht länger aufhalten«, sagte er kühl. »Sie werden frühstücken wollen.«

Er stand auf und wandte sich zum Gehen, doch der Pfarrer zerrte ihn unsanft auf die Bank zurück. »Mein Frühstück kann auch mal warten. Es würde mir auch nicht schmecken, wenn ich das Gefühl hätte, daß wir im Streit auseinandergegangen sind. Schauen Sie, ich weiß doch, was Sie in all den

Jahren gelitten haben. Ich habe sogar stillschweigend über Ihre daraus resultierenden Fehltritte hinweggesehen, obwohl ich Sie wegen Ihrer Affären mit anderen Frauen hätte verdammen müssen. Wenn ich so dasaß und mir ihre Litaneien über ihren Sohn, Gott und ihre Vorstellung vom Guten anhören mußte, dachte ich mir oft, daß ich an Ihrer Stelle wahrscheinlich genauso gehandelt hätte – möge Gott es mir verzeihen. Aber mir tut jeder Mensch leid, der die Last einer solchen Ehe, wie es die ihre ist, zu tragen hat. Doch ist Winifred genausowenig schuldig wie die zwei jungen Leute, die ihrer Natur nicht länger widerstehen konnten. Ich halte zu Ihnen, wenn Sie die Wahrheit wissen wollen. Gleichzeitig gilt aber auch, was ich Ihnen vorhin gesagt habe: Wir alle sind mitverantwortlich für die Sünden der anderen. Sie können nicht einfach in die Kirche kommen, bei mir Ihre Beichte ablegen, über mich oder einen anderen zu Gott sprechen und sich dann einbilden, die Sache wäre damit erledigt. So schnell wird Ihr Sündenregister nicht gelöscht. Die Protestanten glauben vielleicht, es liefe so bei uns ab. Die stellen sich sogar vor, wir würden dem Priester einen Mord beichten, und er würde dann gleich sagen: ›Ach, einen Mord hast du begangen? Ist ja nicht so schlimm. Ich spreche mal mit dem lieben Gott darüber, und dann ist deine Seele wieder rein.‹ Ich übertreibe, ich weiß, aber sehen Sie sich doch die Trunkenbolde und Ehebrecher in unserer Gemeinde an! Oder die Leute, die am Sonntag fleißig in die Kirche gehen, aber mit ihren Verwandten oder Nachbarn seit Jahren kein Wort wechseln. Wie dem auch sei«, – er klopfte Daniel begütigend auf die Schulter – »früher oder später müssen wir für alles in diesem Leben zahlen. Aber ich halte zu Ihnen, vergessen sie das bitte nie. So, jetzt gehen Sie erstmal heim. Hören Sie auf meinen Rat und nehmen Sie ein Bad, denn Sie sehen heute nicht allzu frisch aus. Danach frühstücken Sie ordentlich und fahren zur Arbeit... Sie haben ganz richtig gehört – nichts geht in solchen Situationen über Arbeit.«

Mit seinen versöhnlichen Worten gelang es dem Priester, das Mißverständnis auszuräumen. Daniel drückte ihm dankbar die Hand und ging gemeinsam mit ihm zum Ausgang. Father Ramshaw fröstelte an der frischen Luft. »Ist das kalt! Da frieren einem ja die Zehen ab. Diesmal steht uns garantiert ein weißes Weihnachtsfest ins Haus. Aber soll ich Ihnen was gestehen? Ich verabscheue Schnee. Passen Sie gut auf sich auf. Die Straßen sind spiegelglatt.«

Merkwürdig – alle rieten einem das gleiche: Paß gut auf dich auf; die Straßen sind spiegelglatt. Genausogut konnte man doch sagen: Das Leben ist lebensgefährlich.

»Auf Wiedersehen, Father. Und herzlichen Dank!«

»Auf Wiedersehen, Daniel.«

In Winifreds Schlafzimmer hatten Lily und Peggie alle Hände voll mit dem Wegräumen der Trümmer zu tun.

»Mein Gott!« rief Peggie und zeigte Lily die zerbrochene Puderdose. »Die hat ja gewütet wie ein Berserker.«

»Sie muß vollständig durchgedreht sein«, erwiderte Lily. »Schuld daran ist wohl der Schock. Sie hatte ja von nichts eine Ahnung.«

»Meiner Meinung nach hat sie schon lange vorher nicht ganz richtig getickt. Überhaupt, sie muß doch blind gewesen sein, daß sie's nicht längst gemerkt hat. Miß Annette war doch ständig schlecht, und sie war immer bleich wie die Wand. Aber wart's nur ab, bis das die Runde macht. Die Hölle wird los sein, sag' ich dir…«

Vor dem Gewächshaus erörterten John Dixon und Bill White das Ereignis.

»Wir wollten gerade ins Bett gehen, da hörten wir sie«, erzählte Bill. »Erst nahm ich es nicht so ernst. Ich dachte, sie hätten nur wieder einen Krach. Aber als ich dann den Krankenwagen hörte, bin ich rübergerannt – und wollte meinen Augen nicht trauen! Sie lag doch tatsächlich auf einer Bahre. Na ja, sie kommt ins Krankenhaus, dachte ich, aber dann sagte jemand, sie bringen sie in die Nervenklinik. Mein Gott, das hätte ich ihr nun wirklich nicht gewünscht. Andererseits kommt es gar nicht so überraschend… So wie sie sich in den letzten Jahren immer aufgeführt hat… Allein schon ihr affektiertes Gehabe mit dem Wagen! Weißt du, was für eine Schnapsidee sie neulich hatte? Ich solle einen Uniform tragen. Ich hab's dem Chef erzählt, und er hat mich gefragt: ›Wollen Sie denn eine, Bill?‹ ›Ich doch nicht‹, hab' ich ihm gesagt. ›Dann müssen Sie auch keine tragen‹, meinte er, und damit war die Sache gegessen. Aber der Mann hat ganz schön was durchgemacht. An seiner Stelle hätte ich sie ja schon viel früher in eine Anstalt gesteckt.«

»Ach, dafür hat er sich anderweitig schadlos gehalten.«

»Wer könnte es ihm verübeln? Ich jedenfalls nicht. Na ja, in der nächsten Zeit wird es hier hoffentlich etwas ruhiger zugehen.«

»Etwas ruhiger zugehen, sagst du? Wart nur ab, bis sich das mit den jungen Leuten rumspricht. Mein Gott, wenn der Unfall nur einen Tag nach der Hochzeitsnacht geschehen wäre, hätte keiner was sagen können. Ich frage mich nur, wie ihre Eltern die Nachricht aufnehmen. Das sind ja auch so komische Heilige. Allein schon ihr Vater! Steht nur immer stocksteif da, sagt nie ein Wort und glotzt einen die ganze Zeit an. Na gut, machen wir weiter, das Holz hackt sich nicht von selbst. Und wir müssen heute noch einiges schaffen. Schnee liegt in der Luft, das rieche ich.«

Nein, nein, sie sei ganz und gar nicht über die Ereignisse von gestern abend überrascht gewesen, erklärte Schwester Pringle beim Verlassen des Zimmers. Da müßten schon ganz andere Dinge geschehen.

»Die hat die Ruhe weg«, meinte Don, sobald er mit Annette allein war.

»Das muß sie ja auch.«

»Wie geht es dir denn jetzt? Du siehst so blaß aus.«

»Mir geht's ganz gut. Mach dir bitte um mich keine Sorgen.«

Don richtete sich halb auf und streichelte ihr die Hand. »Sonst gibt es ja niemanden, um den ich mich sorgen müßte. Weißt du, irgendwie kommt mir die Szene von gestern nacht so unwirklich vor... wie ein Alptraum. Aber komischerweise habe ich geschlafen wie ein Murmeltier. Sie müßte mir leid tun, aber ich empfinde nicht das geringste.

Ich bin nur unendlich erleichtert, weil sie jetzt nicht mehr reinplatzen kann. Schlimm, nicht wahr? Ich meine, es wäre doch natürlich, wenn ich an ihr hinge. Aber was war schon natürlich an unserem Verhältnis.« Er ließ sich auf das Kissen zurücksinken. »Sonderbar, heute habe ich zum erstenmal keine Schmerzen. Fast meine ich, ich könnte aufstehen und loslaufen.«

»Prima. Das ist ein gutes Zeichen.«

»Wie lange, glaubst du, werden sie sie dort behalten?«

»Keine Ahnung. Dad fährt heute hin. Vielleicht können sie ihm schon etwas Genaueres sagen. Aber ich könnte mir vorstellen, daß sie so schnell nicht mehr rauskommt. Sie braucht dringend eine Therapie.«

Annette hoffte, daß sie noch lange in der Nervenklinik bleiben würde. Zumindest so lange, bis das Baby auf der Welt war und sie wieder genug Kraft hatte, um Don in ihrem gemeinsamen Zuhause zu versorgen. Ihr war längst klar, daß Daniel und Joe nicht nur aus uneigennützigen Gründen darauf bestanden hatten, ihren Mann hier im Haus zu pflegen. Sie wollten ihn erster Linie in ihrer Nähe haben, damit die Familie zusammenblieb.

Neuerdings hatte sie das Gefühl, die Menschen um sich herum durchschauen zu können. Vor vier Monaten noch hätte sie die Dinge nicht so klar gesehen, doch seit ihrem Erwachen nach dem schrecklichen Unfall kam sie sich älter vor, so als wäre sie über Nacht zur Frau gereift. Oder war das nicht schon Monate davor geschehen, als Don seine Mutter einmal angeschrien hatte? Oder noch früher? Sie erinnerte sich an jedes Detail ihrer ersten Vereinigung. Vor einem Jahr war das gewesen. Obwohl ihre Mütter mit Argusaugen über sie gewacht hatten, war es ihnen gelungen, sie zu überlisten. Ins Kino wollten sie gehen, hatten sie gesagt. Hätte ihre Mutter die Wahrheit erfahren, wäre sie bestimmt auch wahnsinnig geworden.

O Gott, das Gespräch mit ihr stand ihr noch bevor. Das würde eine Szene geben!

»Don«, murmelte sie mit belegter Stimme. »Du weißt, was ich heute noch erledigen muß?«

Er schnitt eine Grimasse. »Ich denke die ganze Zeit daran. Es ist schlimm, daß du da allein durch mußt. Könnte ich nur mitkommen und dir beistehen. Ich mache mir ja solche Vorwürfe!«

»Steigere dich da bitte nicht rein. Wahrscheinlich ist es sowieso im Handumdrehen vorbei. Ich sage es ihnen ganz einfach, und damit hat sich die Sache. Ich lasse mir deswegen bestimmt keine grauen Haare wachsen.«

»Bist du sicher? Immerhin sind sie…«

»Meine Eltern? Sprechen wir lieber über was anderes. Wir haben uns ja zur Genüge darüber unterhalten.« Sie beugte sich lächelnd über ihn und drückte ihm einen Kuß auf die Lippen. »Weißt du noch, wie wir uns halb tot lachten, als ich so über meine Eltern gelästert habe? Damals hatte ich noch ein fürchterlich schlechtes Gewissen. Und danach hast du mir von deiner Mutter berichtet. Ich hatte ja schon immer geahnt, daß sie dich mehr erdrückt als liebt, aber du hast das so witzig erzählt, daß wir uns gegenseitig festhalten mußten, so haben wir gelacht. Erinnerst du dich?«

»Und ob ich mich erinnere?« Er streichelte ihr das Gesicht. Schlagartig wurde er wieder ernst, und seine Augen wurden feucht. »Warum mußte gerade uns so etwas passieren?«

»Das frage ich mich auch ununterbrochen«, erwiderte sie stockend.

Die nächste Frage kostete ihn sehr viel Überwindung, doch sie mußte gestellt werden. »Bist du dir schon darüber klar geworden – daß ich dich nie mehr richtig lieben kann?«

Sie richtete sich abrupt auf. »Nein, warum?« erwiderte sie. »Du liebst mich doch… Und ich liebe dich, auch wenn bestimmte Dinge nicht mehr gehen.«

»Ach, Annette, mach dir nichts vor. Auch das gehört dazu.«

»Stimmt, aber hatten wir nicht eine wunderschöne Zeit zusammen? Denk doch einfach daran. Und das Ergebnis trage ich jetzt im Bauch.« So fröhlich sie sich gab, ihre Stimme drohte zu brechen. Sie kämpfte die Tränen nieder. »Und heute nacht komme ich zu dir ins Bett. Wärm es mir schön vor, Don Coulson.« Sie gab ihm einen leichten Klaps auf die

Wange und wandte sich zum Gehen. »Ich glaube, ich muß mich langsam fertigmachen.«

Eine halbe Stunde später fuhr sie los. Bis zum Haus ihrer Eltern waren es keine fünf Minuten mit dem Auto. Sie wußte genau, wo sie die beiden antreffen würde. Jeden Vormittag um zehn saß ihr Vater in seinem Arbeitszimmer und ging die Buchhaltung seiner Läden durch – vier Gemischtwarenhandlungen, drei Lebensmittelgeschäfte, ein Antiquitätenladen im Villenviertel und ein Trödelladen beim Marktplatz. Gegen halb elf verließ er das Haus, um bei seinen Verkäuferinnen nach dem Rechten zu sehen. Wann er wo vorbeikam, das wußte allerdings keine. Er wollte sie überraschen – und dann Gnade denen, die ihre Pflicht nicht erfüllten. Im Ort galt er als der Geschäftsmann mit dem größten Verschleiß an Arbeitskräften. Die kleinsten Vergehen, ja selbst Unaufmerksamkeiten wurden auf der Stelle geahndet.

Ihre Mutter hatte ihr morgendliches Pensum wohl bereits hinter sich. In der Frühe gab sie Polly immer die Anweisungen für das Mittagessen, um anschließend nachzuprüfen, ob in der Speisekammer, im Kühlschrank und in den Schränken nichts fehlte. Da heute Donnerstag war und sich am Nachmittag die Damen vom katholischen Club zu ihrer wöchentlichen Versammlung bei ihr einfinden würden, hatte sie wohl wieder einmal Sarah und Janie eindringlich auf ihre Pflichten hingewiesen. So bestand sie kategorisch auf weißen Häubchen und Schürzen bei der Arbeit. Annette wunderte es immer wieder, daß Janie das Regiment in der Küche führte, obwohl sie diese Dinge verabscheute. Einmal hatte sie sich das Häubchen vom Kopf gerissen und auf den Boden geschleudert. »Sie werden mich doch nicht verpetzen, Miß?« hatte sie gelacht. »Kein Sterbenswörtchen wird sie sagen«, hatte Polly gemeint. »Sie weiß doch genau, daß es sonst vorbei wäre mit den Törtchen um elf.« Naschen zwischen den Mahlzeiten war strengstens verboten gewesen, aber ihre Eltern hatten eben doch nicht alles gewußt.

Es war Sarah, die Annette öffnete. »Ach, guten Tag, Miß.

Sagen Sie, ist es nicht schrecklich kalt? Da friert einem ja die Nase ab. Na, wie geht es Ihnen jetzt?«

»Mir geht es gut, Sarah. Und dir?«

»Sie wissen ja, ich warte immer noch auf meinen Märchenprinzen.« Das war ihr Standardsatz.

»Wenn er mir über den Weg läuft«, entgegnete Annette, »sage ich ihm, daß er sich beeilen soll.«

So redeten sie meist miteinander. Sarah, Polly, Janie und ihre Vorgängerinnen hatten mit ihren Scherzen wenigstens ein bißchen Farbe ins Haus ihrer Eltern gebracht. Ohne sie wäre das graue Einerlei vollends unerträglich gewesen.

»Wo ist Mutter?«

»Ach, in ihrem Zimmer. Sie ruht sich gerade aus.«

»Geht's Pollie und Janie gut?«

»O ja. Es wäre schön, wenn Sie bei ihnen reinschauen könnten, bevor Sie gehen.«

»Ich will es versuchen, aber ich fürchte, es wird heute nicht möglich sein.«

»Oh.« Sarah schürzte die Lippen. Eine scheinbar banale Geste, doch drückte sie damit alles aus. Sarah wußte, was in dieser Familie los war.

So imposant das Haus der Allisons auch war, es fehlte eine Empfangshalle. Statt dessen gab es nur einen langen, breiten Flur, von dem weiter hinten ein etwas schmälerer zweiter Korridor abzweigte. Durch den ging Annette und klopfte an der ersten Tür an. Mehrere Sekunden vergingen, bis eine Stimme »Herein!« rief.

Annette betrat jenes Zimmer, das sie insgeheim immer als Kapelle bezeichnet hatte. In einer Ecke stand ein kleiner Altar mit einem Kruzifix zwischen zwei Statuen von Maria und Joseph. Daneben war ein Weihwasserbecken an der Wand angebracht, und vor dem Altar befand sich ein mit Leder gepolstertes Bänkchen. Annette war sofort klar, daß ihre Mutter dort soeben noch gekniet hatte.

»Hallo, meine Liebe.«

»Hallo, Mutter.«

»Du kommst früh.«

»Ja, da hast du wohl recht.«

»Wie geht's Don?«

»Unverändert... Mutter?«

»Ja, meine Liebe?«

»Ich muß dir was sagen. Setz dich bitte.«

Mrs. Allison starrte Annette verblüfft an. Noch nie hatte sie jemand aufgefordert, sich zu setzen, schon gar nicht ihre Tochter. Sie setzte sich auf einen Stuhl, gleichzeitig registrierte sie erstaunt, daß Annette es ihr nicht gleichtat. »Nun – was hast du mir zu sagen?«

»Meine Schwiegermutter wurde gestern nacht in die Nervenheilanstalt eingeliefert.«

»Was?« Mrs. Allison war aufgesprungen, setzte sich aber sogleich wieder. Sie schnappte ein paarmal nach Luft, dann hatte sie die Fassung wiedererlangt. »Nun, Winifred war ja schon immer übernervös. Wie ist es soweit gekommen? Hat es einen Krach gegeben?«

»Gewissermaßen, ja.«

Mrs. Allison starrte sie an. Ihr Mund ging mehrmals auf und zu. Schließlich erlangte sie die Sprache wieder. »Hatte es mit dir zu tun?«

»Nur mit mir... Mutter. Ich bin schwanger... Ich erwarte ein Baby. Mich wundert nur, daß du nie etwas bemerkt hast. Na gut, ich habe in der letzten Zeit nur noch weite Kleider getragen. Trotzdem, du hast mich kaum je richtig angesehen.«

Die Hand ihrer Mutter flog zum Mund, ihre Finger preßten sich in die Wangen.

»Gott im Himmel. Ich wußte, daß... etwas im Gange ist, etwas das ich hätte bemerken müssen. Aber das? Nie im Leben! Was wird nur dein Vater sagen? O Gott!«

Sie hatte Gottes Namen gleich zweimal in den Mund genommen – ein untrügliches Zeichen dafür, daß sie vollkommen durcheinander war. Laut war sie allerdings nicht geworden. Das war eben der Unterschied zwischen den zwei Müttern. Winifred hatte sofort wütend losgebrüllt, während ihre Mutter nie die Nerven verlor. Nun gut, der Anschein mußte immer gewahrt werden.

Ohne die Tochter aus den Augen zu lassen, tastete Mrs.

Allison nach der Klingel an der Wand. Bis die Tür aufging und Sarah hereinkam, fiel kein Wort mehr. »Fragen Sie Mr. Allison, ob er einen Augenblick Zeit hat, ich möchte ihn sprechen«, sagte sie dann mit fester Stimme. Annette registrierte verblüfft, wie beherrscht ihre Mutter auch weiterhin blieb.

»Sehr wohl, Ma'am.«

Doch als die Tür wieder zufiel, flackerte ihre Stimme. »Das ist eine Katastrophe für deinen Vater. Seinen ganzen Einfluß im Kirchenrat wird er verlieren! Verstehst du denn nicht, was du uns angetan hast, Kind? Du hast uns ruiniert! Wir werden uns nie wieder erhobenen Hauptes unter die Leute wagen können! Und du hast es gewagt, in Weiß zu heiraten! So viele Leute waren dabei... Und du als die reine Braut...« Sie hielt es auf dem Stuhl nicht mehr aus und fing an, im Zimmer auf und ab zu gehen.

Annette wollte gerade zu ihrer Verteidigung ansetzen, da trat ihr Vater ein. Wie immer schien er mit seiner imposanten Erscheinung das gesamte Zimmer zu füllen, so daß es gleich viel kleiner wirkte. Und einmal mehr war er so unendlich ruhig und steif. Annette konnte sich nicht erinnern, ihn je außer sich erlebt zu haben.

»Guten Morgen, Annette.«

»Guten Morgen, Vater.«

»Du kommst früh. Ist alles...«

»James, das ist jetzt nicht die Zeit für Artigkeiten!« Noch nie hatte seine Frau es gewagt, ihn mitten im Satz zu unterbrechen. Er schnappte nach Luft. Sein Blick wanderte zwischen Annette und seiner Frau hin und her. Eine volle Minute schwieg er. »Ja?« fragte er schließlich.

Annettes Magen hatte schon während der gesamten Herfahrt revoltiert. Richtiggehend schlecht war ihr gewesen. Aber die Angst war nichts Neues für sie. Sie hatte sich zeitlebens vor diesem Mann gefürchtet. Er war ihr Vater, doch anders als jeder andere Vater hatte er nie den Arm um sie gelegt, hatte er sie nie an seine breite Brust gedrückt. Und wenn er sie ausnahmsweise geküßt hatte, dann nur kurz auf die Stirn. In den Monaten ihrer Schwangerschaft hatte sie sich mehr als einmal gefragt, wie ihre Zeugung zustande gekommen sein mochte. War er denn jemals zu einer Gefühlsregung fähig gewesen, und wie war ihre prüde, ach so beherrschte Mutter darauf eingegangen? Hatten sie sich danach geschämt? O ja, das konnte sie sich nur zu gut vorstellen. Und bestimmt hatten sie in tausend Gebeten Gott um Verzeihung angefleht. Soweit sie sich erinnern konnte, hatten sie sich nie geküßt, ja nicht einmal die Hände hatten sie gehalten. Sie schliefen ja auch getrennt. Ihre Mutter zog sich immer in einem separaten Zimmer aus und schlüpfte erst aus der Unterwäsche, wenn sie das Nachthemd anhatte. Ihr hatte sie genau dasselbe beigebracht. Die letzte Nacht mit Don fiel ihr wieder ein. Nackt hatte sie auf dem Bett gelegen, und er hatte ihren Bauch betastet. Wäre es mit der Selbstbeherrschung ihres Vaters bei diesem Anblick vorbei gewesen?

»Ich erwarte ein Baby, Vater.«

Sein Gesicht blieb regungslos wie ein Stein. Nur die Augenlider zuckten leicht.

»Hast du gehört, James? Hast du gehört, was sie gesagt hat?« Ihre Mutter zerrte an ihrem Wollkleid, als wäre ihr plötzlich kalt geworden. »Es muß passiert sein, als...«

»Sei still!« Es war ein Befehl, auch wenn er die Stimme nicht hob. »Du sagst, du bist schwanger, Kind?«

»Ja, Vater.«

»Und das Kind wurde unehelich gezeugt?«

»Das kann man so sagen, Vater.«

»Das kann man so sagen? Aber was hast du zu sagen? Du, die wir zu Gottesfurcht erzogen haben, hast dich besudelt.«

»Wir werden umziehen müssen!« rief ihre Mutter. »Ich kann die Schande nicht ertragen!«

Er warf einen irritierten Blick auf seine Frau, doch Annette lenkte ihn schon wieder ab.

»O ja! Folgt nur den Tolletts. Sie konnten die Schande genausowenig ertragen. Maria war ja auch zur Gottesfurcht erzogen worden und bekam ein uneheliches Kind. Ihr seid Heuchler, alle beide!«

Zum erstenmal geriet ihr Vater nun doch aus der Fassung. Sein Gesicht lief dunkelrot an. Hatte sein Kind – bis zu diesem Augenblick hatte er Annette immer als ein Kind angesehen – es wirklich gewagt, ihn zu beschuldigen? Für einen Moment verschlug es ihm die Sprache. Und sie war noch nicht fertig. »Ich sehe es schon lange so, aber bis heute habe ich es für mich behalten. Das ist doch alles verlogenes Getue – ein neues Fenster für die Kirche, Spenden für die Orgel –, aber wenn es um die längst fällige Lohnerhöhung für eure Verkäuferinnen geht, seid ihr die schlimmsten Geizhalse. Und schaut euch nur mal selbst an! Wart ihr je glücklich zusammen? Ich jedenfalls war froh, daß ich in die Schule konnte. Da war ich wenigstens weg von zu Hause!«

»Weißt du, was du getan hast, Mädchen?« stieß ihr Vater hervor. »Du hast die Bande zwischen dir und mir durchschnitten.«

Annette starrte ihn an. Ihre Augenlider flatterten, in ihrem Hals steckte ein Kloß. Sie hatte geglaubt, sie würde diese Auseinandersetzung ohne Zusammenbruch überstehen, doch nun schossen ihr die Tränen in die Augen. »Meine Schwiegermutter wurde gestern nacht in die Nervenklinik eingeliefert!« schrie sie. »Und warum? Weil sie mich nackt mit meinem Mann gesehen hat, und vor allem, weil sie den gleichen Religionswahn hat wie ihr und weil ihre Mutterliebe unnatürlich ist! Aber bildet euch nicht ein, daß ich die Bande zwischen uns durchschnitten hätte. Daran seid ihr genauso beteiligt!«

Hätte der leibhaftige Teufel vor ihnen gestanden, ihre Eltern hätten sie nicht mit mehr Entsetzen, ja Abscheu anstarren können. Annette hatte das Gefühl, ihr Vater würde jeden Moment vor Wut zerspringen. Sie hielt es nicht länger aus. Raus, sie mußte sofort raus! Sie rannte aus dem Zimmer und stürmte den Flur hinunter. Sarah hatte vor der Haustür gewartet. »Ach, Miß, liebe Miß. Regen Sie sich nicht auf. Es wird alles wieder gut, und wir halten zu Ihnen.«

Annette konnte darauf nichts erwidern, sondern stolperte

wie blind zum Wagen. Ihr erster Impuls war loszubrausen, doch als sie hinter dem Steuer saß, schluchzte sie zunächst hemmungslos. Erst nachdem die Tränen versiegt waren und sie sich das Gesicht getrocknet hatte, wendete sie und verließ für immer die Stätte ihrer Kindheit. Ob sie nun blieben oder in eine andere Stadt zogen, Annette wußte, daß ihre Eltern sie nie wieder als ihre Tochter ansehen würden.

5

Der März neigte sich dem Ende zu. In der Sonne wurde es bereits recht warm, und die um diese Zeit sonst üblichen stürmischen Winde blieben aus. Es war Samstag, Besuchstag im County Mental Hospital. Daniel, Flo und Harvey warteten in der Vorhalle auf Winifred. Der Garten war übersät mit Patienten und Besuchern, die zwischen den Blumenbeeten spazierengingen. Daniel warf einen mißmutigen Blick durch die offenstehende Tür. »Wenn es drinnen auch nur halb so schön wäre wie draußen, hätte sie's ja ganz gut.«

»Warum, meinst du, müssen wir warten?« fragte Flo.

»Du denkst sicher das gleiche wie ich, nur willst du es nicht laut sagen. Jemand hat meinen Namen erwähnt, und da hat sie einen Tobsuchtsanfall gekriegt.«

»Das letzte Mal wirkte sie ja schon viel ruhiger«, meinte Harvey begütigend.

Daniel blickte ihn skeptisch an. »Ich will dich ja nicht beleidigen, aber dich erträgt sie zur Not. Ich dagegen wirke auf sie wie ein rotes Tuch, und daran wird sich wohl nie etwas ändern. So wie es aussieht, wird sich ihr Zustand erst dann bessern, wenn ich irgendwie aus dem Weg geräumt bin.«

»Sprich doch nicht so!« fuhr Flo ihn an. »Ich habe jedenfalls den Eindruck, daß die Patienten hier in guten Händen sind.«

»Du bist ja erst zum zweitenmal da, Flo. Da siehst du es zwangsläufig anders. Nach dem, was ich beobachtet habe, kommt hier keiner gesund raus. Selbst die, die bei ihrer Einlieferung noch halbwegs normal waren, schnappen hier vollends über. Da leidet ja jeder unter den Macken der anderen. Einfach schlimm, diese Anstalt!«

Eine Schwester trat lächelnd auf die Wartenden zu. »Unsere Pflegeleiterin würde Sie gerne sprechen, Mr. Coulson. Sagen Sie, wie geht es Ihnen denn jetzt?«

Sie führte Daniel durch einen langen, kahlen Korridor zum Stationsbüro. Dort saßen hinter einem Schreibtisch eine verhältnismäßig junge Frau und ein Mann mittleren Alters.

Der Mann stand auf und reichte Daniel die Hand. »Wie geht es Ihnen, Mr. Coulson?«

»Danke, ganz gut, Herr Doktor. Guten Tag, Madam.«

Er setzte sich und sah die zwei schweigend an, bis der Arzt schließlich das Wort ergriff. »Natürlich werden Sie wissen wollen, wie es um Ihre Frau steht... Ihr letzter Besuch liegt ja etliche Wochen zurück, wenn ich mich nicht irre. Das stimmt doch, Schwester, nicht wahr?«

Die Pflegeleiterin warf einen Blick auf eine Liste und nickte. »Richtig. Mr. Coulson war zuletzt vor drei Wochen hier.«

Daniel glaubte sich rechtfertigen zu müssen. »Ich hatte ziemliche Schwierigkeiten mit dem Wetterumschwung. Sie wissen schon... eine hartnäckige Grippe.«

»Na, na, na.« Der Arzt drohte ihm schelmisch mit dem Finger. »Niemand will sie hier kritisieren. Meine Pflegeleiterin wollte Sie nur über die Fortschritte Ihrer Frau informieren und mit Ihnen über mögliche Gründe für ihre Rückfälle sprechen.«

»Und die wären?«

An seiner Stelle antwortete die Schwester. »Mr. Coulson, ich fürchte, der Hauptgrund sind Sie. Sie wissen ja selbst, was bei Ihrem letzten Besuch geschehen ist. Seitdem braucht nur noch Ihr Name oder der Ihres Sohnes zu fallen, und schon werden wir in unseren Bemühungen zurückgeworfen. Die einzigen Besucher, die sie derzeit akzeptiert, sind anscheinend ihre Schwester und deren Freund.«

Der Arzt nickte zustimmend. »Merkwürdig, nicht wahr? Wir hatten angenommen, in ihrem gegenwärtigen Zustand würde sie jeden Mann vehement ablehnen, aber das scheint nicht notwendigerweise der Fall zu sein. Bei seinen zwei Besuchen hat sie ihn bislang ganz freundlich begrüßt und hat sich auch danach unauffällig verhalten. Die Tobsuchtsanfälle, die zuvor an der Tagesordnung waren, sind seitdem ausgeblieben. Auch ansonsten spricht sie erstaunlich gut auf unsere Therapie an. Darum möchten wir Ihnen raten, sie in der nächsten Zeit nicht zu besuchen. Schön wäre es allerdings, wenn ihre Schwester öfter kommen könnte. Vor Ihrem letzten Besuch dachten wir schon, ihre Frau wäre schon bald in der Lage, wieder nach Hause zu gehen, zumindest für einen Tag oder ein Wochenende. Das ist jetzt nicht mehr möglich, so leid es mir tut.«

»Ach, deswegen brauchen Sie sich nicht zu entschuldigen. Ich kann Sie ganz gut verstehen. Aber sagen Sie: Wie lange, glauben Sie, wird die Behandlung denn ungefähr dauern, wenn man in ihrer Gegenwart nie über ihre Familie sprechen darf?«

»Das läßt sich in solchen Fällen sehr schwer beurteilen. Es ist einen langwierige Therapie. Wir hoffen, daß sie positiv auf Elektroschockbehandlung anspricht und ihre Aggressionen Ihnen gegenüber mit der Zeit abnehmen, wenn nicht gar vollständig verschwinden.«

Darauf entgegnete Daniel nichts mehr, denn was ihm in diesem Moment durch den Kopf ging, behielt er lieber für sich: Nur der Tod würde ihren Haß gegen ihn auslöschen, davon war felsenfest überzeugt. Er erhob sich. »Dann ist es wohl besser, wenn sie mich heute nicht sieht?«

Der Arzt begleitete ihn zur Tür. »Fürs erste, ja. Aber, wie gesagt, wenn ihre Schwester öfter kommen könnte, wären wir sehr dankbar.«

»Sie lebt in London. Da kann sie nicht jedes Wochenende runterfahren.«

»So oft sie es eben einrichten kann. Es wäre wirklich im Sinne unserer Therapie.«

»Ich werde es ihr ausrichten. Vielen Dank für Ihre offenen Worte.« Er deutete eine Verbeugung an und ging.

Flo stand vor dem Fenster in der Vorhalle und sah Harvey zu, der sich im Garten mit einer Patientin unterhielt. Sie wandte sich zu Daniel um. »Ist das nicht traurig? Diese Frau da vorne plaudert die ganze Zeit schon völlig normal mit ihm. Man fragt sich, warum man sie überhaupt dabehält. Gerade hat sie ihn zu einem Spaziergang im Garten eingeladen.«

Daniel war mit den Gedanken noch im Büro der Pflegeleiterin. »Ich soll sie nicht mehr besuchen, aber Sie möchten, daß ihr öfter herkommt. Wäre das möglich?«

»Müßte schon gehen«, meinte Flo nach kurzem Zögern. »Wir schaffen es vielleicht nicht jedes Wochenende, aber versuchen wollen wir es auf alle Fälle, wenn es ihr hilft. Dürfen wir jetzt zu ihr?«

»Soweit ich verstanden habe, ja.«

Sie wollte schon gehen, doch dann drehte sie sich noch einmal zu ihm um. »Bei allem Verständnis, Daniel, du brauchst dich nicht zu wundern, daß sie dich nicht sehen will.«

»Tu' ich auch nicht. Ich weiß selbst nicht, warum ich gekommen bin.«

»Vielleicht weil du es für deine Pflicht hältst.«

»Kann sein. Aber anscheinend bin ich jetzt davon befreit, und du mußt sie dir aufhalsen.«

»Ach, so würde ich das nicht sehen. Aber darüber unterhalten wir uns lieber später. Bis dann.«

Als sie weg war, sah er gedankenverloren zum Fenster hinaus. Harvey und die Patientin vertraten sich inzwischen die Beine. Kurzentschlossen gesellte er sich zu ihnen.

Harvey empfing ihn mit einem Grinsen. »Da bist du ja wieder. Darf ich vorstellen? Mrs. Deebar.«

Seine Begleiterin, eine Dame Anfang sechzig, korrigierte Harvey mit einem freundlichen Lächeln. »Sie haben den Namen nicht richtig verstanden. Ich heiße De-*bar*. Die Betonung liegt auf der letzten Silbe.«

»O Verzeihung. Mrs. Debar ist Romanautorin, Daniel. Sie hat kürzlich ein Buch veröffentlicht.« Er hielt inne und bedachte die Dame mit einem honigsüßen Lächeln. »Es heißt ›Die Etikette in der Epoche der Königin Victoria.‹«

Daniel verneigte sich höflich. »Das klingt ja höchst interessant.«

»Nun, man tut sein Bestes«, erwiderte die Dame bescheiden. »Und ich muß gestehen, Mr. Disraeli war mir eine enorme Hilfe.«

Der Premierminister aus dem vergangenen Jahrhundert! Daniel und Harvey wechselten einen stummen Blick.

Davon bekam die Dame freilich nichts mit. Sie wähnte sich immer noch Harveys ungeteilter Aufmerksamkeit sicher. »Danke für Ihre Begleitung. Man hat ja nicht oft die Gelegenheit, mit Vertretern der ungebildeten Schichten zu sprechen. Doch es war sehr erhellend. Wenn Sie mich nun bitte entschuldigen würden? Ich erwarte Mr. Macmillan zum Tee. Guten Tag, Gentlemen.«

Die zwei Männer sahen ihr erstaunt nach, während sie zwischen den Beeten zum Haus zurückging oder vielmehr trippelte. Erst als sie verschwunden war, blickten sie einander an. »Ich hätte es mir ja denken können«, schmunzelte Harvey. »Aber am Anfang wirkte sie vollkommen normal.«

»Gott sei ihr gnädig.«

»Ach, ich glaube, Mitleid ist da nicht angebracht. In ihrer Welt ist sie vielleicht glücklicher als wir in unserer. Hast du ihr Gesicht gesehen? Es wirkte so heiter, so gelöst. Früher war sie bestimmt eine umwerfende Schönheit. Aber daß wir ›ungebildet‹ sein sollen... Na ja, in Adelskreisen gibt es wahrscheinlich heute noch viele, die so denken.«

Als sie das Haus durch den Hintereingang betraten, wollte Harvey wissen, was beim Gespräch mit der Pflegeleiterin herausgekommen war.

»Du wirst vielleicht nicht begeistert sein. Anscheinend hält Flo jetzt den Schwarzen Peter in der Hand. Sie sind zu der Auffassung gelangt, daß mein Anblick ihr nur schadet und daß außer Flo sie niemand mehr besuchen soll.«

»Ich sehe da kein großes Problem. Mir macht es nichts aus, öfter herzufahren. Ich bin sogar ganz froh, wenn ich aus London rauskomme.«

»Aber du weißt ja nicht, wie lange das noch dauern kann.«

»Abwarten und Tee trinken, würde ich sagen. Mach dir unseretwegen nur keine Gedanken. Du weißt ja, Flo und Winifred waren früher wie Hund und Katze. Aber seit dieser Geschichte tut sie Flo irgendwie leid.«

»Den meisten geht es so.«

»Das kann ich mir gut vorstellen. Es ist wie bei einem Überfall: Das Opfer gerät schnell in Vergessenheit, und man setzt alles daran, den Täter aus dem Verkehr zu ziehen. Aber du brauchst dich wirklich nicht um uns zu sorgen. Zu Hause hast du ohnehin alle Hände voll zu tun. Annette kommt bald nieder, nicht wahr?«

»Das dauert noch, bis das Baby auf der Welt ist. Die Frage ist nur: Wie wird Winifred die Nachricht von ihrem Enkelkind aufnehmen? Ich habe ja wenig Hoffnung, daß das ihre Lebensgeister wecken könnte. Bislang hat sie rein gar nichts aus ihrer Apathie gerissen – außer mein Anblick.«

Doch damit hatte Daniel sich gründlich getäuscht. Winifred saß neben Flo im Gemeinschaftssaal. Sie waren nicht allein; überall saßen oder standen kleine Gruppen herum. Einige Besucher plauderten angeregt mit ihren Angehörigen, andere starrten die Patienten stumm an, während diese ins Nichts blickten. In einer Ecke fingen zwei Mädchen zu kichern an. Es klang eigenartig. Lachen wirkte an diesem Ort völlig fehl am Platze.

Mitleid stieg in Flo hoch. Sie hatte Winnie nie gemocht. Im Grunde hatten sie ja nichts gemein, aber das Schicksal ihrer Schwester hätte Flo nicht einmal ihrem ärgsten Feind gewünscht. Es war grausam, daß man sie an einem solchen Ort einsperren mußte. Winnie hatte doch immer auf sich geachtet, hatte dafür gesorgt, daß es ihr an äußeren Dingen wie Essen und Komfort nie mangelte. Innerlich war sie jedoch leer geblieben. Sie hatte unter einem unerfüllten Liebesbedürfnis gelitten – hatte lieben und geliebt werden wollen. Leider war sie dabei den falschen Weg gegangen.

Das Schweigen bedrückte Flo allmählich. Sie griff nach Winnies Hand und sagte: »Don läßt dich grüßen.«

»Wer?«

In ihren Augen leuchtete kein Wahnsinn. Zumindest wäre niemandem an Winnies Blick etwas Besonderes aufgefallen. Was auch der Grund für ihre Reaktion sein mochte, mit Wahnsinn hatte sie nichts zu tun. Flo verlor langsam die Geduld. »Stell dich nicht so an, Winnie! Don ist dein Sohn, und du liebst…«

»Ich habe keinen Sohn.«

»Du hast drei Söhne.«

»Was? Drei Söhne, sagst du? Soll ich etwa die Mutter eines Idioten, eines Bastards und eines Krüppels sein?«

Flo zuckte erschrocken zusammen. Wie konnte ein Mensch nur zu solchem Haß fähig sein? Andererseits hatte Winnie nicht völlig unrecht. Sie war tatsächlich die Mutter eines Idioten, eines Bastards und eines Krüppels. Aber warum kleidete sie das in so häßliche Worte? Flo wurde immer klarer, daß ihre Schwester in dieser Hinsicht nicht wahnsinnig war. Sie war lediglich von Haß zerfressen. In ihr schwelte ein verheerender Brand, der alles zu zerstören drohte. Das würde aber bedeuten, daß sie hier nie... Sie schüttelte verstört den Kopf. Sollte ihre Schwester tatsächlich für immer eingesperrt bleiben? Ihr schauderte bei der Vorstellung.

Später würde sie sich fragen, ob sie nicht besser hätte anders reagieren sollen, aber im nachhinein konnte sie ihre Worte nicht mehr zurücknehmen. »Sag doch nicht so was, Winnie. Du könntest dich auf so vieles freuen! Ein Baby ist unterwegs. Bald bist du Großmutter!«

Winifred riß sich so heftig von ihr los, daß sie mit der Hand gegen die Stuhllehne stieß. Sie zitterte plötzlich am ganzen Leib. »Du gehörst hier eingesperrt!« zischte sie. »Du wagst es, mir einzureden, ich wäre die Großmutter des Kindes einer Nutte und eines Bastards? Mein Sohn war rein, hörst du? Mein Sohn war die Verkörperung der Reinheit!«

Benommen registrierte Flo, wie eine Schwester herbeieilte und sie mit einer Geste zum Gehen aufforderte. Hastig gehorchte sie, so schnell konnte sie aber gar nicht verschwinden, um nicht noch die häßlichen Flüche mitzubekommen, die Winifred ihr mit sich überschlagender Stimme nachsandte.

Harvey und Daniel nahmen sie in der Vorhalle besorgt in Empfang.

»Was ist los? Du bist ja kreidebleich!«

Sie senkte verstört den Kopf. »Es... war dumm von mir«, stammelte sie. »Ich hätte das nicht sagen sollen, aber... ich wollte doch nur... o Gott!«

Harvey legte stumm den Arm um sie und führte sie ins Freie.

Bis zum Wagen fiel kein Wort mehr. Erst beim Anfahren meinte Daniel bitter: »Am besten besucht sie von nun an keiner mehr. Soll sie doch im eigenen Saft schmoren!«

»Sei doch nicht so grausam, Daniel!« schluchzte Flo. »In diesem Haus, unter all den Leuten dort, muß man ja durchdrehen.«

Wieder war es Harvey, der sie beruhigte. »Reg dich nicht auf. Das ist wirklich kein Grund zum Weinen. Hör zu, ich erzähl' dir, was Daniel und ich vorhin erlebt haben...«

Aber so lustig er die Geschichte von Mr. Debar auch erzählte, er konnte Flo damit nicht aufheitern. Am Ende murmelte sie nur: »Möge Gott ihnen helfen. Möge Gott ihnen allen helfen.«

Die Konversation beim Abendessen war an diesem Tag etwas gezwungen. Sie alle aßen ohne Appetit. Schließlich legte jeder das Besteck weg.

Daniel sah Annette prüfend an. »Fehlt dir etwas, Mädchen? Du siehst so bedrückt aus.«

»Nein, nein, mir geht's gut, Dad.«

»Sie ist nur müde«, sagte Joe. »Sie hat den ganzen Tag geschuftet. Warum müssen sich die Krankenschwestern auch unbedingt immer am Wochenende ihre freien Tage nehmen? Den Grund verraten sie einem natürlich nie... Aber was rede ich da nur für einen Unsinn. Am Wochenende müssen wir ja nicht zur Arbeit und können uns selbst um unseren Patienten kümmern.« Er wandte sich an Annette. »Weißt du was, Annette? Wir schaffen das schon. Und wenn ich *wir* sage, dann zähle ich auch Stephen dazu. Du kannst die Arbeit getrost uns überlassen.«

Sie lächelte ihn dankbar an. »Das ist sehr nett, aber ganz ohne mich geht es doch nicht.«

»Erstaunlich, wie Stephen sich verändert hat«, bemerkte Flo. »Und zwar in jeder Hinsicht. Weißt du, Daniel, uns fällt das eher auf, weil wir nicht die ganze Zeit hier sind. Stimmt doch, oder, Harvey?«

»Sicher. Er ist nicht mehr das kleine Kind, oder soll ich sagen – so kindlich.«

Joe nickte. »Da hast du recht. Mich erstaunt vor allem, daß sein Bett nun schon so lange trocken geblieben ist. Wenn ich es genau bedenke, reißt er sich zusammen, seit...« Er zögerte. Auf der Zunge lag ihm »seit Mams Abtransport«, doch er wollte es nicht so drastisch ausdrücken. So suchte er nach einer harmloseren Formulierung, »... seit er Don mitversorgen darf.«

»Stimmt, er hält sich für sein Leben gern bei Don im Zimmer auf«, schaltete sich Annette ein. »Und die Schwester kommt prächtig mit ihm aus. Sie nennt ihn gern ihren Assistenten, und er strahlt dann immer über das ganze Gesicht. Don ist übrigens genauso froh, daß er ihn bei sich hat. Überlegt euch doch nur: Vor ein paar Wochen hätten wir die zwei nie so lange allein lassen können.« Sie sah auf die Uhr. »Oh! Schon wieder eine halbe Stunde vorbei! Ich muß zurück – die Pflicht ruft.« Mit leiser Stimme fügte sie hinzu: »Na ja, als Pflicht sehe ich es eigentlich nicht an.«

Joe drückte sie mit sanfter Gewalt auf ihren Stuhl zurück. »Ob Pflicht oder nicht, du bleibst hier und plauderst noch ein bißchen mit den anderen. Einmal wenigstens hörst du auf mich, hast du verstanden?« Er wandte sich Flo zu. »Und du sorgst dafür, daß sie sitzen bleibt!«

»Sei vorsichtig, großer Mann!« protestierte Harvey lachend. »Das Privileg, sie so anzuschreien, steht immer noch ausschließlich mir zu!«

Endlich herrschte in diesem Haus wieder Heiterkeit. Lange genug hatten sie ja vergeblich versucht, sich normal zu benehmen. Joe verließ bestens gelaunt die Gesellschaft, und auch im Krankenzimmer empfing ihn fröhliches Gelächter. Stephen bekam davon sofort einen Schluckauf. »Ich hab' Don von damals erzählt!« rief er. »Kennst du Mrs. Osborne noch? Ich hab' ihr doch erklärt, daß sie den Tee aus der Untertasse trinken und auch drüberblasen kann, wenn sie will!« Don und er bogen sich schon wieder vor Lachen.

»O ja, ich erinnere mich noch gut daran«, meinte Joe grinsend. »Ist dir damals nicht der Hintern versohlt worden?«

Während er das sagte, dachte er an Harveys Bemerkung. Stephen war tatsächlich nicht mehr der ›Junge‹, den er so lange in ihm gesehen hatte. Er wirkte älter, gereifter – unabhängig davon, daß er schon seit einiger Zeit nicht mehr ins Bett näßte. Und wenn er es bedachte – wie lange lag eigentlich der letzte Schreikrampf zurück? Auch schon Monate! Er war wirklich mit seinen Aufgaben gewachsen. Wenn es darum ging, Don zu heben, umzubetten oder umzuziehen, stellte Stephen sich genauso geschickt an wie er und sein Vater. Richtig sanft ging er mit ihm um!

Joe warf einen Blick auf das Tablett. »Ihr Schlauberger habt ja das Abendbrot ganz vergessen.«

»Ich hatte keinen Hunger«, erklärte Don.

»Weißt du noch, was für ein Spiel wir früher gespielt haben, Don?« rief Stephen. »Das Ticktickdick?«

»Das Damespiel? Das hieß aber anders. Du hast es Rumpelbumpel genannt. Es ist in deinem Zimmer oben. Willst du es holen? Ich habe große Lust drauf.«

»O ja, ja, Don! Ich laufe gleich los!« Er war schon zur Tür gestürmt. Dort drehte er sich noch einmal um. »Ich darf doch, Joe?«

»Aber natürlich. Hol's ruhig.«

»Ich muß mit dir reden«, murmelte Don, als sie allein waren. Er richtete sich mit Hilfe der Unterarme auf. »Es ist wichtig, und ich... ich bin froh, daß Annette gerade nicht da ist. Sonst können wir uns ja nie unter vier Augen unterhalten. Ich will dir... schon seit langem was sagen, Joe. Bitte setz dich und hör mir einfach zu.«

Joe zog sich einen Stuhl heran. »Schieß los, kleiner Bruder.« Er betrachtete Dons bleiches Gesicht mit zärtlichem Blick.

»Es... es geht um Annette.«

»Was soll mit ihr sein? Ihr geht's doch prächtig. Es dauert nicht mehr lange, dann bist du...«

»Du sagst es: Es dauert nicht mehr lange, dann bin ich tot.«

»Ach was! Komm mir nicht mit dem Unsinn. Du hast doch Fortschritte gemacht.«

Don wandte den Kopf zur Seite. »Bitte, Joe... Wenn ich dir die Wahrheit nicht sagen kann, wem dann? Du weißt genausogut wie ich, daß meine Zeit unerbittlich abläuft.« Er deutete auf seine Brust. »Sie ziehen eine weitere Operation in Erwägung. Aber sie zögern noch, weil sie befürchten, daß das Ende dann ganz schnell kommen könnte. Ich befürchte das nicht – ich weiß es. Und mit dem Atmen wird es von Tag zu Tag schlechter. Bitte laß mich ausreden, Joe. Annette kann jeden Moment hier sein. Und wegen ihr will ich ja mit dir sprechen. Egal, was du jetzt denkst, bitte hör mir einfach zu, bitte. Die Sache ist die... Eigentlich müßtest du jetzt mit Annette verheiratet sein... Bitte!« Joe wollte ihm energisch widersprechen, doch Don hob beschwörend die Hände. »Wenn Dad nicht aktiv geworden wäre, weil er mich doch mit aller Macht aus Mams Klauen befreien wollte, hätte sie sich in dich verliebt. Wahrscheinlich war sie es sowieso schon ein bißchen. Als Schulmädchen hat sie dich ja schon immer bewundert, und das weißt du selber ganz genau. Auch als sie später mit mir gegangen ist, hatte ich Angst, das könnte nur ein Strohfeuer sein, weil du ihr im Kopf rumgeisterst. Ich habe dich immer gern gehabt, Joe, aber in sie war ich wahnsinnig verliebt.« Er hielt keuchend inne. Danach stürzten die Worte fast aus seinem Mund. Es war, als hätte er Angst, nicht rechtzeitig fertig zu werden. »Ich habe bewußt dafür gesorgt, daß sie mir allein gehört. Ich habe den ersten Schritt getan, nicht sie. Und danach habe ich nicht locker gelassen. Aber das reichte mir immer noch nicht. Ich dachte, wenn sich Folgen aus unserer Verbindung ergeben, dann müssen wir ja heiraten. Darum ich habe alles getan, daß es soweit kommt. Wie du siehst, habe ich das auch geschafft. Aber plötzlich bekam ich Angst. Wir gerieten beide in Panik. Deswegen wollte ich so früh wie möglich heiraten...«

»Hör auf! Ich wußte doch Bescheid!«

»Wie bitte?«

»Aber ja doch! Dad sollte für euch den Aufpasser spielen, doch das hat er natürlich nicht getan und ist seiner Wege gegangen. Und sobald ihr allein wart, seid ihr in dem Häuschen verschwunden, das Dad dir schenken wollte.«

»Woher weißt du denn das?«

»Zum Teil war es Intuition. Aber einmal wollte ich dort etwas nachmessen, und da sah ich deinen Wagen davor stehen. Beim Abendessen hast du es mit Dad zusammen trotzdem so hingestellt, als wäre er die ganze Zeit mit euch unterwegs gewesen. Sag mir also lieber etwas, wovon ich nichts weiß.«

»Kannst du haben. Wenn ich... nicht mehr bin, möchte ich, daß du dich um Annette und das Kind kümmerst. Tu, was du von Anfang an wolltest: Heirate sie.«

Joe richtete sich langsam auf. »Du lebst, Don«, sagte er mit fester Stimme. »Und du wirst uns noch lange erhalten bleiben. Außerdem hast du vergessen, daß Annette in mir eher einen großen Bruder sieht. Sie liebt dich und wird dir eine gute Frau sein.«

»Setz dich, Joe, *bitte*! Über diese Sache mit... Liebe und Tod habe ich in der letzten Zeit viel nachgedacht. Annette liebte mich in dem Jahr, in dem wir zusammen waren, das stimmt. Komisch, als Mam bei uns reinplatzte und ich ihr die Wahrheit ins Gesicht schrie, da habe ich es ›das Jahr der Jungfrauen‹ genannt. Am Anfang waren wir ja auch beide Jungfrauen. Seitdem hat sich viel geändert. Weißt du, Liebe kann immer noch Liebe sein, auch wenn sie nicht gleich geblieben ist. Annette liebt mich auch jetzt noch, aber... anders. Sie ist meine Krankenschwester, meine Seelengefährtin, und teilweise spielt sie auch die Rolle einer Mutter. Komisch, nicht wahr? Sie erwartet ja selbst ein Kind. Und wegen dieser Schwangerschaft hat sie sich ein Stück von mir gelöst. Selbst wenn der Unfall nicht geschehen wäre, hätte ich mich irgendwann damit abfinden müssen. Seit sie weiß, daß sie ein Kind in sich trägt, ist sie unabhängiger geworden... selbstbewußter, eben weil sie neues Leben in sich nährt und sich ihm ganz widmet. Ich glaube, alle Frauen empfinden das so. Weißt du, während ich so grübelte, wurde mir immer klarer, daß sich an der Liebe einer Frau etwas ändern muß, wenn sie ein Kind bekommt, denn... es ist in ihrem Leib gewachsen. Und ihr Mann verliert unweigerlich einen Teil von ihr. Weil das so ist, kann ich Mam irgendwo sogar verstehen. Trotzdem will ich sie nie wieder sehen! Nie!« Er packte Joes Hand mit aller Kraft. »Das mag vielleicht schlimm klingen, wenn ich das so sage, aber mir graut bei der Vorstellung, sie könnte zurückkommen.«

»Deswegen brauchst du dir keine Sorgen zu machen, Don. Nach dem, was Dad und Flo erzählt haben, dreht sie durch, sobald Dads Name erwähnt wird.«

»Die Ärzte werden sie sicher davon kurieren. Hoffentlich bin ich dann aber schon tot.«

»Hör auf damit! Du wirst nicht sterben!«

»Nein, Joe! Ich hör' nicht auf. Laß mich ausreden. Versteh doch, der... Tod kann mich nicht mehr schrecken. Vor ein paar Monaten hatte ich noch entsetzliche Todesangst, aber damit ist es jetzt vorbei. Diejenigen, die so gesund und kräftig sind, all die Leute, die so sind wie du, die haben Angst vor dem Tod. Aber wenn man den Körper nicht mehr benutzen kann und einem nur noch der Verstand geblieben ist, dann sieht man die Dinge aus einer anderen Perspektive. Nur eines will ich noch unbedingt erleben – die Geburt meines Kindes. Dafür lebe ich, aber danach möchte ich sterben, weil ich schreckliche Schmerzen habe, Joe. Die Tabletten können sie nie... ganz lindern. Mit den Spritzen ist das etwas anderes, aber ich... will nicht so viele davon.« Er sank ermattet zurück. Zum Schluß hätte ihm die Stimme fast den Dienst versagt.

Joe war zu erschüttert, um darauf etwas zu entgegnen. Zu seiner Erleichterung ging bald die Tür auf, und Stephen kam mit einer Holzschachtel herein.

»Hat ganz schön gedauert, bis ich's gefunden hab'!« rief er triumphierend. »Es war oben auf dem Schrank. Wißt ihr noch, Maggie hat es mal weggeräumt, weil es immer so klapperte.«

»Das war aber nicht der Grund«, brummte Joe. »Sie war sauer, weil du ständig geschummelt hast.«

»Ich schummle nie, Joe! Oder schummle ich, Don?«

»Nein, nein, du bist immer fair beim Spielen.«

»Siehst du, Joe? Das war damals bestimmt bloß ein Scherz.«

»Ja, ja, ein Scherz, großer Junge.« Joe zerzauste dem Mann, der so groß war wie er, die Haare. Dann senkte er die Stimme. »An deiner Stelle würde ich heute nicht mit Don spielen. Er ist ziemlich müde.«

»Bist du müde, Don?«

»Ein bißchen, ja. Spielen wir lieber morgen. Schau! Da kommt die Chefin. Sie würde uns sowieso nicht auf der frischgewaschenen Bettdecke spielen lassen.«

»Wer will auf der frischgewaschenen Bettdecke spielen?«

»Ich... ich habe das Damenspiel geholt.«

»Ach, dieses Klapperzeug da!«

»Da hast du's, Stephen!« rief Joe. »Die hält dich an der kurzen Leine.«

»Ach, du!« Stephen versetzte ihm einen Klaps. »Verpetzen gilt nicht!«

»Das würde ich erst gar nicht versuchen. Du bist ja neuerdings das reinste Unschuldslamm.«

»Gib's zu. Du willst mich auf den Arm nehmen.«

»Ich dich auf den Arm nehmen? Sieh doch hin! Ich berühre dich nicht mal.«

Während Stephen in unbändiges Gelächter ausbrach, fragte Joe sich plötzlich, ob ihr Benehmen nicht taktlos war, nach all dem, was Don ihm gesagt hatte.

Doch Don sah ihrem Geplänkel lächelnd zu. »Jetzt verschwindet mal, ihr zwei. Ich bin ja keine Minute mit meiner Frau allein, weil immer einer von euch um uns herumspringt. Aber morgen trete ich gegen dich an, Stephen. Einverstanden?«

»Komm schon, großer Junge!« rief Joe lachend und schubste Stephen zur Tür hinaus.

Annette setzte sich auf den frei gewordenen Stuhl. »Stephen ist wirklich lieb«, fing sie an. »Nur muß man ihn halt manchmal in seine Schranken weisen. Aber sag mal, findest du nicht auch, daß er sich verändert hat – zum Besseren, meine ich?«

»Doch, ja. Erst dachte ich, das würde ich mir nur einbilden, aber wenn du es auch so siehst... Er ist selbständiger geworden.« Er sah ihr in die Augen. »Annette... ich muß dich was fragen: Wie fühlst du dich? Bitte sag nicht einfach ›ganz gut‹. Sag mir, wie es dir wirklich geht.«

»Um ehrlich zu sein, Liebling, ich weiß es selbst nicht genau. Ich habe ja keine Vergleichsmöglichkeit, weil ich so eine Schwangerschaft zum erstenmal erlebe. Da ist es wahrscheinlich vollkommen natürlich, sich ›ganz gut‹ zu fühlen.« Sie kniff ihm in die Nase, um gleich wieder ernst zu werden. »Manchmal meine ich, es könnte schon morgen kommen, aber der Arzt sagt, daß es erst in ein paar Wochen soweit ist.«

»Fühlst du dich krank?«

»Nein, wirklich nicht. Sorge dich nicht um mich. Warte, deine Kissen sind ja total verrutscht…«

Während sie ihm die Kissen aufschüttelte, fragte sie sich insgeheim, ob sie sich krank fühlte, und gab sich gleich selbst die Antwort: Nein, krank fühle ich mich nicht; nur ein bißchen eigenartig. Am besten, ich gehe gleich am Montag zum Arzt.

6

In den letzten Märztagen des Jahres 1961 wurde es noch einmal grimmig kalt. Die einen meinten, Schnee liege in der Luft, worauf die Optimisten entgegneten, sie sollten nicht so albern sein, zwei Nächte mit Frost hätten nichts zu bedeuten.

Im Haus der Coulsons herrschte bereits Ruhe, obwohl es erst sieben Uhr war. Als es klingelte, hielt sich Maggie gerade in der Empfangshalle auf. Sie öffnete sofort.

»Guten Abend, Father.«

»Einen schönen guten Abend, Maggie. Was für eine Lausekälte! Würde mich nicht wundern, wenn es heute nacht noch Schnee gäbe.«

»Sie sind nicht der erste, der das sagt. Dabei steht der April vor der Tür, und die Osterglocken blühen schon. Aber das ist ja nicht so wichtig. Geht's Ihnen wieder besser, Father? Sie waren ziemlich krank, wie ich gehört habe.«

»Wissen Sie wer den Spruch ›den Herrgott einen guten Mann sein lassen‹ erfunden hat?« fragte der Pfarrer, während Maggie ihm aus dem Mantel half. »Kein geringerer als ich! Ich habe mich einfach auf die faule Haut gelegt und andere für mich schuften lassen. Richtig gut hat das getan!« Ein hohles Husten tief aus seiner Brust strafte seine Worte Lügen.

»Ich merke schon, wie gut es Ihnen geht!« lachte Maggie. »Ihr Husten hört sich ja auch schon ganz gesund an. Aber eines glaube ich Ihnen aufs Wort: Sie sind wirklich ein Spaßvogel.«

»Das bin ich, Maggie, und selbst wenn ich auf dem letzten Loch pfeife, mit ein paar Späßen ist alles halb so schlimm. Sagen Sie, wo sind denn die anderen alle?«

»Aufs ganze Haus verteilt, aber fragen Sie mich nicht, wo genau.«

»Ich werde sie schon finden. Ach, fast hätte ich es vergessen... Sie wissen ja, die Fastenzeit ist bald vorüber, und da sollen wir doch etwas opfern, das uns am Herzen liegt oder bald am Herzen liegen könnte. Wie Ihnen bekannt sein dürfte, war es mir immer ein besonderes Anliegen, neue Mitglieder in den Schoß der Kirche zu holen. Das ist mir aber bis heute nicht gelungen. Wollen Sie einem alten Mann eine Freude machen und zum katholischen Glauben übertreten?«

Sie gab ihm lachend einen Stoß in die Rippen. »Also wirklich Father! Wenn mich je ein Mensch für Ihre Kirche hätte gewinnen können, dann Sie. Aber zu diesem Schritt bringt mich keine Macht der Erde.«

»Sie sind wirklich sehr hart, Maggie«, brummte der Pfarrer lächelnd. »Wirklich sehr hart... Na gut, zumindest habe ich es versucht.« Er senkte die Stimme. Ach, Maggie, wenn Sie die Flasche holen, bringen Sie diesmal doch bitte auch heißes Wasser und Zucker, ja?«

»Heißes Wasser und Zucker können Sie gern haben, Hochwürden Spaßvogel, weil Sie's sind.«

In diesem Moment kam ihnen Annette entgegen. »Guten Abend, Father. Wieder auf dem Damm?«

»Nun, wenn ich es nicht bin, dann wandle ich wohl im Schlaf. Wie geht's dir, meine Liebe?« Er legte eine Hand auf ihre Schulter. »Hat der Arzt dich denn nicht ins Bett gesteckt?«

»Eigentlich schon, aber jetzt geht's mir wieder gut.«

»Wirklich?«

»Na ja, fast.«

»So la la?«

»Richtig.«

»Willst du's mir erzählen?«

Sie lächelte. »Doch, ja. Die Sache ist nur die... Ich bin so etwas nicht gewöhnt, verstehen Sie?« Sie strich sich über den Bauch.

»Nein, das bist du nicht. Aber an deiner Stelle würde ich es ein bißchen langsamer angehen lassen. Das ist jetzt eine sehr kritische Zeit. Hör auf deinen Arzt, und dann kann nichts schiefgehen. Ich habe mich neulich mit ihm unterhalten. Eigentlich wollte er rausfinden, was mir fehlte, aber weil er aus meiner Krankheit nicht schlau wurde, hat er mir gesagt, ich soll keine Müdigkeit vorschützen und aufstehen, das wird schon von selbst wieder besser. Und dann hat er mir erzählt, daß du dich immer so schlapp fühlst. Darum rate ich dir ja: Überanstreng dich nicht. Du willst doch, daß Don der stolze Vater eines gesunden Kindes wird.« Er verschwieg ihr wohlweislich, daß sich Don seiner Überzeugung nach nur deshalb noch ans Leben klammerte.

»Ich weiß, Father«, entgegnete Annette leise.

»Und ist dir auch klar, daß er möglicherweise noch einmal ins Krankenhaus muß?«

»Auch das weiß ich.«

»Na gut, dann wissen wir alle, woran wir sind. Sag mal, wo ist denn das Familienoberhaupt?«

»Im Büro, glaube ich.«

»Nun, dann versuche ich mein Glück mal dort. Und danach mache ich Don meine Aufwartung.«

»Er wird sich freuen, Father. Sie haben ihm in den letzten Wochen sehr gefehlt.«

»So etwas hört man gern. Es tut ganz gut, zu erfahren, daß man vermißt wird. Aber einen Menschen kann ich dir nennen, der meine Abwesenheit bis ins letzte ausgekostet hat. Er soll auf der Kanzel richtig losgelegt haben. Du weißt schon, wen ich meine.«

»Natürlich Father. In den letzten Wochen ist es den Leuten beim Gottesdienst ganz schön heiß um die Ohren geworden.«

»Den Spruch muß ich mir merken!« lachte er. »Der Mann verwechselt anscheinend die Kirche mit einem Hochofen. Aber keine Angst, ich sorge schon wieder für vernünftige Temperaturen, das garantiere ich dir.«

»Ich glaub's Ihnen aufs Wort, Father.«

Sie trennten sich mit einem fröhlichen Lachen. Einen Augenblick später klopfte der Pfarrer an der Bürotür an. »Ich bin's, Daniel. Kann ich reinkommen?«

»Aber natürlich, Father!« rief Daniel. Und als der Pfarrer

eintrat, fragte er erstaunt: »Sie sind schon wieder auf den Beinen? Mit Ihnen hatte ich wirklich noch nicht gerechnet.«

»Keiner scheint mit mir zu rechnen, außer bei meiner Beerdigung. Ich habe schon viele Menschen enttäuscht, das kann ich Ihnen verraten. Aber jetzt bin ich da und habe bei Maggie heißes Wasser und Zucker bestellt. Ist Ihnen das auch recht?«

Statt einer Antwort winkte Daniel ihn zur Heizung.

»Gehen Sie dorthin, wo es warm ist.«

Father Ramshaw folgte der Einladung. Sein Blick fiel auf den Elektroofen, ein modernes Gerät, das vorne stilisierte Flammen und Holzscheite zierten und das von hinten beleuchtet werden konnte. »Die Dinger heizen ja tatsächlich ein!« staunte der Pfarrer. »Mit ein bißchen Phantasie kann man sich sogar einen richtigen Kamin vorstellen und wundert sich, daß kein Schürhaken daneben liegt. Ich werde mir demnächst wohl auch so etwas fürs Schlafzimmer zulegen, denn dort ist es so kalt wie am Nordpol. Drum plage ich mich ja auch mit dieser Erkältung herum. Na ja, das Kind ist in den Brunnen gefallen, und ich habe den Schaden. Aber nächsten Winter habe ich eine Zentralheizung. Den Unsinn, daß Eiseskälte gut für die Seele sei und erhitzte Gemüter abkühle, habe ich noch nie geglaubt. Oder können Sie sich vorstellen, daß weniger Leute zusammen ins Bett hüpfen, wenn es kalt im Zimmer ist? Aber was schwätze ich da nur! Erzählen Sie mir lieber von sich. Wie geht es Ihnen denn?«

»Mir geht's ganz gut, Father. Und Sie, wie lange sind Sie schon wieder auf den Beinen?«

»Seit drei, vier Tagen. Was ich Ihnen sagen wollte – Annette gefällt mir zur Zeit gar nicht. Ihr Gesicht ist so spitz, und sie wirkt abgespannt. Das mag am Ende einer Schwangerschaft natürlich sein, trotzdem mache ich mir Sorgen um sie.«

»Sie ist wie wir alle wegen Don beunruhigt.«

Die Tür ging auf, und Maggie brachte auf einem Tablett die Karaffe mit dem Whisky, einen Krug heißes Wasser, eine Schale braunen Zucker und zwei Gläser herein.

»Ahhh, da kommt der Trost für die Seele!« rief der Pfarrer. »Vielen Dank, Maggie, Sie sind ein Schatz. Und Sie haben sich's immer noch nicht anders überlegt?«

Als Daniel fragend die beiden ansah, erklärte ihm Father Ramshaw die Anspielung. »Ich wollte sie zum Katholizismus bekehren, aber sie hat abgelehnt. Rundweg abgelehnt! Sie weiß nicht, was sie verpaßt. Wissen Sie, als kleiner Junge glaubte ich, ich bräuchte nur einen einzigen Menschen zum wahren Glauben zu bekehren. Das sei praktisch der Schlüssel zum Paradies, und den könne mir später keiner mehr wegnehmen. Meine Mutter hatte mir das einmal so erklärt. Was meinen Sie, wie eifrig ich für unseren Glauben eintrat? Damals dachte ich nämlich, es käme nur darauf an, den Schlüssel zu ergattern; danach könnte ich es so bunt treiben, wie ich wollte, meine Zukunft im Paradies wäre trotzdem sicher. Mir schwebte eine Art Haus im Himmel mit Billardtisch vor...«

»Ist er nicht schrecklich?« rief Maggie.

»Stimmt, ich kenne keinen schlimmeren Menschen«, pflichtete Daniel ihr bei. Er deutete mit dem Kinn auf das Tablett. »Danke.«

»Falls das den Herren nicht reichen sollte, einmal klingeln genügt, und ich bringe Nachschub«, meinte Maggie sehr zur Erheiterung der Männer und ging.

»Maggie ist ein guter Mensch«, erklärte der Priester, als sie wieder allein waren. »Aber sind Sie auch gut zu ihr, Daniel?«

»Das kommt darauf an, was Sie unter ›gut‹ verstehen. Gut wofür? Gut für wen? Gut füreinander? Oder nicht gut füreinander? Wie Sie wissen, habe ich ein Leben lang am eigenen Leib erfahren müssen, was es heißt, nicht gut füreinander zu sein.«

Der Priester sah schweigend zu, wie Daniel den Whisky einschenkte. Dann ließ er sich das Glas reichen und schnüffelte erst genüßlich daran, ehe er sich einen großen Schluck genehmigte. Schließlich lehnte er sich zurück und starrte einen Moment ins Leere. »Ich war heute nachmittag bei Winifred«, sagte er unvermittelt.

»Wirklich?«

»Ich bin rübergefahren und habe ihr einen kurzen Besuch abgestattet.«

»Und was für einen Eindruck haben Sie?«

Der Priester stellte sein Glas seufzend auf den Tisch. »Es ist wohl ein großes Wunder vonnöten, wenn sie wieder normal werden soll. Und trotzdem klingt das, was sie sagt, gar nicht so wirr – solange nicht von diesem Haus oder seinen Bewohnern die Rede ist. Vielleicht hätte ich das Thema vermeiden sollen, aber es ist nun mal geschehen. Ich habe ihr erzählt, daß ihr geliebter Sohn bald Vater und sie Großmutter wird, und fragte sie, ob sie sich nicht freut.«

»Und da ist sie durchgedreht.«

»Überhaupt nicht. Sie hockte nur da und stierte mich an. Aber ihre Miene war einfach unerträglich. Und dann versteifte sie sich völlig. Grauenhaft! Ich habe die Schwester geholt und bin gegangen. Auf dem Heimweg habe ich unentwegt über all das gegrübelt, was wir im Namen der Moral tun. Ständig reden wir doch den Menschen ein, sie müßten einem allgemein anerkannten Kodex folgen und bestimmte Pflichten erfüllen. Und dann dachte ich an Sie. Ich hätte Sie damals nicht zum Bleiben überreden sollen. Wenn Sie sie tatsächlich verlassen hätten, wäre alles vielleicht ganz anders gekommen.«

»Belasten Sie sich bitte nicht damit, Father. Es wäre so oder so nicht gut gegangen. Vergessen Sie nicht – und ich sage das ohne jede Spur von Hohn –, sie hatte sich eingeredet, ihr Sohn sei das Kind einer Jungfrau, das Produkt einer unbefleckten Empfängnis oder so etwas. Und dann hat sie ihren Herzensliebling nicht nur an eine andere Frau verloren, sondern er hat sich auch noch vor der Ehe mit ihr zusammen besudelt, wie sie das gerne ausdrückte. Und als ob das noch nicht gereicht hätte, haben sie es ein ganzes Jahr lang praktisch unter ihren Augen miteinander getrieben. Das war es, was ihr den Verstand geraubt hat. Mir war längst klar, daß sie mich haßt wie die Pest. Sie wollte nur deswegen keine Trennung, weil das ihrem Ruf geschadet hätte. Dann hätten die anderen ja schadenfroh mit dem Finger auf sie gezeigt! ›Da, schaut sie euch an, ihr Mann hat sie sitzen lassen!‹ Sie wissen doch genausogut wie ich, daß keiner sie mochte, weil sie dauernd die Dame rauskehren mußte. Aber der Lack war so dünn, daß jeder sie durchschaute. Und herrschsüchtig war sie! Bei allen Komitees hat sie doch ständig die Leute vergällt. Außer der ihren ließ sie ja keine andere Meinung gelten. Denken sie nur an die Müttervereinigung, an die Kinder der Jungfrau Maria oder das Komitee für die Kinder der Armen. Als die größte aller Wohltäterinnen hat sie sich immer aufgespielt.«

»Seien Sie doch nicht so bitter, Daniel. Gott verstößt niemanden, auch Winifred nicht, obwohl sie nun einen hohen Preis für ihre Fehler zahlen muß. Teilweise ahnt sie das auch, und das ist das Allerschlimmste für sie. Geistig umnachtet ist sie nämlich nicht, sondern nur geistesgestört. Ihr Haß, ihre Verbitterung und das Bewußtsein ihres Scheiterns fressen sie auf. Wer sich dem eigenen Versagen stellt und ungeschoren daraus hervorgehen will, muß sehr stark sein. Was ich Ihnen sagen möchte, ist folgendes: Nach dem Stand der Dinge – und die Pflegeleiterin hat es mir bestätigt – wird sie in absehbarer Zukunft nicht rauskommen. Würde man sie jetzt entlassen, wäre sie eine Gefahr nicht nur für sich selbst, sondern für ihre gesamte Familie.«

»Father, ich müßte heucheln, wenn ich sagen würde, sie täte mir leid. Sollte sie irgendwann auch nur einen Fuß in dieses Haus setzen, würde ich auf der Stelle gehen. Und Annette und Don würden es hier auch nicht mehr aushalten.« Er senkte den Blick. »Sie wissen es ja auch, wir müssen täglich mit Dons Tod rechnen, darum soll sie besser bleiben, wo sie ist.«

Darauf ging der Pfarrer nicht ein. Statt dessen spann er seinen Gedanken von vorhin weiter. »Angenommen, sie käme doch frei, und Sie, Don und Annette gingen weg – was würde dann aus Joe und Stephen?«

»Stephen würde ich selbstverständlich mitnehmen. Ich bin ja für ihn verantwortlich. Und Maggie käme auch mit.«

»Und Joe?« bohrte der Pfarrer nach.

»Joe würde auch nicht bleiben wollen. Aber ebensowenig mit uns kommen. Er würde wohl endgültig seine eigene Existenz aufbauen. Wissen Sie, er sieht mich als seinen Vater an und ich ihn als meinen Sohn, aber abgesehen davon braucht er niemanden. Er war immer eher ein Einzelgänger. Soll ich Ihnen was sagen? Ich habe rausgefunden, daß er Erkundigungen über seine Eltern oder zumindest seine Mutter anstellt. Wir haben ihn doch aus einem katholischen Heim adoptiert. Und letzthin bin ich zufällig mit einer alten Schwester von dort ins Gespräch gekommen. Jetzt ist sie über siebzig und seit einem Jahr in Pension. Sie konnte sich noch lebhaft an ihn erinnern und meinte, er hätte sich prächtig bei mir entwickelt. Ich war ganz erstaunt darüber, daß sie ihn noch kannte, und sagte ihr das auch. Da erzählte sie mir, daß er einmal bei ihnen zu Besuch gewesen wäre und der Oberin ein paar Fragen über seine Herkunft gestellt habe. Er muß ziemlich enttäuscht gewesen sein, denn sie verriet ihm nichts. Die alte Schwester ist da ganz anderer Auffassung. Auch wenn es ein Verstoß gegen die Vorschriften ist, sie hätte es ihm gesagt, wenn er sie gefragt hätte. Sie findet, daß jeder ein Recht darauf hat, zu erfahren, woher er stammt.«

»Und haben Sie sie nach seiner Mutter gefragt?« bohrte Father Ramshaw nach.

»Ja.«

»Hat sie's Ihnen gesagt?«

»Ja. Die Frau hat inzwischen geheiratet. Sie hat mir den Namen und die letzte ihr bekannte Adresse gegeben.«

»Sind Sie der Sache weiter nachgegangen?«

»Ich bin hingefahren, aber dort wohnt seit elf Jahren eine Familie aus Asien. Von ihnen erfuhr ich, daß die Vorbesitzer des Hauses nach Australien ausgewandert sind.«

»Aber Joe haben Sie es nicht gesagt?«

»Nein.«

»Haben Sie es vor?«

»Ich bin mir noch unschlüssig. Ich will nicht, daß er auf gut Glück nach Australien geht. Was würden Sie an meiner Stelle tun?«

»Ich würde den Mund halten und mich um meine eigenen Angelegenheiten kümmern. Lassen Sie sich eins gesagt sein, Daniel, Sie erzählen mir da nichts Ungewöhnliches. Meiner Erfahrung nach wird von zehn, die sich auf die Suche nach ihren Eltern begeben, höchstens einer wirklich froh. Die meisten schämen sich am Ende nur. Mit unehelichen Kindern ist das so eine Sache. Weil sie von der Gesellschaft meistens geringschätzig behandelt werden, bilden sie sich ein, ihre Eltern müßten etwas ganz Besonderes sein. Was für Leute suchen sie sich also aus? Nun, Busfahrer, Dockarbeiter, Fensterputzer oder Putzfrauen bestimmt nicht! Nein, es müssen schon Ärzte, Chirurgen oder Lehrer mit Abschluß in Oxford oder Cambridge sein. Manche bilden sich sogar ein, sie seien mit der Königin verwandt. Sie glauben mir nicht? Wissen Sie, ein Priester wird im Laufe der Jahre der Mülleimer für so manche verlorenen Ideale und Illusionen. Ich könnte Ihnen von einem Mädchen erzählen, das sich auf die Suche nach seiner leiblichen Mutter machte, obwohl sie es bei ihren Pflegeeltern wirklich gut hatte. Sie fand sie – und was kam dabei heraus? Die Mutter wollte nichts mit ihr zu tun haben, ganz einfach, weil sie seit Jahren auf den Strich ging. Das brach dem Mädchen *und* den Adoptiveltern das Herz, denn danach wollte sie nicht mehr zu ihnen zurück. Ich weiß das so genau, weil die Adoptivmutter zufällig meine Schwester ist. Nun mögen Sie einwenden, ein Mann wie Joe würde eine solche Enttäuschung anders verarbeiten. Verlassen Sie sich nicht zu sehr darauf! Männer sind in bezug auf ihre Mutter noch viel empfindlicher als Frauen. Eine Ehefrau kann zur Not eine Hure sein, eine Mutter nie. Und wenn einer nun rausfindet, daß er gar nicht gewollt war, kann ihm das einen Schlag fürs Leben versetzen. Also: Wecken Sie schlafende Hunde lieber nicht... Hmmm, nun habe ich mich ja ganz schön in Fahrt geredet. Bei Ihnen ist es eben so behaglich warm, daß man schon Sitzfleisch entwickeln könnte. Trotzdem muß ich weiter. Zuvor möchte ich aber noch ein paar Worte mit Don wechseln. Könnten Sie mich zu ihm bringen?«

Die zwei Männer erhoben sich und gingen zur Tür. Dort blieb der Pfarrer noch einmal stehen. »Wir haben uns noch gar nicht über die Letzte Ölung unterhalten. Sie werden es mich doch wissen lassen, falls sich der Zustand Ihres Sohnes verschlechtern sollte? In den meisten Fällen spendet diese Handlung den Patienten Trost, aber bei Don würde ich befürchten, daß er resigniert. Darum möchte ich damit lieber noch ein bißchen warten. Trotzdem, wenn es nötig sein sollte, können Sie mich auch mitten in der Nacht holen.«

»Das werde ich, Father. Aber früher sterben würde er deswegen bestimmt nicht. Er weiß ja selbst, daß ihm nicht mehr viel Zeit bliebt. Wie gesagt, er klammert sich mit aller Kraft ans Leben, um sein Kind wenigstens einmal zu sehen.«

Später – der Pfarrer war längst gegangen – unterhielten Daniel und Maggie sich in der Küche.

»Ob bei mir oder bei dir, wo ist da der Unterschied?« wollte Daniel wissen.

»Für mich gibt es einen himmelweiten Unterschied, Dan. Es ist immer noch ihr Haus. Sie ist nach wie vor in jedem Winkel gegenwärtig. Wie kann ich da in deinem Zimmer mit dir ins Bett gehen? Hast du überhaupt kein Feingefühl?«

»Das sehe ich ganz und gar nicht so. Ich habe dir doch gerade erzählt, was der Pfarrer mir gesagt hat. Sie wird noch lange eingesperrt bleiben, wenn sie überhaupt je wieder rauskommt. Und da sollen wir nur einmal in der Woche zusammen sein? Maggie!« Er schlang beide Arme um sie. »Ich brauche dich, ich brauche dich in jeder Hinsicht! Manchmal möchte ich dich mitten in einer Besprechung anrufen, nur um deine Stimme zu hören. Und wenn ich am Abend heimkomme, würde ich am liebsten gleich zu dir in die Küche gehen und dich an mich drücken. Du bedeutest mir alles gleichzeitig – eine Gefährtin, eine Freundin und eine Geliebte. Vor allem eine Geliebte. In der Nacht wälze ich mich da oben in meinem Bett schlaflos hin und her, weil ich weiß, daß du nur ein Stockwerk unter mir bist. Hör zu, wenn du schon nicht zu mir kommen willst, kann ich dann wenigstens zu dir?«

Sie ließ den Kopf auf seine Schulter sinken. »Glaubst du wirklich, ich sehne mich nicht nach dir, Dan? Ich liege doch auch im Bett und denke an dich. Ich würde sofort die Treppe zu dir hinaufrennen – aber da ist etwas in mir das es mir verbietet. Ich habe Skrupel.«

Er ließ sie abrupt los. Um seine Lippen spielte ein resigniertes Lächeln. »Winifred ließ mich nie zu sich ins Zimmer, denn ich hätte sie ja berühren können. Und jetzt willst du aus dem gleichen Grund nicht zu mir kommen.«

»Das ist nicht fair, Dan. Du verdrehst mir bewußt das Wort im Mund. Ich komme überall auf der Welt zu dir ins Zimmer, aber nicht in diesem Haus.«

»Na gut, dann laß mich wenigstens zu dir. Versteh doch, es kann noch Jahre mit ihr so weitergehen. Was sollen wir in der Zeit tun? Jeder für sich leben, wie du vorgeschlagen hast? Einmal in der Woche zusammenkommen? Die Gelegenheit dann ausnützen, weil wir sonst wieder eine Woche warten müßten. So sehr ich dich brauche, auf Befehl will ich dich nicht lieben. Ich habe es dir doch schon gesagt, du bedeutest mir viel, viel mehr. Ich will schweigend mit dir zusammensitzen, glücklich neben dir liegen, einfach wissen, daß du da bist.«

Während sie einander gegenüberstanden und sich in die Augen blickten, klingelte in der Empfangshalle das Telefon.

»Wer kann das so spät am Abend noch sein?« brummte Daniel.

»Ich nehme ab.«

»Nein, nein, ich gehe schon«, sagte er und lief zum Apparat.

»Hallo.«

»Daniel? Ich bin's, Flo.«

»Flo! Ist etwas passiert?«

»Nein, nein, uns geht's blendend. Aber ich habe eine Neuigkeit für dich: Harvey und ich heiraten.«

Er brauchte eine Sekunde, um das zu verdauen, dann rief er lachend: »Glückwunsch! Aber überrascht bin ich nicht!«

»Mag sein, aber du wirst Augen machen, wenn ich dir den Termin nenne. Nächsten Samstag ist es schon soweit, und ich hätte euch gerne dabei.«

»Nächsten Samstag? Warum so früh? Du bist doch nicht...«

»Keine Angst, schwanger bin ich nicht. Harvey hat nur ein phantastisches Angebot bekommen, und das in einer Zeit, in der es beruflich nicht so gut aussieht – für ihn zumindest. Es ist eine Stelle in Kanada, und er will natürlich annehmen.«

»O ja, das kann ich verstehen. Ich freue mich wahnsinnig für euch, Flo. Andererseits werde ich dich und Harvey vermissen. Ich habe den Kerl richtig in mein Herz geschlossen, weißt du?«

»Ich doch auch! Er rechnet schon seit längerem mit Post aus Kanada, aber er hat mir nie etwas davon erzählt. Es hätte ja sein können, daß nichts draus wird. Nun freue ich mich um so mehr. Aber, Daniel...«

»Ja?«

»Mit unseren wöchentlichen Besuchen bei Winnie ist es vorbei. Da mußt du dir etwas anderes einfallen lassen.«

»Mir sind die Hände gebunden. Father Ramshaw war heute bei mir. Er hat sie besucht, und so wie er es mir erzählt hat, dreht sie durch, sobald auch nur einer von der Familie erwähnt wird. Aber du hast dir wirklich nichts vorzuwerfen. Ich bin dir zutiefst dankbar, weil ihr in den letzten Wochen soviel für sie getan habt. Und was eure Hochzeit betrifft, so werde ich versuchen dabei zu sein. Falls ich es nicht schaffe, kommt Joe.«

»Und ihr beide zusammen? Das ginge nicht? Na ja, es wäre vielleicht ein bißchen viel verlangt. Egal, wer kommt, freuen werde ich mich auf alle Fälle. Wie geht es übrigens Annette?«

»Leider nicht so gut im Moment. Der Arzt hat ihr eine Woche Bettruhe verordnet. Vierundzwanzig Stunden lang hat sie es ausgehalten. Aber sag mal, wie lange wollt ihr denn in Kanada bleiben? Oder kommt ihr überhaupt nicht mehr zurück?«

»So wie es aussieht, bleiben wir drüben. Aber selbstverständlich müssen wir sehen, wie wir dort aufgenommen werden und wie es uns gefällt.«

»Ich verstehe. Aber so wie ich Harvey kenne, werden sie ihn mit offenen Armen empfangen.«

»Ich wünschte, ich wäre mir da auch so sicher. Er ist nun einmal ein Farbiger, und da muß man immer mit Schwierigkeiten rechnen. In London haben sie ihm ja auch mehr als einen Knüppel zwischen die Beine geworfen.«

»Kann sein. Trotzdem wünsche ich euch von Herzen alles Gute und viel, viel Glück. Ich werde euch sehr vermissen. Wir alle werden euch vermissen. Ihr zwei habt in den letzten Monaten wieder Sonnenschein und Freude in dieses Haus gebracht. Beides hatten wir dringend nötig.«

»Danke, Daniel. Also bis Samstag. Komm nach Möglichkeit schon am Freitag abend, weil es am Morgen drunter und drüber gehen wird.«

»Mache ich, Flo. Gute Nacht und nochmal alles Gute!«

Auch Maggie zeigte sich hocherfreut über die Nachricht. »Wie schön für sie! Trotzdem kann ich mir nicht vorstellen, daß es ihnen dort leichter gemacht wird als hier. Es ist traurig, daß Menschen so gemein sein können, obwohl die zwei doch so sympathisch sind. Ich habe noch nie einen so vollkommenen Gentlemen gesehen wie Harvey. Und er soll wegen seiner Hautfarbe minderwertiger sein? Wenn man sich vorstellt, was für Widerlinge bei uns in der Gegend rumlaufen! Und die werden allseits geachtet! Richtig schlecht kann einem werden! Schau dir nur Annettes Vater an. Kein Wort hat er mit Harvey gesprochen. Aber was kann man schon von einem Mann erwarten, der seine Tochter nicht mehr kennt? Sag mal, stimmt es, daß er seine Läden verkaufen will?«

»Nein, das ist nur ein Gerücht. Die sind viel zu lukrativ, als daß er sich davon trennen würde.«

»Aber wollten sie nicht wegziehen?«

»Soweit mir gesagt wurde, haben sie das wirklich vor.«

»Richtung Westküste, habe ich gehört.«

»Von mir aus können sie auch zur Hölle fahren. Aber sprechen wir lieber über uns, Maggie.«

Sie machte sich plötzlich am Herd zu schaffen. »Ich... ich muß noch darüber nachdenken, Daniel. Können wir es fürs erste nicht so belassen, wie es ist?«

Zögernd drehte sie sich wieder zu ihm um. Er trat auf sie zu und schlang beide Arme um sie. »Bitte nimm dir nicht zuviel Zeit dafür, Maggie«, flüsterte er. »Du willst doch auch nicht, daß das ein Dauerzustand wird.«

7

Die Wehen setzten am Donnerstag morgen ein. Ein ziehender Schmerz im Unterleib riß Annette aus dem Schlaf und wurde schnell so heftig, daß sie glaubte, das sei das Ende. Langsam tastete sie sich bis zur Bettkante und sah auf die Uhr. Sechs Uhr. Daniel und Joe kamen normalerweise um sieben, und die Schwester nie vor acht. Sie stand vorsichtig auf und warf einen Blick zu Don hinüber, der dank der starken Beruhigungstabletten noch tief und fest schlummerte. Auf unsicheren Füßen stakste sie in das Wohnzimmer nebenan. Dort erreichte sie gerade noch das Sofa, ehe neuerliche Wehen sie überwältigten. Sie krümmte sich vor Schmerzen und preßte beide Hände auf den Bauch.

Wo war die Klingel? Mit letzter Kraft taumelte sie zur Wand und drückte auf den Knopf. Nach einer Minute hörte sie Schritte im Flur. Es war Joe. Völlig außer Atem erschien er in der Tür.

»Was ist los?«

»Joe!«

»Ja, Annette? Ganz ruhig. Ganz ruhig.« Er führte sie zurück zum Sofa, setzte sich neben sie und legte seinen Arm um ihre Schultern. »Hast du Schmerzen?«

»Ich... ich glaube, es ist soweit, Joe. Bitte hol den Arzt.«

»Bist du sicher?«

Sie stöhnte. »Es tut schrecklich weh!«

Er sprang auf und rannte zum Telefon. Es dauerte eine Weile, bis eine Männerstimme antwortete. Joe wechselte ein paar Worte mit dem Arzt, dann kehrte er zu Annette zurück.

»Der Doktor kommt gleich. Du sollst dich hinlegen.«

»Ich... ich kann nicht, Joe. O Gott!«

Joe drückte sie fest an sich und versuchte sie zu trösten. »Ganz ruhig. Es wird schon wieder, keine Angst. Leg dich hin und versuch dich zu entspannen. Ich hole Dad. Er wird dir was Heißes zum Trinken machen. Das wird dir guttun.«

Seine freie Hand tastete nach dem zweiten Knopf, und eine Minute später kam Daniel herein. Er stutzte eine Sekunde, dann hatte er begriffen. »Ist es soweit?«

»Dad… Dad, es kommt zu früh.«

»Ich weiß, Mädchen, aber das macht nichts. So was kommt oft vor. Bald bist du eine glückliche Mutter, du wirst schon sehen. Weiß der Arzt Bescheid?«

»Ich habe ihn angerufen. Er ist schon unterwegs«, sagte Joe.

»Mein Gott! Das tut so weh!« Sie krümmte sich vor Schmerzen, und die zwei Männer ergriffen ihre Hände.

»Menschenskinder, warum kommt der Kerl nicht?« schimpfte Daniel.

»Ich habe ihn geweckt. Er war noch ganz verschlafen und muß sich ja erst anziehen.«

»Aber es sind doch nur fünf Minuten mit dem Auto!«

»Hör zu, Dad. Hol doch Maggie. Aber mach keinen Lärm. Don braucht noch nicht aufzuwachen. Er wird es früh genug erfahren.«

Maggie und der Arzt trafen fast gleichzeitig ein. Annette lag inzwischen auf dem Rücken. Sie keuchte, rang nach Atem und klammerte sich an die Hand des Arztes. »Bitte! Bitte helfen Sie mir!«

»Keine Angst, mein Kind, Sie sind in guten Händen. Wie oft kommen denn die Wehen?«

»Die… die hören gar nicht mehr auf!«

Er sah sich kurz um und ging zum Telefon.

»Der Krankenwagen kommt in wenigen Minuten«, erklärte er gleich darauf.

Annette richtete sich mühselig auf. »Der Krankenwagen?«

»Richtig, der Krankenwagen. Bleiben Sie still liegen. Wir bringen Sie ins Krankenhaus.«

»Aber… ich dachte…«

»Im Krankenhaus sind Sie bestens aufgehoben. Sie werden sehen, bald ist alles überstanden.« Er wandte sich an die zwei Männer. »Sie sollten sich lieber anziehen. Ich wäre Ihnen dankbar, wenn einer von Ihnen mitkäme.«

Beide verließen sofort das Zimmer. »Bleib du lieber da und kümmere dich um Don«, schlug Joe vor. »Ich begleite sie ins Krankenhaus.«

Überraschenderweise erhob sein Stiefvater keine Einwände. »Ist gut, Junge«, murmelte er. Beide eilten in ihre Zimmer, um sich hastig anzuziehen.

Bis zum Eintreffen des Krankenwagens mußte Annette drei weitere Schmerzschübe überstehen. Maggie hielt sie die ganze Zeit über fest und versuchte sie zu beruhigen. Als die Sanitäter mit einer Bahre hereinkamen, wehrte Annette heftig ab. »Ich… ich kann gehen. Und… vorher muß ich noch meinen Mann sehen.«

Der Arzt und Daniel halfen ihr gemeinsam auf die Füße und führten sie behutsam ins Krankenzimmer. Glücklicherweise hatte das Durcheinander nebenan Don nicht geweckt. Doch als Annette sich über ihn beugte und ihn auf die Wange küßte, rührte er sich im Schlaf und murmelte etwas. Sofort führte der Arzt sie zur Tür. Im Flur hielt er abrupt an.

»So, Sie sind genug gelaufen. Legen Sie sich auf die Bahre und denken Sie nur noch daran, daß Sie bald ein prächtiges Baby haben werden. Ich schaue später bei Ihnen vorbei. Dr. Walters wartet schon auf Sie. Ich habe vorhin mit ihm gesprochen.«

Sie ließ sich gehorsam auf die Bahre legen und aus dem Haus tragen. Doch dann setzten die bislang heftigsten Schmerzen ein. Die Sanitäter blieben stehen. »Joe!« keuchte sie. »Bleibst du bei mir… Joe?«

»Ich bleibe bei dir. Keine Angst, ich bleibe bei dir.«

Zwei Stunden und vier Tassen Tee später hatte Joe den anderen drei Männern im Wartezimmer schon mindestens sechsmal erklärt, daß er nicht der Vater, sondern nur der Schwager war.

»Wo ist der Typ denn abgeblieben?« wollte ein junger Bursche schließlich wissen. »Durchgebrannt?«

Joe blieb geduldig. »Er liegt im Bett.«

»Was sie nicht sagen…«

»Doch, doch…«

»Betrunken?«

»Was gäbe ich drum, wenn er es wäre«, seufzte Joe. »Er hatte einen Unfall.«

»Oh!« Der neugierige Fragensteller bekam offensichtlich Mitleid. »Das ist hart. Ein Mann muß doch wissen, was los ist, finden Sie nicht auch?«

»Ja«, murmelte Joe zerstreut. »Da haben Sie wohl recht.«

Der Jüngere deutete auf einen nervös auf und ab schreitenden Mann und senkte die Stimme. »Dieser Typ da wollte unbedingt im Kreißsaal mit dabei sein. Können Sie sich das vorstellen? Er hat bestimmt noch nicht erlebt, was ich schon durchgemacht habe, sonst hätte er so was nicht verlangt. Menschen gibt's...«

Joe gab keine Antwort. Seit Monaten focht er unsägliche innere Kämpfe aus, doch nach außen hin hatte er immer eine glatte Fassade bewahrt. In dem Maße, in dem Annettes Bauch gewachsen war, hatte sich auch sein Neid auf Don gesteigert. Obwohl er wußte, daß Don nie wieder in der Lage sein würde, mit ihr zu schlafen, nagte Eifersucht an ihm. Und er haderte mit seinem Schicksal. Hätte er sich offen zu seiner Liebe zu Annette bekannt, wäre Don jetzt kein Pflegefall. Und seiner Stiefmutter wäre das Irrenhaus erspart geblieben.

»Mr. Coulson?« Eine Schwester tippte ihm auf die Schulter. »Das Baby ist da. Sie brauchen sich nicht mehr zu sorgen. Ihr geht es gut.«

»Ist sie...?«

»Ihr geht es gut, wenn ich es Ihnen doch sage. Sie schläft jetzt. Wir mußten einen Kaiserschnitt vornehmen. Sie haben ein kleines Mädchen... Ich meine« – sie lachte – »eine kleine Nichte.«

»Ein Mädchen?«

Die Krankenschwester lachte erneut. »Nun, wenn es eine Nichte ist, muß es sich wohl oder übel um ein Mädchen handeln. Oder sehen Sie das anders?«

Er stieß einen Stoßseufzer der Erleichterung aus. So laut, daß mehrere Köpfe sich nach ihm umdrehten. Nachdem er mit der Schwester nach draußen verschwunden war, meinte einer von den werdenden Vätern kopfschüttelnd: »Ein komischer Heiliger. Ist angeblich der Schwager. Mensch, der ist ja tausendmal aufgeregter als ich.«

Der Schwager drückte sich unterdessen an einer Glasscheibe die Nase platt und starrte eine Wiege an, auf die die Schwester deutete. Zu erkennen war nichts als ein faltiges Gesichtchen, das genausogut einer alten Frau hätte gehören können.

»Ein schönes Baby!« schwärmte die Schwester. »Sie ist zwar recht klein – nicht ganz sechs Pfund – aber einfach entzückend!«

Joe lächelte erleichtert. »Kann ich zu ihr? Zu Mrs. Coulson, meine ich.«

»Sie hätten nichts davon. Sie wird noch eine ganze Weile schlafen. An Ihrer Stelle würde ich lieber heimfahren, dem Vater die freudige Nachricht überbringen, ein Bad nehmen und mir dann ein ordentliches Frühstück gönnen. Bis dahin wird sie auch wieder zu sich gekommen sein.«

»Danke, Schwester. Sie haben recht. Aber wäre es möglich, kurz mit dem Doktor...«

Seine Reaktion erheiterte sie schon wieder. »Auch da werden Sie später mehr Glück haben. Er arbeitet längst am nächsten Fall. Ihre Schwägerin ist nicht die einzige Frau gesegneten Leibes.«

Er stimmte in ihr Lachen ein, bedankte sich noch einmal sehr herzlich und ging.

Gesegneten Leibes hatte sie gesagt. Den Begriff hörte man selten. War die Schwester auch Katholikin?

Eine Strophe aus einem Kirchenlied fiel ihm ein:

O Herr, aus tiefster Klage erheb ich mein Gesicht,
Und was ich bin, das trage ich vor dein Gesicht.

Wie oft hatte er sich mit diesen Worten an Gott gewandt! Und gleichzeitig hatte er sich nach dem Sinn seiner Gebete gefragt. Denn an ihm nagten ernsthafte Zweifel, ob es wirklich eine Macht gab, die sie erhörte. Dennoch hatte er Tag für Tag gebetet: »Herr, ich glaube, doch steh mir bei gegen den Unglauben.« Mit einem Schlag wurde ihm klar: Wäre

Annette heute morgen etwas zugestoßen, er hätte nie wieder so gebetet.

Aber sie hatte ja überlebt.

Er trat ins Freie und atmete die eiskalte Luft in tiefen Zügen ein. Von einem strahlend blauen Himmel schien die Sonne. Ein herrlicher Wintertag, hätte man meinen können, aber dem Kalender nach war es Frühling.

Da er nicht mit dem eigenen Auto gekommen war, fuhr er mit dem Bus nach Hause. Im Bus gab es ausschließlich ein Thema – den plötzlichen Wintereinbruch. Nur die Frau neben ihm gab sich nicht sonderlich überrascht. Sie wandte sich mit leiser Stimme an ihn: »So plötzlich, wie die Leute sagen, hat es doch gar nicht geschneit. Es ist ja schon seit zwei, drei Tagen so kalt. Letzte Woche erst hab' ich zu meinem Mann gesagt: ›Paß auf, es gibt noch Schnee. Nach dem Kalender hat sich Petrus noch nie gerichtet.‹ Ach, hier muß ich ja aussteigen. Tschüs.«

Und auch er verabschiedete sich mit einem »Tschüs«. Der Gruß kam ihm so freundlich, fast intim vor.

Ihm wurde bewußt, daß man einiges verpaßte, wenn man immer mit dem Auto fuhr. Nachdenklich sah er zum Fenster hinaus. Diese Frau hätte seine leibliche Mutter sein können. Nach und nach musterte er die anderen Fahrgäste. Wer sagte ihm denn, daß nicht eine von den übrigen Frauen seine richtige Mutter war? Aber nein, das war nicht möglich, die gehörten doch alle der Arbeiterklasse an. Seine Mutter dagegen war eine... Ja, was war sie denn gewesen? Fing er schon wieder damit an? Er sollte endlich aufhören, irgendwelchen Luftschlössern nachzujagen. Das hätte doch überhaupt keinen Zweck. Selbst wenn es ihm gelang, seine Mutter aufzuspüren, würde er sich bald danach auf die Suche nach seinem Vater machen müssen. Und allein kam er sowieso nicht weiter. Es gab nur einen Weg: Nach Hause gehen und fragen.

Als Heranwachsender hatte er geglaubt, die Fragen würden sich mit zunehmendem Alter von selbst erledigen. Aber das hatte nicht gestimmt. Im Gegenteil – sie waren immer drängender geworden. Doch was geschah, wenn er seine

Mutter tatsächlich fand und von ihr abgelehnt wurde? Er mußte es riskieren. Aber hätte er auch die Kraft dazu? Seine Stiefmutter hatte ihn abgelehnt. In gewissem Sinne hatte ihn auch Annette abgewiesen. Sollte er wirklich die Gefahr einer neuerlichen Enttäuschung auf sich nehmen?

Andererseits verspürte er diese innere Leere. Er brauchte etwas oder jemanden, um das Loch zu füllen. Einfach in die Schuhe eines Toten steigen, das konnte er nicht, auch wenn Don es sich wünschte. Das wäre Frevel. Abgesehen davon hing es ja nicht von ihm allein ab. Sie konnten doch nicht so einfach über Annette verfügen. Immerhin sah sie in ihm nur einen großen Bruder, sie hatte es ja selbst gesagt...

Plötzlich wünschte er sich, er wäre nicht in den Bus gestiegen. Wußte er überhaupt noch, was er wollte? Er war doch gerne unter Menschen.

Plötzlich hatte er das Gefühl, voller Widersprüche zu stecken. Warum hatte er zum Beispiel unbedingt in das Hexenhäuschen ziehen wollen? Um vom Rest der Familie getrennt zu sein? O ja, er kannte den Grund. Er wollte nicht ständig an seine Enttäuschung erinnert werden. Und auch zu Dad hatte er Distanz gebraucht. Sein Stiefvater hatte sich förmlich für ihn zerrissen, um ihn für Annettes Verlust zu entschädigen. Doch damit hatte er unwissentlich noch Salz in seine Wunde gestreut.

Sollte er nun vielleicht sein Glück bei Jessica Bowbent versuchen? Oder Irene Shilton? Nein, Irene bestimmt nicht. Also doch Jessica... oder Mary Carter? Richtig, die wäre die beste Wahl...

Maggie empfing ihn schon vor der Haustür. Dicht hinter ihr standen Daniel, Peggie und Lily.

»Und?«

»Sie ist wohlauf. Es ist ein Mädchen.«

Daniel schloß die Augen und atmete hörbar auf. Ganz war die Spannung freilich noch nicht von ihm gewichen »Warum hast du dann nicht gleich angerufen?« schrie er Joe an. »Wir haben die ganze Zeit auf glühenden Kohlen gesessen!«

»Ihr habt doch auch ein Telefon!« blaffte Joe. »Du hättest ja selbst im Krankenhaus anrufen können!«

Daniel klappte das Kinn herunter, so überrascht war er. Doch er hatte sich schon wieder beruhigt. »Ist ja gut. Reg dich nicht auf. Ich kann ja verstehen, daß du nervös warst. Soll ich dir was gestehen? Ich hatte zuviel Angst, um dort anzurufen. Komm, jetzt kriegst du erst mal was zu essen.«

»Sofort. Erst muß ich zu Don.«

»Ach, richtig. Den armen Kerl dürfen wir natürlich nicht länger auf die Folter spannen. Er konnte gar nicht glauben, daß er trotz der ganzen Aufregung geschlafen hat wie ein Stein.«

Den Schluß bekam Joe schon nicht mehr mit. Er rannte zum Krankenzimmer und rief bereits in der Tür: »Wo ist der Papa?«

Die Schwester fuhr zu ihm herum. »Sie hat es geschafft?«

»Natürlich hat sie es geschafft!« Joe baute sich vor dem Bett auf und strahlte Don an, doch der blieb stumm. »Mensch, sag endlich was!« schrie Joe.

»Wie... wie geht's ihr?« fragte Don matt. »Ist sie wohlauf?«

»Ihr geht's bestens!« Joe wußte nicht, ob das stimmte, aber er wollte Don nicht unnötig beunruhigen. »Du hast eine Tochter!«

»Ein Mädchen?«

»Bisher waren Töchter nie Jungen. Wenn sich daran nichts geändert hat, ist es ein Mädchen.«

»Wieviel wiegt es denn?« wollte die Schwester wissen. »Ist es auch gesund, ich meine normal?«

Joe war noch immer zu überdreht, um in seiner üblichen Lautstärke zu sprechen. »Klar ist es gesund! Aber wieviel Babys wiegen, weiß ich nicht. Halt, Moment, sechs Pfund, hat die Schwester gesagt. Ich war nur etwas durcheinander. Wissen Sie, das Zimmer war gerammelt voll mit werdenden Papas, einer nervöser als der andere!« Er warf einen Blick auf seinen Stiefbruder. Tränen strömten über Dons Wangen. Seine Stimme wurde auf einmal ganz von selbst leise. »Bitte nicht, Don. Das ist doch eine gute Nachricht. Komm schon, sei nicht traurig.«

»Warum soll nicht auch ein Mann vor Freude weinen?«

schaltete die Schwester sich ein, beugte sich über Don und wischte ihm wie einem Kind die Tränen aus dem Gesicht. »Sie freuen sich doch, nicht wahr? Wissen Sie was, das gehört gefeiert! Was stehen Sie noch so rum? Organisieren Sie ein kleines Fest!«

Sie sah Joe herausfordernd an, und er ließ sich von ihrer guten Laune anstecken. »Sie haben recht! Ich stelle was auf die Beine!«

Joe wunderte sich, daß Daniel ihn nicht ins Krankenzimmer begleitet hatte. Als er ihm nun auf dem Weg ins Eßzimmer begegnete, wollte er den Grund wissen. »Was ist los? Warum bist du nicht mitgekommen?«

Daniel fuhr sich mit der Hand durch das Haar. »Ich... konnte ihm nicht ins Gesicht sehen. Ich hatte Angst, ich breche zusammen. Aber jetzt gehe ich zu ihm.«

»Ich hole Drinks. Wir wollen ein bißchen feiern.«

Endlich zeigte Daniel, daß er das Lachen nicht verlernt hatte. »Eine prima Idee. Ich trommle den Rest der Belegschaft zusammen. Stephen soll auch kommen. Er ist mit Peggie in seinem Zimmer.«

Joe wollte gehen, doch Daniel hielt ihn noch einmal zurück. »Darf ich dich um einen Gefallen bitten?«

»Du weißt doch, daß du mich nie lange bitten mußt. Worum geht es?«

»Könntest du an meiner Stelle zu Flos Hochzeit fahren? Du müßtest aber schon am Freitag den Nachtzug nehmen. Hättest du Lust?«

»Und ob ich Lust habe! Aber wolltest nicht du hinfahren?«

Daniel wich seinem Blick aus. »Sicher... Ich würde auch gerne mitfeiern, aber ich habe so ein ungutes Gefühl. Ich möchte Don nicht allein lassen. Es geht rapide bergab mit ihm, ist dir das nicht auch aufgefallen?«

»Ja, er läßt nach«, erwiderte Joe zögernd, »das sehe ich auch, aber rapide würde ich das nicht nennen. Auf der Totenbahre sehe ich ihn deswegen noch lange nicht. Und sein Töchterchen wird seine Lebensgeister schon wieder wekken.«

»Wenn es nur von den Lebensgeistern abhinge... Na ja, vielleicht hast du recht. Trotzdem bin ich lieber in seiner Nähe, verstehst du?«

»O ja. Aber allzu lange bleibe ich auch nicht weg. Am Samstag abend bin ich wieder zurück. Ach, übrigens, sollten wir nicht Flo anrufen und es ihr erzählen?«

»Eine gute Idee! Aber könnte das nicht Don übernehmen? Wir bringen den Apparat in sein Zimmer.«

»Natürlich! Sag ihm schon mal Bescheid. Ich besorge nur schnell die Drinks und hole die anderen.«

Zehn Minuten später standen alle um das Bett herum – Maggie, Lily, Peggie, die Schwester, Daniel, Joe und Stephen. Jeder hielt ein Glas in der Hand, nur Joe nicht, denn er hatte soeben Flos Nummer gewählt und wartete, bis sie abnahm. Endlich klickte es in der Leitung.

»Hallo, könnte ich bitte Mrs. Jackson sprechen?«

»Am Apparat. Wer ist da bitte?«

»Hast du mich noch nicht erkannt? Dein heimlicher Verehrer, Joseph Coulson.«

»Ach, Joe! Was ist los? Ist etwas geschehen?«

»Nein, nein. Ein bestimmter Herr möchte dir etwas mitteilen. Bleib bitte dran.«

Er reichte das Telefon Don, der sich mühsam aufgestützt hatte. »Hallo, Flo!«

»Das ist ja Don!«

»Richtig. Was hattest du denn gedacht? Aber ich muß dich um einen respektvolleren Ton bitten, immerhin sprichst du mit dem Vater eines kleinen Mädchens.«

»Das Kind ist schon da? Geht's Annette gut? Und was ist mit dem Baby?«

»Nicht alles auf einmal, Fra-oo.« Die anderen quittierten die Anspielung auf Harvey mit fröhlichem Gelächter. »Also, Annette geht's gut, und unser Töchterchen ist auch gesund.«

»Ach, ist das schön! Ich würde ja so gerne sofort runterkommen, Don, aber nächste Woche schaffe ich es bestimmt.«

»Flo?«

»Ja, mein Lieber?«

»Wir wollen sie Flo nennen.«

Er erntete überraschte Blicke von den Umstehenden. Wie zur Bekräftigung nickte er. »Annette und ich waren uns schon vorher einig. Wenn es ein Junge geworden wäre, hätten wir ihn auf den Namen Harvey taufen lassen. Und das Mädchen heißt übrigens nur Flo. Nicht Florence, sondern schlicht und einfach Flo.«

Flo brauchte eine Pause, um das zu verdauen. Als sie sich wieder meldete, klang ihre Stimme gerührt. »Ach, ist das schön! Ich bin ja so stolz! Wenn ich mir vorstelle, daß ihr euren Sohn Harvey getauft hättet... Schade, daß er das jetzt nicht hören kann. Er ist gerade weggegangen, und ich kann es ihm erst am Abend sagen. Du weißt, daß wir am Samstag heiraten?«

»Klar weiß ich das. Hoffentlich werdet ihr richtig glücklich miteinander. Dein Harvey ist ein toller Mann. Ich kann dich zu deiner Wahl nur beglückwünschen.«

Das Sprechen fiel ihm zunehmend schwer. Er fing an zu keuchen. »Ich gebe dir noch mal meinen großen Bruder.« Im nächsten Moment fiel er ermattet auf sein Kissen zurück.

Joe griff rasch nach dem Hörer. »Ist das nicht eine freudige Nachricht?« rief er.

»Und wie! Aber wie geht's ihr wirklich?«

Er zögerte. »Och, ganz gut. Ich bin gerade erst vom Krankenhaus zurückgekommen und habe noch nicht gefrühstückt. Auf dem Weg zur Arbeit rufe ich noch mal im Krankenhaus an.«

»Richte Annette ganz liebe Grüße aus. Ich bin ihr und Don ja so dankbar wegen des Namens. Na ja, morgen abend wird Daniel mir bestimmt mehr erzählen können.«

Daß er anstelle seines Dads kommen würde, sagte Joe ihr nicht. Er hatte es nun eilig, sich zu verabschieden. »Die warten hier schon alle mit den Gläsern in der Hand, Flo. Wir wollen auf die kleine Flo anstoßen. Also, auf Wiederhören!«

»Auf Wiederhören, Joe. Alles Gute!«

Er legte auf. Dann nahm er sein Glas in die Hand und prostete zusammen mit den anderen dem schwer atmenden

Don zu. »Auf die kleine Flo!« Und Joe fügte hinzu: »Und ihre Mutter und ihren Vater.«

Kaum hatten sie ihre Gläser geleert, übernahm wieder Schwester Pringle das Kommando. »So, ich nehme an, jeder hat zu tun. Ich würde gerne weitermachen, dazu brauche ich im Moment aber nur Sie, Mr. Coulson. Die zwei starken jungen Männer werden Hunger haben und frühstücken wollen.«

Joe entging ihr eindringlicher Ton nicht. Tatsächlich schnappte Don inzwischen mühsam nach Luft, und so führte Joe unverzüglich Stephen aus dem Zimmer. Bemerkenswerterweise ging das ohne das früher übliche Jammern ab. Stephen war ruhiger geworden. Bei seinen Besuchen im Krankenzimmer konnte er sich stundenlang im Hintergrund halten, ohne die Schwester oder Don zu stören. Oft betrachtete er seinen Bruder und lächelte ihn an, wenn ihre Blicke sich trafen, aber sobald die Schwester den Raum verließ, trat er ans Bett und hielt Don die Hand, solange dieser es wollte. Und er plapperte nicht mehr soviel.

»Würden Sie ihn bitte hochheben«, bat die Schwester Daniel, als sie allein im Zimmer waren. »Ich muß ihm mehr Kissen bringen.«

Während Daniel seinen Sohn in den Armen hielt und beobachtete, wie dessen Brust sich ruckartig hob und senkte, machte er sich die heftigsten Vorwürfe. Immer mehr suchte er die Schuld für Dons qualvolles Sterben bei sich. Sein ganzes bisheriges Leben stellte er in Frage. Hatte er wirklich Don von dieser Mutter befreien wollen? Oder hatte nicht er selbst aus Eigennutz gehandelt?

Wenig später lag Don wieder im Bett. Nachdem er zwei Medikamente eingenommen hatte, beruhigte sich sein Atem allmählich. Er schlug die Augen auf und lächelte seinen Vater erschöpft an. »Der Grund für das frühe Ende der Party war ich, nicht wahr?«

»Mach dir deswegen keine Sorgen. Sind die Schmerzen weg?«

»Ja, fast. Ist die moderne Wissenschaft nicht was Wunderbares? Na ja, vielleicht sollte ich nicht so spötteln, denn oft denke ich daran, wie es früher gewesen sein muß, als es diese Pillen und Tropfen noch nicht gab. Weißt du, Dad« – er sah seinem Vater fest in die Augen –, »von allem bekommt der Mensch immer nur ein bestimmtes Maß zugeteilt; bei Schmerzen ist das so – und auch beim Glück. Aber sag, ist es nicht herrlich, daß das Baby jetzt da ist? Wann, meinst du, kommen die zwei heim?«

»Ich weiß es nicht, Junge. Ich fahre später in die Stadt und schaue im Krankenhaus vorbei. Danach komme ich gleich wieder zurück und bringe dir die neuesten Nachrichten mit.«

Don drückte das Kinn nach unten und sah an sich hinab. Am anderen Ende des Bettes lagen seine zwei nutzlos gewordenen Füße unter der Decke. Für einen kurzen Moment bildete er sich ein, sie seien zwei Hügel, und dazwischen liege ein Tal. Er versuchte sich zu konzentrieren. Spielte ihm sein Verstand da nicht schon wieder einen Streich? Es wäre ja beileibe nicht der erste. Gestern hatte er eine Fliege über die Decke krabbeln sehen. Erst hatte er sie bedauert, weil sie ja nicht soviel sehen konnte wie er, aber dann war ihm bewußt geworden, daß ihr im Gegensatz zu ihm sämtliche Körperteile gehorchten. Zwar hatte er einen Verstand zum Denken, doch bewegen konnte er sich nicht. Wie kam er nur auf solche Ideen? fragte er sich nun zum wiederholten Mal. Ob sie mit den vielen Medikamenten zusammenhingen? Irgendwie fühlte er sich nicht mehr verantwortlich für all seine merkwürdigen Gedankensprünge, deren er sich bisweilen gar nicht erwehren konnte. Genauso war es auch jetzt wieder, als er unvermittelt sagte: »Sie müssen alle Joe für den Vater gehalten haben, Dad.«

»Nein, nein. Er hat ihnen erklärt, daß er es nicht ist.«

»Das stimmt nicht. Er hat doch nur erzählt, daß von den Männern im Wartezimmer einer nervöser war als der andere. Es hätte keinen Sinn gehabt, mit ihnen zu sprechen. Und selbst wenn, sie hätten ihm nicht geglaubt.« Er drehte den Kopf zu seinem Vater hinüber. Ihre Blicke begegneten sich. »Findest du nicht auch, daß er eher ein Recht darauf gehabt hätte als ich, Dad?«

»Wie kommst du nur auf diesen Unsinn? In Annettes Leben gibt es nur einen Mann, und das bist du. Joe und sie waren immer wie Bruder und Schwester zueinander, mehr nicht. Du solltest dich nicht mit so dummen Gedanken quälen. Außerdem hast du Ruhe dringend nötig. So, ich laß dich jetzt ein bißchen mit der Schwester allein. Wenn du auf mich nicht hörst, ihr folgst du bestimmt. Bevor ich ins Krankenhaus fahre, schaue ich noch einmal bei dir vorbei. Sag, möchtest du Annette ein paar Zeilen schreiben?«

»O ja, das ist eine gute Idee...«

Zwanzig Minuten später stand Daniel mit Mantel und Hut in der Empfangshalle, als Maggie herbeigeeilt kam. »Mir ist noch etwas eingefallen. Wenn Flo am Samstag Winifred nicht besuchen kann, solltest du besser in der Nervenklinik anrufen und Bescheid sagen. Bestimmt wartet sie die ganze Woche auf sie.«

Er nickte. »Da hast du sicher recht. Jemand muß das erledigen. Kannst du es für mich übernehmen? Ich muß schleunigst los. Nach dem Krankenhaus komme ich kurz heim, und danach muß ich ins Geschäft.«

»Gut, ich rufe für dich an.« Sie öffnete ihm die Tür. »Lieber Himmel, das schneit ja schon wieder! Und das um diese Jahreszeit! Paß gut auf dich auf.«

»Dir zuliebe fahre ich besonders vorsichtig«, meinte er lächelnd. Sie tauschten noch einen zärtlichen Blick, dann ging er zum Auto.

Maggie beschloß, den Anruf gleich hinter sich zu bringen. Sie verlangte die Pflegeleiterin in einer wichtigen Angelegenheit zu sprechen, mit der Begründung, es handle sich um Mrs. Coulson. Die Pflegeleiterin sei gerade in einer Konferenz, hieß es, aber aus Mrs. Coulsons Station sei gerade Schwester Pratt an der Pforte. Ob sie mit ihr reden wolle? Maggie zeigte sich einverstanden.

Als die Schwester sich meldete, erklärte Maggie: »Ich wollte Ihnen nur mitteilen, daß Mrs. Jackson ihre Schwester am Samstag nicht besuchen kann. Sie heiratet nämlich.«

»Ach, wie schön! Ich werde es Mrs. Coulson sagen. Es wird sie sicher interessieren.«

»Könnten Sie ihr auch schonend beibringen, daß sie Großmutter geworden ist? Ihre Schwiegertochter hat heute früh ein kleines Mädchen zur Welt gebracht.«

»Das freut mich aber! Ich werde es ihr *schonend* beibringen. Auf Wiederhören.«

»Auf Wiederhören.« Maggie blieb nachdenklich vor dem Telefon stehen. Die Schwester hatte das ›schonend‹ so eigenartig betont. Hatte sie das sarkastisch gemeint? Aber nein, das konnte sie sich eigentlich nicht vorstellen. Sie hatte doch so freundlich geklungen.

Maggie eilte zurück in die Küche. Dies war wieder einmal eine von diesen gefürchteten Wochen, in denen alles gleichzeitig zu geschehen schien. Es tat ihr leid, daß Flo und Harvey bald weggingen. Sie würde sie vermissen. Bei ihren Besuchen hatten sie immer Freude ins Haus gebracht. Wenn doch nur auch etwas Freude in *ihr* Leben käme! Es wäre ja ein Leichtes, die paar Schritte nach oben zu Dan zu gehen. Genauso leicht wäre es, ihm öfter ihre Tür zu öffnen. Nein, schwer wäre es wirklich nicht, und sie wußte auch, daß sie ihn nicht mehr lange auf Distanz halten konnte. Aber mußte es unbedingt in diesem Haus sein? Überall, nur nicht hier! Das stand ihr klar vor Augen. Den Grund verstand sie allerdings selbst noch nicht so genau. Wegen Winifred Coulson brauchte sie doch wirklich keine Skrupel zu haben. Sie hatte sie seit ihrem Dienstantritt nicht gemocht. Und war oft genug von ihr tyrannisiert worden – anders konnte man das nicht ausdrücken. Unzählige Male hatte sie sich auf die Zunge beißen müssen, um dieser Frau nicht deutlich die Meinung zu sagen. Was sie sich nur immer eingebildet hatte! Als vornehme Dame hatte sie sich aufgespielt, und war doch nur dank ihrer Hochzeit in die sogenannten besseren Kreise aufgestiegen!

Warum aber ging Maggie dann Daniel in diesem Haus aus dem Weg? Hatte sie etwa ein schlechtes Gewissen? Gewissen... Sie konnte das Wort schon bald nicht mehr hören. Hier war sie die einzige Anglikanerin unter lauter Katholiken. Hatten denn die Papsttreuen ein Privileg auf ein ›Gewissen‹? Daniel zum Beispiel hatte sich einige Verfehlungen zuschulden kommen lassen, wenngleich sie sein Verhalten nachvollziehen konnte. Nein, verurteilen wegen vergangener oder auch zukünftiger Verhaltensweisen würde sie ihn nie. Nachdem sie ihn so lange ohne Aussicht auf Glück geliebt hatte, sollte ihr Zusammensein sie doch wenigstens jetzt mit Freude erfüllen. Doch die Freude blieb ihr auch weiterhin versagt. Ihre Zusammenkünfte waren und blieben flüchtig. Auch konnte sie den Gedanken nicht ertragen, daß die anderen die Wahrheit über ihre Beziehung erfahren könnten. Freilich würde sich das früher oder später nicht mehr verhindern lassen.

Daniel saß bei Don am Bett; wie auch Stephen hatte er bereits seinen Schlafanzug an. Sein ältester Sohn lag auf dem freien Bett und blätterte in einem Comicheft. Hin und wieder sah er lächelnd zu seinem Vater oder Bruder hinüber.

»Schon erstaunlich, wie sich der Bursche in den letzten Monaten entwickelt hat, findest du nicht auch?« raunte Daniel seinem Jüngsten nach einem dieser Blicke zu.

»Doch, unbedingt. Er ist reifer geworden.«

»Das liegt wahrscheinlich an seinen Gefühlen für dich und…« Den Rest behielt er für sich. Er hatte sagen wollen: Und seiner Befreiung von dem Druck, den seine Mutter ausgeübt hat, aber das hätte gleichermaßen für Don gegolten. Einen gewaltigen Unterschied sah er jedoch: Dem einen hatte es geholfen, während der andere… Er verscheuchte den Gedanken. »Du siehst heute gut aus, Don.«

»Ich fühle mich auch gut. Soll ich dir was sagen, Dad? Ich habe heute zum erstenmal tief durchatmen können.« Mit einem stolzen Lächeln führte er es ihm vor. Danach wurde er gleich wieder ernst. »Weißt du, an manchen Tagen wünsche ich mir, ich wäre nicht mehr aufgewacht. Aber seit gestern ist das ganz anders. Das Baby ist da, und Annette ist schon wieder munter, wie mir Joe erzählt hat. Seit ich das weiß, sind die Schmerzen wie weggeblasen. Und ich brauche auch nicht mehr alle Tabletten. Wenn das so weiter geht, kann ich bald ohne irgendwelche Mittel durchschlafen. Ach, wäre das schön! Dann hätte ich nicht mehr so einen schrecklich schweren Kopf beim Aufwachen. Weißt du, Dad, so wie ich mich heute fühle, frage ich mich, ob man Schmerzen nicht auch ohne Tabletten bezwingen kann. Wie gesagt, die gute Nachricht von Annette und dem Baby war die beste Medizin für mich. Selbst wenn die Schmerzen zurückkämen, würde ich es ohne diese Pillen versuchen. Wenn ich es heute schaffe, kann es morgen doch genauso klappen.«

»An deiner Stelle würde ich lieber noch nicht darauf verzichten. Je kräftiger du wirst, desto mehr lassen die Schmerzen nach.«

»Je kräftiger ich werde… Ach Dad, machen wir uns nichts vor. Mein gutes Gefühl heute ist bestenfalls eine Eintagsfliege. Morgen geht es mir garantiert wieder schlecht, und meine schönen Worte von wegen Schmerzlosigkeit sind nur noch Geschwätz von gestern.«

»Sei doch nicht so pessimistisch! Wunder geschehen immer wieder.«

»Dad, *bitte*! Das fromme Gerede kannst du dir sparen. Es gibt nur ein Wunder, auf das ich hoffen kann. Ich möchte wenigstens noch erleben, daß meine Tochter über die Bettdecke zu mir krabbelt. Jetzt reg dich bitte nicht wieder auf. Du und Joe, ihr seid die einzigen Menschen, mit denen ich offen sprechen kann. Apropos Joe, warum hast du ihn denn an deiner Stelle zu Flos Hochzeit geschickt? Ich dachte, du wolltest unbedingt hinfahren.«

»Vor allem weil ich bei dir und meiner Enkelin bleiben wollte. Außerdem hat mir vor der langen Fahrt gegraut. Und so wie ich mich kenne, hätte ich mich gleich nach meiner Ankunft zu euch zurückgesehnt. Da habe ich lieber Joe den Vortritt gelassen. Das Reisen macht ihm auch viel mehr Spaß.«

»Es geht nicht so sehr darum, was Joe mag, sondern was er den anderen zuliebe tut. Wir können von Glück reden, daß wir Joe haben. Das weißt du genausogut wie ich.«

»Allerdings.«

»Und Maggie auch.«

Daniel mußte wohl oder übel Dons Blick standhalten. Ihm lag schon eine unwirsche Bemerkung auf der Zunge, doch

Don fuhr in diesem Moment fort: »Maggie ist eine Seele von Mensch. Ich verstehe nur nicht, wie sie es all die Jahre hier ausgehalten hat. Hast du eine Ahnung, warum?«

Daniel war zu benommen, um gleich zu antworten. »Na ja«, brummte er schließlich, »sie hatte keine eigene Familie, und da sieht sie in uns wohl eine Art Ersatz.«

Noch immer ruhte Dons Blick auf ihm. Daniel rutschte unbehaglich auf seinem Stuhl hin und her. Wieviel wußte Don? Zu seiner Erleichterung wechselte Don nun endlich das Thema, und Daniel konnte den Blick abwenden.

»Heute machte ich's mal wie der große Junge da drüben, Dad. Ich lese einfach, bis mir die Augen zufallen.«

»Willst du eins von meinen Heften, Don?« rief Stephen.

»Was, du schläfst nicht? Nein, deine Hefte will ich nicht. Aber schlepp doch mal deine müden Knochen zum Tisch und bring mir das dritte Buch von unten.«

»Das mit dem blauen Einband?«

»Genau. Gib's mir bitte.«

»Was liest du denn da?« fragte Daniel und warf einen Blick auf den Titel. »Platons Sokrates? Ganz schön schwere Kost, würde ich sagen. Seit wann interessierst du dich für Philosophie? Na ja, das Einschlafen dürfte dir damit wirklich nicht schwerfallen.«

»Das solltest du ruhig auch lesen, Dad. In meinem letzten Schuljahr habe ich es schon mal durchgearbeitet, aber da habe ich noch nicht viel verstanden. Jetzt dagegen ist es wie eine Offenbarung für mich. Es geht um den Tod eines Mannes.«

»Ach Gott, Jungs! Du steigerst dich nur in deine trüben Gedanken hinein!«

»Es ist nicht so, wie du meinst, Dad. Und mit Trauer oder trüben Gedanken hat es nicht das Geringste zu tun.«

»Wirklich nicht? Aber wozu liest du nur so ein Zeug?«

»Es stand im Regal oben in meinem Zimmer. Daß Sokrates mir persönlich etwas zu sagen hat und sehr viel von der Natur des Menschen versteht, habe ich ja schon früher gespürt. Vor kurzem bat ich dann Annette, mir das Buch zu bringen. Und tatsächlich habe ich etwas sehr Wertvolles für mich entdeckt – er beschreibt, wie man mit Würde stirbt.«

»Gott im Himmel, *Junge*!«

»Hab dich nicht so, Dad. Wäre es dir denn lieber, ich würde mit meinem Schicksal hadern, weil es mit mir dem Ende zugeht? Du mußt das Buch unbedingt lesen. Man kann viel daraus lernen. Zum Beispiel, daß man vor den anderen keine Angst zu haben braucht. Du weißt doch sicher noch, daß ich als Kind immer Angst hatte. Alle waren klüger, größer, besser, stärker als ich. Sogar Stephen. Ich habe ihn immer geliebt, aber manchmal habe ich ihn auch regelrecht gehaßt. Dieses Buch nun handelt von einem häßlichen Mann, der sich die Hochachtung aller erwirbt, selbst die seiner Feinde. Angst ist nicht das Gegenteil von Sympathie, Liebe oder Achtung; sie hat vielmehr mit Neid auf diese Eigenschaften zu tun. Ach Dad, sieh mich doch nicht so bestürzt an. So glücklich wie heute war ich schon lange nicht mehr, glaub's mir ruhig.«

Daniel entspannte sich. Man sollte es nicht für möglich halten, aber es stimmte, dachte er. Sein Sohn hatte sich gewaltig verändert. Er war noch so jung, und doch sprach er wie ein alter Mann. »Ich genehmige mir jetzt einen Drink«, murmelte er. »Stephen, solange ich weg bin, schläfst du mir nicht ein, kann ich mich darauf verlassen?«

»Ich schlafe bestimmt nicht ein, Dad. Das passiert mir nie, wenn ich bei Don bin, stimmt doch, Don, oder?«

»Sehr richtig. Du bist ein ausgezeichneter Wachhund.«

»Da hast du's, Dad, ich bin ein guter Wachhund. Dad? Glaubst du, der Schnee bleibt liegen und wir können morgen eine Schneeballschlacht machen?«

»Da habe ich meine Zweifel. Aber bei der Kälte kann man nie wissen. Also, wenn ihr mich braucht, klingelt einfach. Ich bin in der Küche.«

Er hatte damit gerechnet, dort noch Maggie anzutreffen, aber anscheinend hatte sie sich bereits in ihr Zimmer zurückgezogen, denn der Tisch war schon für das Frühstück gedeckt, und die Heizung war auf die kleinste Stufe heruntergedreht. Daniel nahm ohne zu wissen warum eine Bratpfanne vom Regal und starrte das Ding in seiner Hand einen Moment lang an. Schließlich stellte er sie auf einen Seitentisch und verließ die Küche wieder.

Durch den Ritz unter Maggies Tür sah er kein Licht. Trotzdem klopfte er an und machte auf, ohne eine Antwort abzuwarten. In ihrem Wohnzimmer war es dunkel, nur im Schlafzimmer nebenan brannte noch Licht. Die Verbindungstür stand offen.

»Maggie.« Er hatte die Klinke noch in der Hand. Sachte stieß er die Tür ganz auf und trat ein.

Sie saß aufrecht in ihrem Bett. »Ist etwas geschehen?« flüsterte sie. »Brauchst du mich?«

Er stand nun direkt vor ihr und blickte auf sie hinab. »Ja, ich brauche dich, Maggie. Bitte – wir wollen jetzt nicht reden.«

Im nächsten Augenblick lag er in ihren Armen.

8

Keine zehn Minuten später durchquerte eine massige Gestalt in einem weißen Mantel den Küchengarten und tastete sich ein Stück die flache Mauer entlang, die bis zur Auffahrt führte. Bei den einstmaligen Stallgebäuden, die nun als Vorratsschuppen dienten, bog sie ab und näherte sich lautlos dem Glasvorbau. Sie schien sich genau auszukennen, denn ihre Finger kratzten unter der Regenrinne den Schnee weg und schlossen sich um den Hausschlüssel. Die Gestalt öffnete die Tür und trat ein.

In der Dunkelheit stieß sie gegen Gummistiefel. Mit einem wütenden Tritt beförderte sie sie zur Seite und erreichte mit wenigen Schritten die nächste Tür, hinter der die Holzvorräte gestapelt wurden. Auch hier herrschte Dunkelheit. Die Gestalt schob sich die Stapel entlang bis zur dritten Tür, unter der Licht hindurchschien. Einen Moment verharrte sie, dann packte sie entschlossen ein dickes Holzscheit, stieß die Tür auf und stürmte in die Küche.

Winifred Coulson ließ den Blick schweifen. Die Küche war bestens aufgeräumt. Nichts hatte sich verändert. Alles war an Ort und Stelle, als hätte sie gestern wie in all den Jahren zuvor die Anweisungen erteilt.

Sie huschte zur grünen Tür, öffnete auch diese und stand in der Empfangshalle. Eine Stehlampe sorgte für gedämpftes Licht.

Mit einer für ihr Gewicht erstaunlichen Behendigkeit stieg sie die Treppe zum ersten Stock hinauf. Ihr ehemaliges Zimmer ließ sie links liegen, statt dessen stürmte sie gleich weiter zu den Räumen ihres Mannes. Sie drückte langsam die Klinke herunter, um plötzlich die Tür aufzustoßen und in den Raum zu stürzen. Dann blieb sie wie angewurzelt stehen. Zwar brannte Licht, doch niemand war da. Nur das Hemd und die Hose ihres Mannes hingen über einer Stuhllehne, und seine Socken lagen auf dem Boden. Sie machte erst Anstalten, sie aufzuheben, ließ es dann aber bleiben. Unordnung war ihr seit jeher ein Greuel; alles hatte sorgfältig zusammengefaltet an seinem Platz zu liegen, sogar die Taschentücher mußten so gerade aufeinander gestapelt werden, daß man es mit dem Lineal nachprüfen konnte. Sie verharrte. Das Holzscheit hielt sie mit beiden Händen. Plötzlich fuhr sie herum und rannte zur Treppe. Auf halbem Weg überlegte sie es sich anders und lief in ihr Schlafzimmer. Wenn sie gedacht hatte, ihren Mann in ihrem Bett zu finden, so war das nicht der Fall. Alles war so, wie sie es zurückgelassen hatte, bis auf den teuren Spiegel und die anderen Sachen, die sie zertrümmert hatte.

Sie ging zur Treppe zurück, überlegte kurz und huschte zur Empfangshalle hinunter. Dort schlug sie den Weg zum Krankenzimmer ein. Vor der Tür ihres Sohnes blieb sie stehen und lauschte. Kein Laut war zu hören. Sie drückte die Klinke herunter und stieß die Tür abrupt auf. Es brannte Licht und sie verharrte. Kein Daniel stellte sich ihr in den Weg. Niemand schien da zu sein. War sie überrascht? Zumindest stand ihr der Mund offen. Im Zimmer herrschte Totenstille, bis aus dem Bett des Kranken ein Rascheln kam. Don stützte sich auf seine Ellbogen, doch aus seinem Mund kam nicht viel mehr als ein heiseres Flüstern. »O Gott, nein!»

Da stieß Stephen einen gellenden Schrei aus. Er sprang aus dem anderen Bett und stellte sich vor Don. »Geh weg, Mam! Geh weg!«

Sie ging auf Dons Bett zu. Ihr Blick richtete sich starr auf Stephen. »Wo ist er?« herrschte sie ihn an.

»Mam!« keuchte Don. »Mam! Setz dich doch!«

»Wo ist dein Vater?«

Don bekam keine Luft mehr. An seiner Stelle antwortete Stephen. »D... Dad... ist in d... der Küche.«

»Er ist nicht in der Küche.« Sie starrte immer noch Don an und schwang dabei das Holzscheit.

»Er ist in der Küche. Geh weg, Mam, laß Don doch in Ruhe!«

Stephen versuchte sie rauszuschieben, doch im nächsten Moment heulte er vor Schmerzen auf. Sie hatte ihm das Holzscheit auf die Schulter gedroschen. Und schon setzte sie nach. Sie zielte auf den Kopf, aber Stephen riß beide Hände hoch. Blind vor Wut schlug sie auf ihn ein, bis er stürzte. Da er weiter seinen Kopf schützte, trat sie mit den Füßen nach ihm und hörte erst auf, als seine Schreie verstummten.

Nun wandte sie sich Don zu. Er preßte beide Hände an die Brust und rang nach Luft. Sein Gesicht war schmerzverzerrt. Sie beugte sich über ihn und durchbohrte ihn förmlich mit ihrem Blick. Nach einer schieren Ewigkeit sagte sie mit Grabesstimme: »Du hast mich nie geliebt. Gib es zu, du hast mich nie geliebt.«

Er versuchte etwas zu sagen, brachte jedoch kein Wort heraus. Seine Hand tastete nach den Tabletten auf dem Tischchen neben dem Bett.

Blitzschnell stieß sie es um, und die Tabletten kullerten über den Teppich.

»Du liegst im Sterben, wie ich sehe. Na gut, dann sollst du leiden, wie du mich hast leiden lassen. Denn deinetwegen mußte ich leiden!«

Sie wollte sich abwenden, aber dann fiel ihr noch etwas ein. »Du hast eine Tochter, wie mir gesagt wurde. Sie ist ein Bastard, wußtest du das? Ein Bastard! Und sie ist auch nicht dein Kind, sondern das von Joe. Ein Bastard von einem Bastard, sage ich!« Ein häßliches, furchterregendes Lächeln spielte um ihre Lippen. »Du wirst schön langsam sterben, hörst du? Denn wenn ich mit den anderen fertig bin, wird dir niemand mehr helfen. Ihr habt mich gehaßt, und zwar alle miteinander. Sogar die Bediensteten habt ihr gegen mich aufgehetzt. Jetzt spielt ja wohl Maggie die Hausherrin!«

Sie reckte den Kopf in die Höhe, als lausche sie nach etwas. »Maggie... diese Schlampe von Maggie... Joe wollte mir nie ihre Wohnung zeigen. Angeblich kannte er die Adresse nicht. Aber er hätte sie ja nur zu fragen brauchen, oder?«

Sie sah auf ihren Sohn hinab. Don lag mit geschlossenen Augen auf dem Rücken und rührte sich nicht. Auch Stephen gab kein Lebenszeichen von sich. Sie warf einen kurzen Blick auf seine verkrümmt daliegende Gestalt und verließ den Raum.

In der Empfangshalle schrillte das Telefon. Sie ging in aller Seelenruhe hin und nahm den Hörer ab.

»Ja, bitte?«

Eine fremde Stimme meldete sich. »Kann ich bitte Mr. Coulson sprechen?«

»Er... ist im Moment nicht zu erreichen.«

»Es ist dringend. Könnten Sie bitte ein anderes Familienmitglied an den Apparat holen? Mit wem spreche ich denn?«

Winifred zögerte. »Ich bin die Haushälterin.«

»Bitte sagen Sie Mr. Coulson oder einem seiner Söhne, daß Mrs. Coulson entkommen ist. Wie sie das geschafft hat, ist uns ein Rätsel, aber auf dem Klinikgelände ist sie nicht. Die Frau ist gefährlich, können Sie ihm das ausrichten?«

»Ja, ja, ich werde es ihm unverzüglich sagen.«

Nachdem sie den Hörer aufgelegt hatte, blieb ihre Hand noch eine Weile darauf liegen. Plötzlich fletschte sie die Zähne. »Jawohl, ich werde es ihm unverzüglich sagen!«

Auf Zehenspitzen lief sie an der Küche vorbei und erreichte Maggies Zimmer. Lautlos drückte sie die Klinke nach unten. In dem kleinen Wohnzimmer war es dunkel, aber vom Schlafzimmer her schien Licht durch die halboffen stehende Tür. Gedämpftes Gemurmel war zu hören. Sie huschte hinüber. Im Bett lagen ihre Hauswirtschafterin und ihr Mann.

Sie war ja schon immer erstaunlich leichtfüßig gewesen, aber ihr Sprung jetzt glich dem eines Panthers.

Beide schrien erschrocken auf, doch Daniel reagierte zu spät. Sie drosch ihm das Holzstück mit aller Kraft gegen die Schläfe und stieß dazu die wüstesten Verwünschungen aus. Er versuchte noch, sie abzuwehren, doch schon traf sie ihn wieder, diesmal an den Armen. Maggie war aus dem Bett gesprungen und rannte kreischend zur Tür. Ein Hieb ins Genick ließ sie verstummen. Sie fiel wie tot zu Boden.

Winifreds gesamter Haß konzentrierte sich nun auf Daniel. Erneut warf sie sich auf ihn. Daniel hatte sich mühsam von der Bettdecke befreit; mit dem rechten Arm versuchte er sein Gesicht zu schützen, während der andere schlaff herunterhing. Als sie sich auf ihn stürzte, schlang er den Arm um ihren Hals und drückte mit aller Kraft zu, so daß sie die Hände nicht mehr einsetzen konnte. Dafür bearbeitete sie ihn mit den Knien, bis er zur Seite kippte. Sogleich nutzte sie die gewonnene Reichweite und schlug mit dem blutverschmierten Holzscheit auf sein Gesicht ein, bis er sich nicht mehr rührte. Keuchend richtete sie sich auf und drehte ihn auf den Rücken. Beim Anblick seines nackten Körpers schürzte sie verächtlich die Lippen und holte gerade zu einem gewaltigen Hieb auf seinen Unterkörper aus, da hörte sie jemanden »Dad! Dad!« schreien.

Sie blickte sich gehetzt um und raste im nächsten Augenblick durch Maggies Wohnzimmer in den Flur. Als wolle sie verbergen, was sie angerichtet hatte, zog sie die Tür hinter sich zu, ehe sie zur Küche rannte und auf dem Weg, auf dem sie gekommen war, aus dem Haus floh.

Stephen hockte auf der untersten Treppenstufe. Er hatte aufgehört, nach seinem Vater zu rufen. Statt dessen brüllte er erst »Peggie! Peggie!« und als das nichts nutzte »Maggie!« Er war völlig durcheinander, begriff nicht, was geschehen war, nur ein Gedanke fand Einlaß in seinen Verstand: Maggie. Ohne zu wissen, was er tat, stolperte er zur Küche. Dort war aber niemand. Er hielt sich am Tisch fest und schrie mit sich überschlagender Stimme: »Maggie! Maggie!« Sein Gesicht schwamm in Tränen.

Jäh hörte er zu brüllen auf. Ein neuer Gedanke war ihm gekommen. Wo war sein Vater? Maggie wußte es bestimmt.

Er trat in den dunklen Flur und stolperte auf das Licht am anderen Ende des Ganges zu.

»Maggie! Maggie, wo ist Dad?«

Wie angewurzelt blieb er in der Schlafzimmertür stehen und starrte seinen blutüberströmten Vater und Maggies leblosen Körper an. Aus seinem Mund drang ein Winseln, das kaum noch menschlich klang, das eher von einem Tier in Todesangst hätte stammen können. Abrupt wandte er sich ab und rannte zurück in die Empfangshalle.

Sein Verstand arbeitete plötzlich fieberhaft. Den Gedanken, zu Peggie hinaufzulaufen, verwarf er. Sie schlief so fest, daß es Ewigkeiten dauern würde, sie wachzukriegen. Aber er mußte so schnell wie möglich Hilfe holen! Die anderen telefonierten immer, doch er kannte sich nicht mit Zahlen aus. Außerdem hatte er im ganzen Leben noch niemanden angerufen. In einem Abenteuerfilm hatten einmal Kinder geholfen einen Dieb zu fangen, weil sie rechtzeitig die Polizei geholt hatten. Welche Nummer hatten sie gewählt? Die Neun?

Er mußte es versuchen. Mit zitternden Händen griff er nach dem Hörer und wählte die Neun. Nichts geschah, niemand ging hin.

Aber er war sich ganz sicher, daß es die Neun gewesen war. Mußte er sie vielleicht mehrmals wählen? Er drehte die Scheibe noch einmal von der Neun bis zum Anschlag. Da die Leitung weiter stumm blieb, versuchte er es ein drittes Mal. Erst herrschte Stille, dann meldete sich eine Männerstimme. »Polizeirevier Fellburn.«

»Schicken Sie jemand zu uns! Meine Mam war da!« Er hielt den Hörer möglichst weit weg. Warum, das wußte er selbst nicht.

»Sprechen Sie bitte lauter. Ich verstehe kein Wort.«

»Mam war da!« brüllte er in die Muschel. »Sie hat sie alle umgebracht!«

»Sag mir bitte deine Adresse.«

Stephen mußte überlegen. »Wearcill House.«

»Wearcill House? Wo soll das sein?«

»Fellburn.«

»Ja, gut, aber welche Straße?

»Oh... Telford Road. Das Haus ganz am Ende.«

»Wearcill House, Telford Road«, wiederholte die Stimme. »Bleib bitte ganz ruhig, gleich kommt jemand.«

Stephen hockte sich wieder auf die unterste Treppenstufe und fixierte die Haustür. Er wußte, daß er sie für die Polizisten öffnen mußte, aber würde dann nicht seine Mutter zurückkommen?

Die Wartezeit erschien ihm endlos, doch in Wirklichkeit vergingen keine zehn Minuten, bis vor dem Haus Reifen knirschten und Wagentüren knallten. Stephen blieb weiter sitzen und machte erst auf, als es klingelte.

Zwei Polizisten standen in der Tür und starrten entgeistert die blutverschmierte Gestalt an. Als sie eintraten, wich er ängstlich zurück.

»Sind Sie der junge Mann, der uns angerufen hat?« wollte der größere der beiden wissen.

Stephen brachte kein Wort heraus. Er nickte nur.

»Erzählen Sie uns doch, was geschehen ist. Ihre Mutter ist hier, sagen Sie?«

Stephen schüttelte den Kopf. »Sie ist weg! Sie ist weg! Sie hat mich mit dem Holz geschlagen! Da...« Er zeigte ihnen seine Wunde. »Aber Dad und Maggie sind tot. Sie hat sie umgebracht.«

Die zwei Polizisten wechselten einen Blick. »Wo sind sie?«

Stephen sah erst in die eine, dann in die andere Richtung, als könne er sich nicht entscheiden, wer am dringendsten Hilfe brauchte. »Sie haben nichts an«, erklärte er.

Wieder wechselten die zwei Polizisten einen Blick. Wen hatten sie denn da vor sich? Einen Erwachsenen, der wie ein Kind sprach?

»Komm, zeig uns die Stelle, wo dein Dad ist, Junge«, sagte schließlich der kleinere.

Stephen gehorchte und ging mit zitternden Beinen voran.

Beim Betreten von Maggies Schlafzimmer prallten die zwei Beamten zurück. »Allmächtiger«, ächzte der eine. »Da hat jemand ganze Arbeit geleistet.«

Der kleinere kniete sich vor Daniel hin und fühlte seinen Puls. »Er lebt. Was ist mit der Frau?«

»Keine Ahnung. Falls ihr Herz noch schlägt, dann ganz schwach. Ruf einen Krankenwagen.« Er richtete sich auf und wandte sich an Stephen. »Ist außer dir noch jemand im Haus?«

»Ja, mein Bruder Don. Ich wollte ihn beschützen, aber sie hat mich geschlagen.«

»Wo ist Don?«

»In seinem Zimmer. Ihm geht's ganz schlecht. Er kann nicht aufstehen. Seine Beine sind kaputt.«

»Wie heißt du denn?«

»Stephen.«

»Stephen – wie weiter?«

»Stephen... Coulson.«

»Coulson?«

Der Polizist zog die Augenbrauen hoch. Irgendwie kam ihm der Name bekannt vor. Plötzlich fiel es ihm wie Schuppen von den Augen. »Ach ja, richtig«, murmelte er. »Coulson. Komm, zeig mir, wo dein Bruder liegt.«

Auf dem Weg durch die Empfangshalle kam ihnen sein Kollege entgegen. »Wußtest du, daß wir hier im Haus der Coulsons sind?« fragte er.

»Mir ist es auch gerade klargeworden.«

Sie betraten Dons Zimmer. »Um Himmels willen!« stieß der Beamte hervor. »Hoffentlich ist dem noch zu helfen...«

»Das ist der Sohn, der am Hochzeitstag den Unfall hatte. Weißt du noch?«

»Ja, ja. Junger Mann, ist sonst noch jemand im Haus?«

»Peggie, aber die schläft.«

»Sie schläft? Bei dem Aufruhr? Komm, bring uns zu ihr.«

Die Polizisten folgten Stephen die Treppen zum zweiten Stockwerk hinauf. Als sie Peggie wachgerüttelt hatten und als sie die fremden Männer sah, stieß sie einen spitzen Schrei aus.

»Keine Angst, Miß, wir tun Ihnen ja nichts.«

»Was... was wollen Sie?«

»Stehen Sie bitte auf. Kommen Sie runter und sehen Sie sich an, was in der Zeit, in der Sie geschlafen haben, geschehen ist.«

Ihr Blick fiel auf Stephens blutverschmiertes Gesicht. »O Gott! Was hast du getan?«

»Das war Mam! Mam war's, nicht ich!«

»Ist ja gut, Junge.« Der Polizist klopfte ihm beruhigend auf die Schulter.

»Aber sie kann doch gar nicht dagewesen sein!« schrie Peggie. »Sie ist im Irrenhaus!«

»Anscheinend ist sie entkommen, Miß«, brummte der Polizist. »Wenn Sie sich bitte etwas anziehen und runterkommen würden? Aber machen Sie sich auf einen schlimmen Anblick gefaßt.«

»Um Himmels willen!«

»Noch eine Bitte, Miß. Wohnen hier noch mehr Leute, mit denen wir uns in Verbindung setzen könnten?«

»Lily und Bill. Sie wohnen im Pförtnerhaus. Aber, Moment mal, heute sind sie ja in Newcastle. Freitag abend haben Sie doch immer frei... Und dann wäre noch John da... John Dixon, er ist der Gärtner und Hausmeister, lebt aber nicht auf dem Grundstück.

»Keine anderen Angehörigen oder Freunde?«

»Mr. Joe. Er ist in London bei einer Hochzeitsfeier. Und die junge Mrs. Coulson. Sie hat gerade ein Baby gekriegt und liegt noch im Krankenhaus. Aber das wären dann alle.«

»Danke. So, ziehen Sie sich bitte was an und kommen Sie runter.«

Die Polizisten verließen das Zimmer. Stephen folgte ihnen, doch in der Tür drehte er sich noch einmal um. »Du glaubst, daß ich das getan habe!« Seine Stimme war plötzlich so hoch wie die eines Kindes. »Du bist gemein. Das werde ich Maggie sagen!«

»Ist ja gut, Junge«, beruhigte ihn einer der Polizisten, legte ihm einen Arm um die Schulter und brachte ihn nach unten.

Wenige Minuten später kam Peggie in Maggies Zimmer. Beim Anblick der zwei blutüberströmten nackten Körper stieß sie einen markerschütternden Schrei aus. Sie wäre umgekippt, hätte sie nicht einer der Polizisten aufgefangen und zum Sofa geführt.

»Ganz ruhig, Miß. Sie leben ja. Sagen Sie mir bitte, wie ich diesen Joe erreichen kann... den Mann, der nach London gefahren ist.«

Peggie schnappte mehrmals nach Luft. »Mrs. Jackson... die Nummer steht im Telefonbuch. Er ist bei ihr. Sie heiratet morgen.«

»Tja, ich fürchte, daß sie morgen auf ihn verzichten muß. Sie heiratet doch nicht ihn, oder?«

»O nein, nein. Sie ist seine Tante. Sie heiratet einen Schwarzen... Der ist aber sehr nett.«

Der Polizist kam nicht mehr dazu, etwas darauf zu erwidern.

»Da kommt der Krankenwagen!« rief sein Kollege und wandte sich hastig an Peggie. »Ach, wie heißt denn der Hausarzt? Der junge Mann braucht dringend Hilfe!«

»Dr. Peters.«

»Seien Sie doch bitte so gut und rufen Sie ihn an. Oder geben Sie lieber mir die Nummer. Es ist wohl besser, wenn ich mit ihm spreche.«

»Sag ihm, er soll sofort kommen«, brummte der andere. »Er soll sich die Verletzten ansehen, bevor sie abtransportiert werden.«

Dr. Peters traf kurz nach den Sanitätern ein. Er schloß für eine Sekunde die Augen, als er die Decke, unter der Daniel mittlerweile lag, zurückschlug, erholte sich jedoch schnell von dem Schock und nahm das blutverschmierte Handgelenk, um den Puls zu fühlen. Dann ging er zu Maggie hinüber und wiederholte die Prozedur.

»Bringen Sie sie auf dem schnellsten Weg ins Krankenhaus.«

»Und was ist mit dem jungen Mann im Bett?«

»Das sage ich Ihnen, wenn ich ihn gesehen habe. Aber zuallererst kümmern Sie sich um die zwei.«

»Und der andere?«

»Ach, Stephen? Den untersuche ich auch noch. Wenn ich Sie noch mal brauche, rufe ich Sie an.«

Bei Don erging es dem Arzt auf den ersten Blick wie den zwei Polizisten. Auch er hielt ihn für tot. Doch als er die Augenlider zucken sah, beugte er sich dicht über ihn. »Don. Don... Halt durch. Du schaffst das schon.«

Er sah sich um, bemerkte die auf dem Boden verstreuten Tabletten und wandte sich an die Beamten. »Würden Sie bitte die Tabletten aufsammeln und mir dann helfen, den Patienten aufzurichten. Komm schon, Don, trink das.«

Die Lider zuckten erneut, und schließlich öffnete er die Augen. Don kam zu sich. Als erstes registrierte er die zwei Polizisten, danach fiel sein Blick auf den Arzt. Seine Lippen formten mühsam ein Wort. »Mutter... Mutter...«

»Wir wissen Bescheid, Don. Es ist alles gut.«

»Stephen?«

»Stephen geht es gut. Da, trink ein bißchen Wasser und schluck deine Tablette.« Er drückte ihm ein Glas in die Hand.

Don nippte an dem Glas. Das Schlucken bereitete ihm Schmerzen, doch er würgte die Tabletten hinunter, die der Arzt ihm reichte. Erschöpft ließ er sich in sein Kissen zurückfallen. »Mutter... ist verrückt.«

»Das wissen wir, Don. Du mußt dich ausruhen. Schlaf ein bißchen. Du wirst sehen, morgen geht es dir besser.«

Ungläubig musterte Don den Arzt noch einen Moment. Dann schloß er mit einem Seufzer die Augen.

Dr. Peters und die Polizisten unterhielten sich in der Empfangshalle weiter. »Sie ist Amok gelaufen«, erklärte der Arzt. »Man muß sie unbedingt finden, ehe sie noch größeren Schaden anrichtet. Zwar kann ich mir nicht vorstellen, daß sie noch einmal zurückkehrt, aber sie könnte auch noch die anderen Familienmitglieder überfallen...«

»Wir haben mit dem Sohn in London gesprochen. Er kommt mit dem Nachtzug. Natürlich war er sehr aufgeregt, aber ihm ist ja nichts geschehen.«

»Mein Gott, das Baby!« rief der Arzt unvermittelt. »Wenn sie weiß, daß sie eine Enkelin hat, wird sie sich zum Krankenhaus durchschlagen. So verrückt sie auch ist, die Frau kann sich verstellen...«

Er rannte zum Telefon. In aller Hast erklärte er die Situation dem diensthabenden Arzt, der ihm versicherte, daß man auf verdächtige Personen achten und eine Schwester zur Bewachung von Mrs. Coulson und dem Baby abstellen würde.

Zum Schluß setzte er den Direktor der Nervenklinik über das Blutbad in Kenntnis. Ob Mrs. Coulsons Opfer überleben würden, könne er noch nicht absehen, doch bat er ihn dringend, unverzüglich einen eigenen Suchtrupp loszuschicken. Der Direktor teilte ihm mit, daß das längst geschehen sei.

Als alles erledigt war, kümmerte Dr. Peters sich endlich um Stephen, der sich die ganze Zeit im Hintergrund gehalten hatte. »Sei ein braver Junge und nimm ein Bad, ja? Danach schaue ich dich genauer an. Aber im Moment kann ich keine schlimmen Verletzungen erkennen.«

Stephen ließ sich von Peggie zur Tür führen. Dort blieb er abrupt stehen. »Kommt sie zurück?« wollte er vom Arzt wissen.

»Nein, sie kommt nie wieder zurück.«

»Ganz bestimmt, Herr Doktor?«

»Ganz bestimmt.«

Hundertprozentig sicher was sich Dr. Peters freilich nicht. Das konnte er erst sein, wenn sie wieder hinter Schloß und Riegel war. Solange diese Frau frei herumlief, rechnete er mit dem Schlimmsten.

Bei einer eingehenden Untersuchung Stephens stellte er fest, daß der größte Teil des Blutes von einem Riß hinter dem Ohr stammte. Glücklicherweise war die Wunde nicht allzu tief; Stephens dichte Haare hatten den Aufprall abgefedert. Schlimmer sahen da schon seine Blutergüsse an den

Armen und Beinen und am Rücken aus. Morgen würde er sich vor Schmerzen kaum rühren können.

»Ich mag sie nicht!« rief Stephen, als der Doktor sich verabschieden wollte. »Keiner mag sie!«

Der Arzt blickte nachdenklich auf den Patienten hinab. Keiner mochte sie. Das war ja das Problem. Niemand hatte sie je wirklich gemocht. Und das wußte sie auch.

Joe traf am nächsten Morgen um halb acht ein. Er stand noch unter Schock und konnte gar nicht glauben, daß das alles in seiner kurzen Abwesenheit geschehen sein sollte. Auch wurde er aus Stephens und Peggies wirrem Gerede kaum schlauer.

Den Haushalt führten nun Peggie und Lily. Um Don kümmerte sich eine neue Schwester, weil Dr. Peters nach Mitternacht noch bei Schwester Pringle angerufen und sie gebeten hatte, jemanden für das Wochenende zu schicken.

In der Nacht hatte es geschneit. Das ganze Land lag unter einer zehn Zentimeter tiefen Schneedecke. Überrascht war niemand mehr. Es war ja kalt genug gewesen, aber normal war das nicht. Nach Frühlingsanfang! Wann hatte es das je gegeben?

Bill White meldete sich zum Dienstantritt bei Joe. Er machte sich die heftigsten Vorwürfe, weil er sich für den Hauptverantwortlichen hielt. Wäre er gestern daheim geblieben, wäre das alles nie geschehen. Joe versicherte ihm jedoch, daß ihn nicht die geringste Schuld träfe. Erstens war gestern sein freier Tag gewesen, und zweitens wäre seine Stiefmutter in jedem Fall unbemerkt ins Haus geschlüpft. Sie war ja nicht über die Auffahrt gekommen, sondern von hinten in den Glasvorbau eingedrungen und hatte außerdem das Versteck des Schlüssels gekannt.

Noch vor Joes Ankunft waren Männer von der Nervenklinik dagewesen. Sie hatten genau wissen wollen, wann und wie das alles geschehen war, aber Peggie hatte ja nichts mitbekommen, und Stephen konnte nicht sagen, wie lange er bewußtlos auf dem Boden gelegen hatte.

Obwohl ein Polizist am Tor Wache stand, waren zwei Reporter um halb sieben bis zum Haus vorgedrungen und hatten die Bewohner belästigt. Bill White hatte sie kurzerhand hinausgeworfen.

Jetzt waren alle froh, daß Joe zurück war und daß er die Verantwortung für alles übernahm.

Bei einem Gespräch mit John Dixon im Gewächshaus brachte Bill White den Sachverhalt auf den Punkt: »Joe wird sich schon drum kümmern. Na ja, im Grunde hat er seit jeher den Laden geschmissen.«

»Jetzt sperren sie sie wohl lebenslänglich ein«, mutmaßte John.

»Höchste Zeit wäre es ja. Wenn man Lily so reden hört, muß sie jahrelang ein richtiger Drache gewesen sein. Und Lily hat schon öfter recht gehabt. Sie hat zum Beispiel schon vor Wochen gesagt, daß der Boß und Maggie was miteinander haben. Und jetzt sind sie splitternackt im Bett gefunden worden. Sag mal, überrascht dich das?«

»Überhaupt nicht. Mir war das schon lange klar. Mrs. Coulson ließ ihren Mann verfolgen, als er noch regelmäßig in die Bewick Road fuhr. Ich hab' ihm ein-, zweimal einen Wink gegeben.«

»Wirklich? Aber du hast mir nie davon erzählt.«

»Na ja, du bist ja verheiratet... Sicher hättest du mit deiner Frau darüber gesprochen, und die hätte es brühwarm Peggie erzählt. Du weißt doch, was für ein Plappermaul Peggie ist. Außerdem hab' ich mir gedacht – der Boß hat ein schweres Kreuz zu tragen, da kann ich ruhig mal was für mich behalten... Aber eins versteh' ich immer noch nicht: Wie ist sie nur mit ihrem Holzhammer, oder was das auch immer war, ins Haus gekommen?« Er stutzte. Draußen sprang Bills Schnauzer bellend an der Tür hoch. »He, was ist denn mit Larry? Der kläfft ja wie verrückt.«

»Hat wohl eine Ratte oder so was gerochen. Er führt sich immer so auf, wenn diese Biester in der Gegend sind.« Bill White ließ den Hund herein. Der sprang an ihm hoch, schoß wieder zur Tür hinaus, drehte sich zu ihm um und wartete.

»Ist ja gut«, brummte Bill. »Zeig mir, was du gefunden hast.«

»Ich hab' schon seit Wochen keine Ratten mehr gesehen«, meinte John. »Könnte mir höchstens vorstellen, daß die Hasen auf den Feldern nichts zum Fressen finden.«

Sie zogen ihre Mantelkragen hoch und stiefelten durch den Schnee. »Wer hätte sich vorstellen können, daß es jetzt noch schneit?« brummte Bill. »Wenn du mich fragst, dann liegt es an den vielen Atomtests. Damit bringen sie die Jahreszeiten ganz durcheinander.«

»Wo will der nur hin?« rätselte John.

»Ihn zieht's zum Hühnerstall. Wetten, daß sich dort ein Fuchs rumtreibt!«

Sie folgten dem Hund durch eine Lücke in der Hecke und über einen kleinen Acker, an dessen Ende sich das Hühnerhaus befand. Nur ein, zwei Hennen hatten sich ins Freie gewagt. Wegen der Kälte zogen die meisten den warmen Stall einem Spaziergang vor.

»Die mögen den Schnee nicht, aber streu nur Körner, was meinst du, wie schnell die rauskommen! Moment mal, wohin will er denn jetzt?«

Der Hund ließ den Hühnerstall links liegen und stürmte auf einen offenen Geräteschuppen zu. Dort lagen alle möglichen Kisten und Kartons durcheinander. Die vordersten waren zugeschneit. Die Männer blieben wie angewurzelt stehen. Weiter hinten ragte etwas heraus, das nicht hierher zu gehören schien.

»Was'n das?«

»Allmächtiger!«

Beide rannten sie los, räumten hastig die schweren Kisten weg – und standen gleich darauf vor dem steifgefrorenen Körper ihrer Dienstherrin.

John Dixon fühlte ihr den Puls. »Ist sie tot?« wollte Bill White wissen.

»Kann ich nicht beurteilen. Lauf ins Haus zurück und sag Joe, er soll die Sanitäter alarmieren. Und bring gleich eine Tür oder so was mit. So können wir sie unmöglich tragen.«

Bill rannte über den gefrorenen Acker zum Haus zurück. Die Vordertür war zu. Wie ein Besessener hämmerte er dagegen, bis Peggie endlich aufmachte.

»Joe!« keuchte er. »Wo ist Mr. Joe?«

»Bei Mr. Don. Ist was passiert?«

»Madam Coulson! Sie ist im Garten!«

Ihre Hand flog zum Mund. »Um Himmels willen! Schließen Sie die Tür ab!«

»Werden Sie nicht hysterisch! Sie ist wahrscheinlich tot.«

Sekunden später stand Joe vor ihm. »Was? Im Garten? Wo?«

»Im Geräteschuppen hinter dem Hühnerstall. Wir brauchen eine Tür, um sie zu tragen. Und holen Sie einen Arzt!«

Nach einer Schrecksekunde wandte Joe sich fast gelassen an Peggie. »Rufen Sie den Arzt an. Sagen Sie ihm, es ist dringend.«

»Der wird schon von selbst wissen, daß es dringend ist, wenn wir anrufen!« rief sie im Wegrennen.

Joe hörte ihre Antwort nicht mehr; er war bereits Bill zu den Außengebäuden gefolgt. »Wir haben keine geeigneten Türen!« schrie er. »Höchstens die Glastür, aber die ist zu schwer!«

»Stimmt. Aber… Mr. Joe, können wir nicht die Hängematte nehmen? Sie müßte im Speicher oben sein…«

Zwanzig Minuten später schleppten sie Winifred mit Hilfe der Hängematte in die Empfangshalle und legten sie auf den Fußboden. Der Arzt, der mittlerweile eingetroffen war, kniete sich neben sie. Nach einer kurzen Untersuchung sah er zu Joe auf. »Sie lebt noch. Fordern Sie einen Krankenwagen an.«

Als er wenig später neben ihr im Krankenwagen saß, hatte Joe zum erstenmal an diesem Tag Zeit zum Nachdenken. Annette und das Baby waren in der Entbindungsstation untergebracht, Dad und Maggie lagen auf einer anderen Station – wenn sie überhaupt noch lebten –, und nun wurde auch noch seine Stiefmutter eingeliefert. Fehlten nur noch Don und Stephen, dann wäre die ganze Familie dort vereint. So wie Don aussah, mußte er ohnehin über kurz oder lang in die Klinik. Und Stephen ging es auch nicht gerade gut. Der arme Kerl war mit blauen Flecken übersät, und doch hatte er sich kein einziges Mal beschwert. Er hatte eine schreckliche Nacht hinter sich, doch ihm allein verdankten Don, sein Vater und Maggie ihr Leben. Dr. Peters hatte ihn vorhin noch einmal ausdrücklich gelobt.

Aber was war nur in diesem Haus los? Lastete ein Fluch auf ihm? Nein, ein Fluch war das nicht. Der Grund war, seltsam genug, nichts anderes als Mutterliebe, übersteigerte Mutterliebe. Er blickte auf ihr kalkweißes Gesicht hinab.

»Es sieht schlecht für sie aus«, murmelte der Sanitäter neben ihm. »Kein Pferd würde eine solche Nacht in der Kälte überleben. Erstaunlich, daß sie überhaupt noch atmet.«

Richtig, es war höchst erstaunlich. Trotzdem wünschte sich ein Teil von ihm nichts sehnlicher als ihr Ende. Was konnte ihr das Leben denn jetzt noch bieten? In die Nervenklinik kam sie garantiert nicht mehr. Vielmehr würden sie sie im Sicherheitstrakt irgendeiner Anstalt verwahren, vor allem dann, wenn sein Dad oder Maggie starben. Annette fiel ihm ein. Wie sollte er ihr das alles nur beibringen? Nach der schweren Geburt war sie doch noch so schwach. Sollte er sie mit einer Notlüge beruhigen, so wie er Don ja schon vorgeschwindelt hatte, es gehe ihr bereits prächtig?

Im Krankenhaus ging es hektisch zu. Seine Stiefmutter wurde umgehend in Empfang genommen und zur Intensivstation gebracht. Joe stand noch etwas verloren herum, da erkannte er zu seiner Überraschung eine Schwester aus der Nervenklinik. Sie trat sogleich mit einem Begleiter auf ihn zu. »Ist das nicht tragisch, Mr. Coulson?«

Er nickte. »Ja, tragisch.«

Wie um sich zu entschuldigen, murmelte ihr Begleiter: »Als wir erfuhren, daß sie bei Ihnen war, haben wir gestern noch trotz der Dunkelheit das gesamte Grundstück abgesucht.«

Joe zeigte sich versöhnlich. »Wer hätte auch ahnen können, daß sie sich praktisch im Freien zwischen alten Kisten schlafen legte. Aber sagen Sie, wie ist sie nur entkommen?«

»Anscheinend haben ihr ihre Zimmergenossinnen geholfen«, erklärte die Schwester. »Die sind ja sowas von gerissen... Im Grunde war es ein alter Trick. Sie haben ihr Bett mit Kissen vollgestopft, so daß der Nachtschwester beim Kontrollgang nichts aufgefallen ist.«

»Aber wie hat sie das Tor passiert?«

»Gar nicht. Sie ist über die Mauer geflohen. Das muß sie schon länger geplant haben, denn bei ihren Spaziergängen sah sie sich im Garten immer genau um. Wissen Sie, an einer Stelle wächst ein Baum unmittelbar vor der Mauer. Wie sie da raufklettern konnte, ist mir ein Rätsel, aber einen anderen Fluchtweg können wir uns nicht vorstellen. Wie sie wissen, war sie ja trotz ihres Gewichtes erstaunlich beweglich. Und Wahnsinnigen ist alles zuzutrauen. Glauben Sie, daß sie überleben wird?«

Hoffentlich nicht, hätte er fast gesagt und verbiß es sich gerade noch. Diplomatisch murmelte er: »Da bin ich überfragt. Wenn Sie mich bitte entschuldigen würden, ich wollte gerade zu meinem Vater.« Er eilte zur Pforte und fragte die Empfangsschwester, ob er Mr. Coulson oder Miß Doherty besuchen könne.

»Nehmen Sie bitte einen Moment Platz«, erwiderte sie und griff zum Telefon. Eine halbe Minute später winkte sie ihn zu sich. »Gehen Sie bitte zur Station 4. Schwester Bell wartet dort auf sie.«

»Dankeschön.«

Schwester Bell führte ihn ins Stationszimmer und bot ihm einen Stuhl an. Sie war voller Mitgefühl. »Was für eine Tragödie. Und gerade habe ich gehört, daß auch Ihre Mutter eingeliefert worden ist.«

Darauf ging er nicht weiter ein. »Wie geht es meinem Vater und Miß Doherty«, wollte er wissen.

Sie seufzte. »Ihr Zustand hat sich gegenüber gestern nacht kaum verbessert. Im Moment können wir nur hoffen. Aber soweit ich das beurteilen kann, ist der Zustand Ihres Vaters sehr viel ernster als der von Miß Doherty.«

»Kann ich zu ihnen?«

»Wenn Sie nur kurz bleiben und kein Gespräch mit Ihnen anfangen. Lassen Sie sich aber gleich gesagt sein: Sie werden wenig davon haben.«

Wenig später stand er vor seinem Vater. Sein Gesicht war von Schwellungen und Blutergüssen bis zur Unkenntlichkeit entstellt. In der Nase und im rechten Arm steckte je ein Schlauch, dazu hatte man so etwas wie Drähte am Arm angebracht. Er sah aus wie Don nach seinem Unfall. Joe hatte plötzlich einen Kloß im Hals. Er wollte ihn berühren, etwas sagen, doch er war wie gelähmt. Stephen hatte etwas von einem Holzstück gesagt. Nun, sie mußte mit einem massiven Prügel auf ihn losgegangen sein. Andererseits war sie ja äußerst kräftig und hätte ihn in ihrem Wahn wahrscheinlich auch schon mit einer Haarbürste umbringen können.

Im Gegensatz zu seinem Dad war Maggie bei Bewußtsein. Obwohl ihre Augen unter einem dicken Verband fast verborgen waren, erkannte sie ihn gleich. »Ach, Maggie«, murmelte er. Sie versuchte die Hand zu heben, aber es kostete sie zuviel Anstrengung.

Die Tränen traten ihm in die Augen. Warum um alles auf der Welt mußte ausgerechnet Maggie so sehr leiden? Oder war sie doch nicht ganz schuldlos? Sicher hatte seine Mutter auch ihretwegen gelitten, denn die Gefühle der Köchin für ihren Mann konnten ihr nicht verborgen geblieben sein. Aber hätte sie sie nicht fristlos gefeuert, wenn sie etwas geahnt hätte?

Er dachte wieder an die Szene am Morgen, als Stephen ihm in der Empfangshalle entgegengelaufen war und sich an seinen Mantel geklammert hatte. »Dad hat auf dem Boden gelegen«, hatte er gestammelt. »Und er war nackt. Und Maggie war auch ganz nackt. Das war doch nicht richtig, oder? Maggie hätte was anhaben müssen! Don hab' ich's noch nicht erzählt. Er schläft ja noch. Außerdem will mich die neue Schwester nicht zu ihm reinlassen.«

Joe hatte sich sanft von ihm befreit. »Ganz ruhig, Stephen. Peggie hat mir erzählt, wie tapfer du warst, und daß du den Arzt und die Sanitäter geholt hast.« Das Wort Polizei hatte er nicht in den Mund genommen.

»Ich hab' so Kopfweh«, hatte Stephen gejammert. »Und die Arme und Beine tun mir auch so weh!«

»Dann geh am besten nach oben und steig in die Badewanne. Ich komme gleich zu dir.«

»Ich hab' mich doch vorhin gerade gebadet, Joe.«

»Dann bade dich eben noch einmal.« Es hatte ihn einige Kraft gekostet, ihn nicht anzuschreien, aber was hätte es gebracht? »Leg dich ins heiße Wasser, das ist gut gegen die Schmerzen. Und wenn ich hier unten fertig bin, komme ich zu dir, einverstanden?«

»Und du versprichst mir, daß du nicht weggehst?«

»Ich und weggehen? Sei nicht albern. Los, verschwinde schon, ich komme bald nach.«

Um zur Entbindungsstation zu gelangen, mußte Joe eine kleine Grünanlage überqueren. Auf halbem Weg blieb er auf dem gefrorenen Rasen stehen und überlegte sich, was er Annette sagen sollte. Da sie wahrscheinlich noch nichts von den Ereignissen der letzten Nacht gehört hatte, hielt er es für das Klügste, ihr die Nachricht erst am Nachmittag zu überbringen, und auch nur dann, falls jemand starb. An Don oder Maggie dachte er dabei nicht. Das Schicksal konnte bisweilen schon recht makaber sein. Vier Mitglieder der Familie im selben Krankenhaus! Nein, eigentlich waren es fünf, wenn er das Baby dazuzählte. Und zu Hause lag Don im Bett und kämpfte einen aussichtslosen Kampf gegen den Tod. Gesund und munter waren eigentlich nur noch Stephen und er. Was war nur aus der Familie geworden?

Nun, all diese Katastrophen hatten irgendwie mit Liebe zu tun, gab er sich selbst zur Antwort. Er ging weiter. Merkwürdigerweise kamen ihm ausgerechnet jetzt Stephens

Worte in den Sinn: »Und du versprichst mir, daß du nicht weggehst?«

Annette saß aufrecht in ihrem Bett und war sichtlich überrascht. »Du?« Bist du nicht bei der Hochzeitsfeier in London?«

»Ach, Dad hat es sich anders überlegt und wollte doch lieber selbst hinfahren.«

»Aber wärest du nicht gerne dabeigewesen?«

»So wichtig war es mir auch wieder nicht. Außerdem kommen sie sowieso nächstes Wochenende. Wie geht es dir denn jetzt?« Er zog einen Stuhl ans Bett und griff nach ihrer Hand.

»Mal so, mal so. Die Nacht war furchtbar. Gegen Mitternacht hatte ich ziemlich hohes Fieber und fühlte mich auch schrecklich. Sie haben mir eine Schlaftablette gegeben. Du weißt ja, wie sehr ich Schlaftabletten verabscheue. Und prompt hatte ich Alpträume. Ich bin ja so froh, daß du gekommen bist, Joe.«

Was hätte er denn darauf erwidern sollen? Also wechselte er lieber das Thema. »Und wie geht's der jungen Dame?«

Sie lächelte ihn matt an. »Vor einer halben Stunde durfte sie zu mir. Sie hat mir erklärt, daß sie bleiben will, aber das haben die Schwestern nicht erlaubt. Darauf habe ich ihr gesagt, sie soll ihnen doch entwischen. Wenn sie zunimmt und krabbeln lernt, kommen sie ihr bald nicht mehr hinterher. Paß auf, ehe du dich's versiehst, ist sie soweit.« Ihre Miene wurde wieder ernst. »Was ist zu Hause los? Wie geht es Don?«

Er zögerte. »Er schlief noch, als ich das Haus verließ.«

»Hat sein Zustand sich verschlechtert? Bitte sag die Wahrheit, Joe.«

»Sei nicht kindisch. Warum sollte es ihm denn schlechter gehen?«

»Weißt du, Joe, gestern nacht hatte ich so ein eigenartiges Gefühl. Ich dachte – jetzt ist er tot, ich muß unbedingt heim. Sie haben mir gesagt, ich müsse noch mindestens zehn Tage liegen bleiben, aber so lange halte ich es hier nicht mehr aus. Er muß doch das Kind sehen! Kannst du das verstehen, Joe?«

Er streichelte ihr die Haare. »O ja, Annette, ich verstehe deine Gefühle nur zu gut, und ich werde den Arzt fragen, ob er dich nicht schon früher entlassen kann. Aber vergiß nicht: Es war nicht das, was die Ärzte eine Routinegeburt nennen würden.«

Auch wenn er sie aufmunternd anlächelte, sie blieb ernst. »Was war denn schon bei mir Routine? Die heimliche Schwangerschaft vielleicht? Oder die Hochzeit und unsere Flitterwochen im Krankenhaus? Ach, ich mache mir ja solche Vorwürfe! Wenn ich nicht schwanger geworden wäre, hätten wir nicht so übereilt heiraten müssen. Und was hat Don davon? Er stirbt langsam…!«

»Sprich doch nicht so. Ihr beide wolltet das Kind. Und der Grund für alles, was ihr getan habt, war eure Liebe.«

Er hielt inne. Schon wieder war das Wort »Liebe« gefallen. Was war nicht alles im Namen der Liebe geschehen?

»Stephen läßt dir Grüße ausrichten«, fuhr er fort. »Ich werde ihn demnächst mitbringen müssen. Er spricht von nichts anderem als dem Baby.« Wie leicht ihm das Lügen fiel! Und da er schon einmal dabei war, konnte er ihr noch ein bißchen mehr vorschwindeln… »Liebe Grüße auch von den Mädchen und von… Maggie. Sie löchern mich schon die ganze Zeit mit Fragen über dich und stricken, was das Zeug hält.« Das stimmte zur Abwechslung. Er hatte sie tatsächlich in der Küche Babysachen stricken sehen.

Eine Schwester kam mit einem Tablett herein und sah ihn streng an. »Jetzt wird es aber Zeit. Würden Sie bitte friedlich gehen, oder muß ich Gewalt anwenden?«

»Soll ich's drauf ankommen lassen?« fragte er lächelnd. Doch er stand gehorsam auf und gab Annette einen Kuß auf die Wange. »Ich schaue am Nachmittag wieder vorbei.«

Annette hielt ihn noch einmal zurück. »Wann kommt Dad denn nach Hause? Ich will alles über die Hochzeit wissen.«

»Wann Dad nach Hause kommt? Äähh, ich glaube, er will noch ein bißchen bleiben und mit ihnen zusammen herfahren. Aber so genau habe ich das auch nicht verstanden. Die nächsten ein, zwei Tage mußt du jedenfalls mit mir vorliebnehmen.«

Sie hatte kaum noch hingehört. Der Besuch hatte sie doch sehr erschöpft. »Richte Don bitte ganz liebe Grüße aus«, flüsterte sie.

»Ich werde dran denken. Gute Besserung.«

Als er wieder in der Eiseskälte draußen war, atmete er tief durch. Noch war sein Besuch im Krankenhaus nicht vorbei. Er mußte herausfinden, wie es um seine Mutter stand, auch wenn er am liebsten mit dem Auto davongebraust wäre und alles und jeden für immer hinter sich gelassen hätte. Da nahm er sogar Annette nicht aus, denn er war innerlich zerrissen zwischen seinem Mitgefühl für Don und glühender Sehnsucht nach dieser Frau.

Auf dem Weg zur Pforte wurde er von einer Schwester aufgehalten. Sie wirkte bedrückt. »Mr. Coulson, ich habe eine traurige Nachricht für Sie. Wir konnten Ihre Mutter leider nicht mehr retten. Sie… ist nicht wieder aufgewacht. Sie ist an den Folgen ihrer Unterkühlung gestorben.«

Tat es ihm leid um sie? War er erleichtert? Er wußte es selbst nicht. »Wie geht es nun weiter?« fragte er zögernd.

»Nun, sie kommt zunächst in die Leichenhalle. Um die Beerdigung müssen allerdings Sie sich kümmern. Normalerweise werden die Toten in der Kapelle des Bestattungsunternehmens aufgebahrt.«

»Ach so, ja, ja. Brauchen Sie mich im Moment noch?«

»Nein, es sei denn, Sie möchten sie sehen.«

»Nein!« Er erschrak selbst über seine heftige Reaktion. Leise fügte er hinzu: »Vielen Dank, Schwester. Ich… ich komme später noch einmal.« Abrupt wandte er sich ab und lief zum Ausgang.

Erst wollte die Schwester ihn aufhalten, ihm etwas nachrufen, doch dann überlegte sie es sich anders und ging zu ihrer Kollegin an der Pforte. »Er ist natürlich völlig durcheinander, aber wenn du mich fragst, ist es besser so, daß sie so schnell gestorben ist. Man hätte sie ja doch nur für den Rest ihres Lebens in eine Einzelzelle gesperrt. Wenn man sich vorstellt, was sie mit dem Mann und der Frau gemacht hat! Na, was man an so einem Arbeitstag nicht alles erlebt… Weißt du, eines Tages schreibe ich noch ein Buch. Heute ist die Hölle los, sag' ich dir. Keine Ahnung, wie ich den Tag überstehen soll. Er hat noch kaum angefangen, und mir schwirrt schon der Kopf.«

9

Es war Sonntag abend. Flo, die mit Harvey am Nachmittag eingetroffen war, übernahm bereits wie selbstverständlich die Rolle der Hausherrin. Als Father Ramshaw klingelte, war sie es, die ihn empfing.

»Es tut mir leid, daß wir Sie so spät am Abend holen, Father, noch dazu bei dieser Kälte. Aber ich glaube, Sie können in diesem Fall eher helfen als ein Arzt. Ich habe es am Telefon ja schon angedeutet: Don schwört Stein und Bein, daß *sie* bei ihm im Zimmer ist.«

»Nun, ganz auszuschließen ist das nicht, Flo. Sie war ja eine höchst ungewöhnliche Frau. Aber wer hätte sich ausmalen können, daß sie so weit gehen würde? Tja, der Mensch ist so unberechenbar wie das Wetter. Schnee im Frühling! Keiner hätte das für möglich gehalten, aber auch das hat es früher schon gegeben. Wir hätten es nur nicht vergessen dürfen. Genausowenig dürfen wir vergessen, daß der Mensch eine höchst eigenartige Mischung aus Gut und Böse und einem Schuß wilder Triebe ist, gegen die er nicht ankommt.«

Flo nickte gedankenvoll. »Sagen Sie, Father, möchten Sie sich erst mit einem Drink aufwärmen?«

»Nein danke, später vielleicht. Gibt es Neuigkeiten aus dem Krankenhaus?«

»Daniel ist aufgewacht. Sie glauben, daß er es schaffen wird.«

»Na, Gott sei Dank. Und Stephen?«

»Er schläft. Ich habe ihm eine Tablette gegeben. Der arme Kerl hat wirklich viel durchgemacht.«

»Aber er war überaus tapfer.«

»O ja, unbedingt. Wissen Sie, Father, wenn mir ein Mensch auf dieser Welt leid tut, dann Stephen. Wenn es bei ihm im Oberstübchen nur um einen Tick anders aussähe, dann wäre er ein toller Mann.«

»Gott wählt sich seine Kinder, wie er es für richtig hält, Flo. Aber – haben Sie gestern nicht geheiratet?«

»Ja, und ich bin sehr glücklich.«

»Standesamtlich?«

»Nein, kirchlich. Es war nicht leicht, aber wir bekamen schließlich die Erlaubnis vom Bischof.«

»Dem katholischen oder dem von der anderen Seite?«

»Dem von der anderen Seite, Father.«

Er grinste sie freundlich an. »Hm, nun ja, ich habe gehört, daß Gott sich hin und wieder auch dort blicken läßt. Wie dem auch sei, herzlichen Glückwunsch! Ich kann Ihnen gar nicht sagen, wie sehr ich mich für Sie freue. Und Harvey scheint ja ein grundanständiger Mann zu sein. Aber Sie haben hoffentlich bedacht, daß man Ihnen einige Steine in den Weg legen wird?«

»Es ist mir klar, Father, und ihm sowieso. Aber wir werden das schon hinkriegen.

»Ihre Einstellung gefällt mir.«

Die neue Schwester wirkte erleichtert, als sie ins Krankenzimmer traten. »Er will seine Tabletten nicht schlucken, Madam!«

»Überlassen Sie das ruhig mir«, sagte der Pfarrer. »Sie werden doch sicher Hunger haben?«

»Ich habe schon zu Abend gegessen.«»Dann essen Sie eben noch mal.« Er schob sie sachte zu Flo hinüber und setzte sich ans Bett.

Don saß mit geschlossenen Augen, aufrecht auf mehrere Kissen gestützt, im Bett. »Guten Abend, Father.«

»Guten Abend, mein Sohn. Du hast dich wieder schlecht benommen, wie ich höre?«

»Angeblich, ja.«

Erst jetzt, als die Tür zufiel und sie allein waren, schlug er die Augen auf. »Sie ist hier, Father.«

»Na, na, na.«

»Bitte glauben Sie mir. Mein Körper ist zu nichts mehr zu gebrauchen, aber mein Verstand ist davon nicht betroffen. Wie lange das noch so sein wird, weiß ich nicht, aber im

Moment kann ich vollkommen klar denken. Und ich sage Ihnen: Sie ist hier.«

»Wie kommst du darauf?«

»Ich habe Sie gesehen. Sie stand am Fuß des Bettes.«

»Wann war das?«

»Gestern nacht... halt, nein, irgendwann gestern, aber wann genau, das weiß ich nicht mehr. Erst dachte ich, ich bilde mir das nur ein, weil sie wie ein Schatten aussah. Aber je dunkler es wurde, desto deutlicher war sie zu erkennen. Sie stand da und sah mir in die Augen. Sie lächelte nicht, sondern starrte mich die ganze Zeit nur an. Ich war froh, daß ich die Tabletten hatte. Aber im Traum kam sie wieder. Und da fing sie an zu leben. Sie setzte sich auf die Bettkante, da wo Sie jetzt sitzen, und sprach mit mir. Es war die alte Leier, die ich mir so viele Jahre anhören mußte – daß sie mich liebt...«

»Sie hat dich ja auch geliebt, das darfst du nie vergessen.«

»Es gibt Liebe und Liebe, Father. Sie muß schon lange vorher verrückt gewesen sein.«

»Das glaube ich nicht.«

»Sie mußten ja nicht mit ihr unter einem Dach leben.«

»Das stimmt, aber jetzt ist sie weg. Wohin sie gegangen ist, das weiß Gott allein.«

»Sie ist da, Father!«

»Schon gut, schon gut, reg dich nicht auf. Für dich ist sie da, aber ich verspreche dir: Sie wird gehen.«

»Wann?«

Der Priester wartete einen Moment mit der Antwort. »Morgen früh«, erklärte er ruhig. »Wenn ich dir die Heilige Kommunion erteilt habe. Aber falls sie heute nacht wiederkommen sollte, sprich einfach mit ihr. Sag ihr, daß du ihre Gefühle verstehen kannst. Wende dich nicht ab, mein Junge. Sieh ihr in die Augen und sprich mit ihr.«

»Sie verstehen das nicht, Father. Sie wartete doch nur auf meinen Tod, weil ich ihr dann nicht mehr entkommen kann.«

»Sie wird keine Macht mehr über dich haben, das verspreche ich dir. Hör mir gut zu.« Der Pfarrer packte Dons Hände und schüttelte sie eindringlich mit jedem Wort, das er sagte. »Spätestens morgen früh wird sie für immer verschwinden. Aber du mußt auch etwas tun. Gib ihr ihren Seelenfrieden zurück. Laß sie in Frieden gehen. Sag ihr, daß du ihr vergibst.«

»Vergeben soll ich ihr? Sie glaubt nicht, daß sie mir je etwas Schlimmes angetan hat.«

»Davon verstehst du nichts, Don. Nur sie weiß, was sie für dich empfunden hat. Und das ist auch der Grund, warum sie zurückgekommen ist. Sie möchte dich um Vergebung bitten. Gib sie ihr.«

Dons Kopf sank auf die Brust. »Ich habe Angst«, flüsterte er.

»Vor ihr? Und das ist alles?«

»Nein, nein. Vor allem. Bald muß ich sterben. Auch davor habe ich Angst. Ich dachte, ich hätte keine, aber das stimmt nicht.«

»Deswegen brauchst du dich nicht zu sorgen. Das alles liegt in Gottes Hand.«

Don schwieg einen Moment. »Da wäre noch etwas, Father.«

»Ja?«

»Ich… ich habe es schon Joe gesagt. Ich möchte, daß er Annette heiratet. Er soll für sie sorgen. Könnten Sie das nicht deichseln?«

»Kommt nicht in Frage. *Ich deichsle nichts*. Wenn Gott es so will, daß sie zusammenfinden, dann finden sie ganz von selbst zusammen. In diesem Haus wird nichts mehr gedeichselt. Ich nehme an, du weißt, warum du jetzt in diesem Bett liegst. Dir ist doch hoffentlich klar, daß dein Vater meinte, er müsse Vorsehung spielen und das mit dir und Annette *deichseln*. Aber was rege ich mich nur so auf? In meinem Alter müßte ich doch über den Dingen stehen…« Er verstummte jäh, denn Don lächelte auf einmal. »Was grinst du so? Falls es dir entgangen sein sollte, ich leiste heute Schwerstarbeit. Du bist nämlich nicht mein einziger Kunde.«

»Sie tun mir ja so gut, Father. Es ist ein Jammer, daß Sie Priester geworden sind. Auf der Bühne hätten Sie noch viel mehr Gutes bewirken können.«

»Nur zu deiner Information, mein Junge: Ich stehe auf der Bühne. Was ist denn das Priesteramt anderes? Wir spielen ein Stück, und Gott sieht uns zu. Er hat die Rollen mit uns besetzt, nur gibt er uns keine Regieanweisungen. Das überläßt er jedem einzelnen selbst. Einigen fällt das Spielen schwerer, anderen leichter. So, und jetzt sage ich dir noch etwas. Weißt du, was ich früher gern geworden wäre?«

»Was? Psychiater?«

»Ach was! Ein Clown. Schlicht und ergreifend ein Clown. Kein Zauberer oder sonst so ein aufregender Held. Ich wäre gerne nichts als ein Clown geworden. Und wenn möglich, wäre ich nur vor Kindern unter sieben Jahren aufgetreten. Es heißt, ab diesem Alter haben sie es endgültig gelernt, logisch zu denken. Aber die Logik vertreibt das Staunen. Hast du schon mal über das Staunen nachgedacht? Es ist ein Geschenk, das nur kleine Kinder bekommen, aber sie verlieren es so schnell, so schnell...« Er seufzte, um sogleich wieder sein verschmitztes Lächeln aufzusetzen. »Ich muß dir noch was sagen: Du übst einen schlechten Einfluß auf mich aus. In dieser Hinsicht bist du wie Joe. Bei Leuten wie ihm habe ich nach jedem Gespräch das Gefühl, ich müßte sofort zur Beichte. So, jetzt muß ich aber gehen. Gute Nacht, mein Sohn. Möge Gott die ganze Zeit bei dir sein.« Er drückte ihm die Hand und ging.

Don ließ sich in die Kissen zurückfallen. »Ja, möge Gott die ganze Zeit bei mir sein.«

In der Empfangshalle begegnete der Pfarrer Joe.

»Kommen Sie mit in den Salon, Father. Ich habe einen warmen Drink für Sie.«

»Sei bitte nicht enttäuscht, wenn ich ablehne, Joe, aber ich habe heute noch zwei Besuche vor mir, und irgendwann muß ich ins Bett. Könntest du darauf achten, daß er seine Tabletten einnimmt? Er glaubt, daß sie zurückgekommen ist und auf ihn wartet.«

»Ich habe es irgendwie gespürt, Father. Aber soll ich Ihnen was sagen? Ich glaube, er hat recht.«

»Fang du nicht auch noch damit an, Joe. Du bist doch sonst so nüchtern.«

»Wollen Sie damit sagen, daß nüchterne Menschen nicht feinfühlig sein können?«

»Ganz und gar nicht. Aber ich denke, du hast mich schon verstanden.«

»Harvey hat auch was gespürt, nur konnte er es nicht erklären. Wissen Sie, was er kurz nach seiner Ankunft gesagt hat? ›Irgendwie kann ich nicht glauben, daß sie weg sein soll. Sie ist noch im Haus, das sagt mir mein Gefühl. Keine Ahnung, wie das möglich sein soll, aber ich spür's irgendwie.‹«

»Nun, er kommt ja aus einem anderen Kulturkreis. Da ist man der Erde noch etwas näher als wir.«

»Oder auch den Göttern.«

»Ach, Joe, bitte komm mir so spät am Abend nicht mit Spitzfindigkeiten. Theologischen Diskussionen bin ich heute nicht mehr gewachsen. Ich habe schon verstanden, was du meinst. Aber laß dir eins gesagt sein: Wenn ich auch den Skeptiker rauskehre und euch Vernunft predige, ich *weiß* ebenfalls, daß sie da ist. Es gibt mehr Dinge zwischen Himmel und Erde, als wir hier unten uns vorstellen können. Ein Wort noch, aber dann muß ich wirklich weg. Wann kommt Annette zurück? Er möchte doch das Kind sehen, und das sollte ihm auf alle Fälle noch vergönnt sein.«

»Ich fürchte, es wird noch einige Tage dauern, Father.«

»So? Hm, na ja, er wird sicher so lange wie möglich durchhalten. Morgen um acht komme ich wieder und erteile ihm die Heilige Kommunion. Dir würde sie übrigens auch nicht schaden. Na, wie wär's? Zwei für den Preis von einer.«

»Dann kaufe ich sie gern. Gute Nacht, Father.«

»Gute Nacht, Joe.«

10

Am nächsten Morgen empfing Don die Heilige Kommunion. Seine Mutter blieb allerdings nach wie vor bei ihm.

Winifred wurde am Mittwoch in auffallend kleinem Kreis beerdigt. Das letzte Geleit gaben ihr außer Flo, Joe und Harvey nur zwanzig Leute, die Hälfte davon Arbeiter aus Daniels Fabrik. Und nach der Zeremonie begleitete kein einziger die Angehörigen nach Hause.

Stephen hatte mitbekommen, daß seine Mutter heute beerdigt werden sollte, war aber nicht bereit gewesen, mitzugehen. Statt dessen hatte er sich in sein Zimmer verkrochen. Joe war kurz vor der Bestattung zu ihm nach oben gekommen und hatte ihm gesagt, es sei ohnehin besser, wenn er sich während ihrer Abwesenheit um Don kümmere. »Wirklich?« hatte Stephen erleichtert gerufen. »Das mach' ich gern, Joe! Don freut sich ja, wenn ich bei ihm bin. Geht ruhig hin. Ich passe schon auf ihn auf.«

Nach seiner Rückkehr ging Joe als erstes ins Krankenzimmer. »Mr. und Mrs. Rochester wollen eine Kleinigkeit essen«, erklärte er der Krankenschwester. »Sie laden Sie herzlich dazu sein.«

Die Schwester verstand den Wink mit dem Zaunpfahl und verschwand mit einem Lächeln. Obwohl Joe das Gespräch unter vier Augen mit seinem Stiefbruder gesucht hatte, war er aber plötzlich befangen. Er fand einfach keine Worte. Es war Don, der schließlich den Bann brach.

»Ist es ausgestanden?«

»Ja, ja, es ist vorbei.«

»Hm, gut, wir werden ja sehen, wie es weitergeht. Irgendwie kommt mir das alles nicht mehr so wichtig vor. Meine Angst vor ihr ist weg, seit Tagen schon. Seit Father Ramshaw mir die Heilige Kommunion erteilt hat, fühle ich mich innerlich irgendwie ruhiger. Es war fast wie die Letzte Ölung. Komisch, davon hat er noch gar nicht gesprochen. Er will sie anscheinend bis zum letzten Moment hinauszögern. Weißt du, früher dachte ich immer, die Letzte Ölung sei so etwas wie ein Todesurteil...« Er umklammerte unvermittelt Joes Handgelenk. »Ach Joe, sieh mich doch nicht so an! Merkst du nicht, daß es mir guttut, wenn ich darüber sprechen kann? Das Thema soll doch nicht tabu sein. Ich versteh' das nicht. Genauso ist es mit der Angst vieler Leute, den Namen eines frisch Verstorbenen in den Mund zu nehmen. Aber das ist doch dumm. Es ist, als würde man sie aussperren. Ich will aber nicht ausgesperrt werden, Joe. Ich will nicht, daß hinter meinem Rücken über mich gesprochen wird.« Er lächelte schwach.

Joe machte seine Hand frei und wandte sich ab. »Mein Gott, Don! Es tut mir weh, dich so reden zu hören.«

»Es tut mir leid, Joe. Sieh mich an, bitte. Ich will dir was erzählen. Weißt du, was der Arzt heute morgen festgestellt hat? Mein Herz schlägt jetzt viel regelmäßiger. Na, wie gefällt dir das? Und ich habe ihm gesagt, daß ich bald gesund werde, weil ich keine Lust mehr habe, seine Rechnungen zu bezahlen. Komm, Joe, sieh mich an, bitte.«

Joe brachte es nicht fertig. »Ich... ich bin gleich wieder da«, stammelte er und stolperte ins Nachbarzimmer. Gerade wollte er auf die Klingel drücken und die Schwester herbeirufen, da hört er, wie nebenan die Tür aufging. Er erkannte Stephens Stimme. »Ist Joe nicht bei dir? Wir wollten doch Billard spielen.«

»Komm rein und setz dich eine Weile zu mir«, bat ihn Don. Seine Stimme klang seltsam gedämpft. »Joe ist gleich wieder da. Er wollte nur kurz was erledigen.«

Joe schlüpfte lautlos aus dem Zimmer und eilte zu seinem Häuschen. Dort ließ er sich in den Sessel fallen und vergrub den Kopf zwischen den Händen. Er konnte nicht mehr. Diese innere Zerrissenheit kostete ihn die letzte Kraft. Überall wollte er sein, nur nicht mehr hier. Früher einmal hatte er das prächtige Haus geliebt, jetzt hielt er es nicht mehr darin aus. Wie Don war er felsenfest davon überzeugt, daß ihr Geist noch immer dort hauste, auch wenn ihr Körper begraben war.

Nach einer Weile erhob er sich und trat ans Fenster zum Garten. Die Sonne strahlte von einem wolkenlosen Himmel. Unter ihren wärmenden Strahlen war der Schnee vom Wochenende vollends geschmolzen. Im Beet unmittelbar unter dem Fenster lugten nun auch die verläßlichsten Frühlingsboten, die Krokusse, aus der Erde, und am Wegesrand sah man Osterglocken, auch wenn sie sich bislang noch nicht geöffnet hatten. Der Garten lächelte wieder. Joe atmete tief durch.

Freilich stand ihm bald wieder eine harte Landung auf dem Boden der Realität bevor. In einer Stunde würde er im Krankenhaus an verschiedenen Betten stehen. Mußte er das eigentlich? Sie wußten doch alle, daß sie seit heute unter der Erde lag.

Wenigstens mußte er Annette nicht mehr darüber aufklären, daß Maggie und ihr Schwiegervater in ihrer unmittelbaren Nähe lagen. Diese schwere Aufgabe hatte er zum Glück hinter sich. Als er es ihr gesagt hatte, war sie voller Angst gewesen, Winifred könnte nun auch ins Krankenhaus eindringen und dem Baby nach dem Leben trachten. Da hatte er mit der ganzen Wahrheit herausrücken müssen und sie damit beruhigt, daß ihre Schwiegermutter mittlerweile gestorben sei.

Ihm war auch die Aufgabe zugefallen, Daniel von Winifreds Schicksal zu berichten. Gestern war das gewesen. Der Arzt hatte ihm davon abgeraten, aber Joe hatte das anders gesehen. Es wird ihn nicht treffen, hätte er dem Mann am liebsten gesagt. Im Gegenteil, er wird erleichtert sein.

Und vorgestern hatte sein Vater zum erstenmal wieder sprechen können. »Sie hat es also doch noch getan«, waren seine ersten Worte gewesen.

Und Maggie hatte gesagt: »An ihrer Stelle hätte ich wohl genauso gehandelt.«

Während er noch in den Anblick der Frühlingsblumen vertieft war, kam Don ihm wieder in den Sinn. Bald würde auch er unter der Erde liegen.

Die Frage war nur: Was kam danach?

Nun, er mußte es einfach abwarten. Aber wollte er das

überhaupt? Er spürte, daß er nicht mehr derselbe war wie früher. Ihm war, als wäre auch er zusammengeschlagen worden, und zwar so brutal, daß Teile seiner selbst nichts mehr empfanden. So war ihm die Fähigkeit zu trauern abhanden gekommen. Ihm dämmerte, daß Dons Tod ihn gar nicht mehr so treffen würde. Denn dann wäre er vielleicht endlich frei. Und könnte tun, was er wollte.

11

Joe fuhr gemeinsam mit Flo und Harvey zum Krankenhaus. Die frisch Vermählten gingen als erstes zu Annette, während Joe seinen Stiefvater aufsuchte.

Daniel saß aufrecht in seinem Bett. Offensichtlich hatte er bereits auf Joe gewartet.

»Na, Joe?«

»Wie fühlst du dich jetzt?«

»Erleichtert. Innerlich ist anscheinend alles in Ordnung. Zumindest haben sie auf den Röntgenaufnahmen nichts entdeckt. Aber sieh nur, wo sie mich überall genäht haben... Na ja, gründlich war sie schon immer. Erzähl doch, wie war es heute vormittag?«

»Was soll schon gewesen sein? Wir haben sie beerdigt.«

»Warum siehst du mich jetzt so an? Erwartest du, daß es mir leid tut oder daß ich mir an die Brust klopfe und die Schuld auf mich nehme? Nein, nein, und von ihrer armen Seele werde ich auch nicht faseln. Wenn ich in den letzten Tagen etwas empfunden habe, dann Bitterkeit. Mir tut es leid um die vielen Jahre, die ich ihretwegen verschwendet habe. Vergeben und vergessen soll man, heißt es. Sollen mir das doch die, die so was sagen, vormachen! Sie haben ja nicht die Hälfte ihres Lebens mit einem Menschen wie ihr verbringen müssen.«

»Sie ist tot, Dad. Und die Vergangenheit ist mit ihr beerdigt worden. Versuch doch, es so zu sehen.«

Daniel bedachte Joe mit einem skeptischen Blick. Dann wechselte er abrupt das Thema. »Wie geht's Don?«

»Unverändert. Aber ich glaube, Annette sollte auf ihre baldige Entlassung dringen. Ich werde später mit dem Arzt darüber reden.«

»Maggie kommt morgen schon raus. Sie war vorhin bei mir... Ich werde sie heiraten, Joe.«

»Das habe ich mir schon gedacht.«

»Aber wir werden wegziehen, das ist so sicher wie das Amen in der Kirche. Sie will nicht länger in diesem Haus bleiben, und ich schon zehnmal nicht.«

»Das kann ich gut verstehen. Aber was wird mit Stephen?«

»Wir nehmen ihn mit. Schließlich bin ich für ihn verantwortlich.«

Joes Gedanken flogen. Am liebsten hätte er mit seiner Meinung nicht länger hinter dem Berg gehalten und gesagt: Da bin ich aber froh. In all den Jahren hast du ihn ja praktisch mir aufgehalst. Was war nur los mit ihm? Er war müde. Porzellan wollte er nicht zertrümmern, doch ganz konnte er seine wahren Gefühle nicht verbergen. »Habt ihr euch schon mal überlegt, wie es mit Annette und dem Baby weitergehen soll?« fragte er abrupt.

»Warum sprichst du in diesem Ton mit mir, Joe? Was gibt es da schon groß zu überlegen? Wenn sie… allein ist, wird sie in ihr neues Heim ziehen. Bleibst nur noch du übrig. Was hast du für Pläne? Möchtest du bleiben? Du kannst das Haus gerne haben.«

»Heißen Dank! In diesem Haus soll ich wohnen? Ich allein?«

»Na ja, du hast doch immer gesagt, daß es dir dort gefällt, daß du sogar daran hängst.«

»Die Zeiten ändern sich. Und auch die Menschen können sich ändern. Ich will das Haus nicht mehr. Sobald du wieder auf den Beinen bist, ziehe ich aus.«

»Wohin denn?«

»Ist doch egal, wohin. Vielleicht mache ich mich auf die Suche nach meinen Eltern… meiner richtigen Familie.«

Er wandte sich ab und stürmte zur Tür. »Joe! Joe!« rief Daniel ihm nach, doch er ließ sich nicht aufhalten.

Auf dem Gang stellte er fest, daß er am ganzen Leib schwitzte. Mit einem Taschentuch trocknete er sich das Gesicht ab. Doch die Schuldgefühle ließen sich nicht so leicht wegwischen. Warum hatte er Daniel so grob angefahren? Ihm ging es doch noch so schlecht. Andererseits war ja nur sein Körper geschunden worden, und nicht seine Seele. Er sah seinen Stiefvater plötzlich als einen Mann, der stets seinen eigenen Weg gegangen war. Nun gut, vielleicht hatte er ein-, zweimal Kompromisse mit seinem Pflichtgefühl geschlossen und war bei seiner Frau geblieben, doch im Grunde hatte er die ganze Zeit ein Doppelleben geführt. Er dagegen, Joe, hatte solcherlei verbotene Früchte nie gekostet. Seit dem Tag, an dem er zum erstenmal ihre Hand gehalten hatte, wollte er nur noch ein Mädchen, eine Frau. Und er hätte sie auch bekommen, hätte nicht der Mann, den er gerade verletzt hatte, den er zeitlebens wie einen Vater geliebt hatte, andere Pläne mit ihr gehabt. Als Mittel zum Zweck hatte er Annette benutzt, nur um es seiner Frau heimzuzahlen. Und sein Sohn hatte ihm in seiner Arglosigkeit dabei geholfen.

Nun, seine Stiefmutter hatte sich mit aller Macht einen reinen Sohn gewünscht. Er hätte das trotz seiner sechsundzwanzig Jahre sein können, denn bislang hatte er noch keine Frau berührt. Gewollt hätte er es durchaus. Mit jeder Faser seines Körpers hatte er sich danach gesehnt! Warum hatte er es dann nicht getan? Weil er sich gesagt hatte, er könne nur eine Frau heiraten, und zwar Annette? Doch was war dann geschehen? Die Folgen lagen vor ihm: Krankenhaus, Friedhof, ein Pflegefall. Und er wartete nun auf den Tod seines Bruders.

Aber nein, das stimmte nicht.

Er erinnerte sich wieder an seine Verpflichtungen. Noch andere warteten auf seinen Besuch.

Maggie saß bei seinem Eintreten vor dem Fenster. Sie begrüßte ihn freudig. »Hallo, Joe! Schön, daß du kommst. Es dürfte übrigens dein letzter Besuch sein, morgen darf ich nach Hause.«

»Das habe ich schon gehört.« Er nahm ihr gegenüber Platz.

»Eigenartig, daß ich ›nach Hause‹ sage«, murmelte sie. »Ich habe Angst davor, wieder durch jene Tür zu gehen. Ich will so schnell wie möglich weg von dort. Kannst du das verstehen?«

»Doch, das kann ich sehr gut verstehen, Maggie.«

Sie musterte ihn mit nachdenklicher Miene. »Du verstehst sehr viel, nicht wahr? Irgendwie wurdest du auch dazu gezwungen. Manchmal habe ich mir gedacht, daß es ein Segen für die Familie war, daß du dort aufgewachsen bist, aber für dich selbst war es schlecht.«

»So ist das Leben, Maggie. Ein Gemeinplatz, ich weiß, aber wie so viele andere stimmt er nun mal. Ich durfte nie frei über mein Leben verfügen, das haben andere getan – nicht nur einer, sondern ein ganzes Komitee irgendwo da oben. Wenn ich so darüber nachdenke, meine ich, daß vor allem Blinde und Zyniker da sitzen.«

»Warum so bitter, Joe? Das paßt doch gar nicht zu dir. Sag, was ist los?«

»Also wirklich, Maggie! Seit wann wissen Sie über etwas nicht Bescheid!«

»Ich weiß nur zu gut, was in diesem Haus alles los war«, verteidigte sie sich. »Mein Gott, ich bin ja nicht blind. Aber ich habe dich noch nie so verbittert erlebt.«

»Das liegt daran, daß ich immer alles in mich hineingefressen habe.«

Sie schüttelte betrübt den Kopf. »Ist denn... etwas geschehen, wovon ich nichts mitbekommen habe?«

»Das kann ich mir nicht vorstellen, Maggie. Neu dürfte für Sie höchstens Dads jüngster Einfall sein. Vorhin hat er mir vorgeschlagen, ich solle doch nach seinem Auszug in dem Haus wohnen bleiben. Ich glaube, da habe ich zum erstenmal meinem Herzen Luft gemacht.«

»Oh.« Sie nickte bedächtig. »Das war wirklich verdammt dumm von ihm.«

»Na ja, er hat wahrscheinlich recht, wenn er sagt, ich hätte ständig den Eindruck vermittelt, daß es mir dort gefallen würde, während alle anderen nur immer weg wollten... Aber wie kann ich dort noch leben – nach allem, was geschehen ist? Und mit wem? Mit wem?... Ach, damit wollte ich Sie gar nicht belasten!« Er nahm ihre Hand. »Es tut mir leid. Bitte sehen Sie nicht so besorgt drein.«

»Sind häßliche Worte gefallen?«

»Nein, das eigentlich nicht.« Er seufzte. »Na ja, Schwamm

drüber. Ich bin froh, daß Sie morgen heimkommen, egal wie lange Sie noch bleiben.«

»Ich werde bleiben müssen, bis Don nicht mehr ist.«

Er stand auf. »Wir alle werden wohl solange bleiben müssen«, seufzte er. »Armer Don. Wir beten jeden Tag dafür, daß er nicht sterben muß, aber im Grunde warten wir alle auf seinen Tod.«

»Das alles nimmt dich sehr mit, nicht wahr?«

»Vielleicht. Wie dem auch sei, Sie kommen ja morgen heim. Bis dann.«

»Auf Wiedersehen, Joe. Ach, Joe? Eins möchte ich dir noch sagen: Wenn ich nicht deinen Vater lieben würde, hätte ich mein Herz bestimmt an dich verloren und es dir dann auch gesagt. Der Altersunterschied hätte mich nicht gestört.«

»Danke, Maggie!« Er mußte lachen. »Es tut gut, so etwas zu wissen. Und ich hätte Sie auch mit Handkuß genommen.«

Eine Minute später trat er in Annettes Zimmer. Er hatte die Klinke noch in der Hand, da stürmte schon Flo auf ihn zu. »Höchste Zeit, daß du kommst und dieser jungen Dame da etwas Vernunft einbleust! Sie will gegen den Wunsch des Arztes nach Hause.«

»Ach so?« Er sah Annette lächelnd an. »Nun, eigentlich macht sie einen quietschfidelen Eindruck auf mich. Fühlen Sie sich gesund, Mrs. Coulson?«

»Und wie, Mr. Coulson! Auch das Baby ist kräftig genug. Wir wollen nach Hause.«

»Tja, dann sollten wir mit dem Arzt sprechen und die Entscheidung ihm überlassen.«

»Dürfte ein Mann des Gesetzes auch etwas dazu sagen?« meldete sich Harvey zu Wort. Er grinste über das ganze Gesicht.

»Sie würden sich ohnehin nicht daran hindern lassen, Sir«, erwiderte Flo. »Warum fragen Sie überhaupt noch?«

»Nun, nach meinem Dafürhalten sollte die Antragstellerin als ihre eigene Ärztin betrachtet werden. Setzen Sie besagte

Person in einen Rollstuhl, befördern Sie sie auf dem schnellsten Weg nach Hause, aber verordnen Sie ihr strikte Bettruhe. Was könnte leichter sein als das?«

Annette sah lächelnd zu Harvey auf. »Das klingt doch vernünftig. Was meinst du dazu, Joe?«

»Ich finde immer noch, der Arzt sollte das letzte Wort haben. Ich wollte sowieso mit ihm sprechen. Bis gleich.«

Als er draußen war, wechselten Flo und Harvey einen vielsagenden Blick, und Annette faßte in Worte, was die zwei dachten: »Ich habe ihn noch nie so kurz angebunden erlebt. Ihm ist wohl eine Laus über die Leber gelaufen, meint ihr nicht auch?«

Flo schürzte nachdenklich die Lippen. »Irgendwas hat er. Was denkst du, Harvey?«

»Tja, wißt ihr, ich habe den Eindruck, daß alle, aber wirklich alle sich ständig nur auf Joe verlassen. Soweit ich das mitbekommen habe, war er immer der Mülleimer für die Klagen der anderen. Wenn einer ein Problem hat, wohin geht er? Zu Joe natürlich. Joe kümmert sich schon drum, Joe kriegt das wieder hin. Aber heute hat er zum erstenmal die Nase voll. Etwas muß passiert sein... Vielleicht täusche ich mich auch, und es liegt an was anderem. So lange kenne ich ihn ja noch nicht. Trotzdem, der Joe von soeben ist nicht der Joe, den ich bisher kannte.«

»Ach, könnten wir doch bleiben!« seufzte Flo.

»Wir haben uns nun mal für Kanada entschieden«, brummte ihr Mann.

»Ja, ja, ich weiß... Und ich freue mich auch darauf. Mir wäre nur leichter ums Herz, wenn ich wüßte, daß Annette gut aufgehoben ist. Ach, was mache ich mir da nur für Gedanken? Du wirst schon deinen Weg finden, nicht wahr, Annette?«

»Ich habe keine Angst, Flo. Das, was mir nun bevorsteht, kann mich nicht mehr schrecken. Ich glaube, ich komme ganz gut mit der Wirklichkeit zurecht. Don wird nicht mehr lange da sein. Nur darum will ich so schnell zurück. Und du sollst beruhigt dein neues Leben anfangen und glücklich werden. Aber das wird dir ja nicht schwerfallen –

mit diesem Prachtexemplar von Mann.« Sie streckte die Hand aus, und Harvey ergriff sie. »Nur schreibt mir bitte jede Woche einen Brief. Und vielleicht kann ich ja mal für ein paar Wochen rüberfliegen und euch mit der kleinen Flo besuchen...«

Sie beugten sich schweigend über sie und streichelten ihre Hände. Unvermittelt schlang Annette beide Arme um Flo und zog sie zu sich herunter. Ihre Tränen vermischten sich miteinander, und so nahmen sie Abschied.

Nur Harvey sagte noch etwas: »Ich werde dir immer dankbar sein, Annette, weil ihr eurem Kind meinem Namen gegeben hättet, wenn es ein Junge geworden wäre. Du kannst dir gar nicht vorstellen, wieviel mir das bedeutet.«

Danach war Annette allein im Zimmer. Sie hatte einen Kloß im Hals und hätte am liebsten losgeheult. Freilich war ihr klar, daß sie sich fassen mußte. Wenn man sie in Tränen aufgelöst antraf, entließ man sie bestimmt nicht. Doch sie wollte so schnell wie möglich zu Don zurück, obwohl ihr in jeder anderen Hinsicht vor dem Haus graute. Verlassen konnte sie es allerdings erst wieder, wenn er nicht mehr da war. Und Joe? Was war mit ihm? So schroff, so distanziert wie vorhin hatte sie ihn noch nie erlebt. Was geschah, wenn er ging? Nun, nichts blieb, wie es einmal gewesen war. Da war es wohl nur natürlich, wenn auch Joe sich veränderte. Er war für sie immer ein Fels in der Brandung gewesen, einer, der immer da war, auf den man sich jederzeit verlassen konnte. Aber auch er mußte an sich denken, sein eigenes Leben führen. Ihr fiel ein, daß sie ihn vor wenigen Wochen in der Stadt mit Mary Carter hatte plaudern sehen. Mary und er waren ungefähr gleich alt. Dumm oder häßlich war sie nicht. Gut, sie war Protestantin, aber wenn Joe sie wirklich mochte, stellte die Konfessionszugehörigkeit gewiß das geringste Problem dar. Ansonsten hatte er ja noch bei Irene Shilton gute Chancen. Sie umgarnte ihn seit langem und war Katholikin. Dazu war sie überaus hübsch und ein paar Jahre jünger als er. Eigenartig, daß sie das Mädchen nie hatte ausstehen können.

Die Tür ging auf, und die Schwester kam mit ihrer Tochter herein. Sie durfte die kleine Flo wieder für sich allein haben. »Ist sie nicht süß?« rief die Schwester. »Und fühlen Sie nur! Sie wird von Tag zu Tag schwerer!«

Annette sah zu ihr auf. »Könnte ich bitte so bald wie möglich mit der Oberschwester sprechen? Ich...

»Stimmt etwas nicht?«

»Im Gegenteil! Sie sind sehr freundlich zu mir, aber ich möchte nach Hause. Wissen Sie, mein Mann ist sehr krank. Ich möchte so gern, daß er das Baby sieht...«

»Ja, natürlich. Ich sage der Oberschwester sofort Bescheid.«

12

Am folgenden Morgen um acht standen Flo und Harvey reisefertig vor dem Haus. Von Don, Stephen und dem Personal hatten sie sich bereits verabschiedet, nur von Joe noch nicht.

Harvey schüttelte ihm die Hand. »Du wirst uns auch bestimmt besuchen kommen?«

»Keine Sorge, versprochen ist versprochen.« Und lachend fügte Joe hinzu: »Wenn es ginge, würde ich ja sofort meine Koffer packen, aber gebt zu, jeder Dritte würde euch im Moment nur stören.«

Flo konnte nicht lachen. Sie fiel Joe um den Hals und drückte ihm einen Kuß auf die Wange. Dann sah sie ihn ernst an. »Das Glück kommt zu dem, der warten kann, Joe«, sagte sie leise. »Sieh nur mich an.« Sie deutete mit dem Kinn auf Harvey, der bereits die Autotür geöffnet hatte. Sie küßte ihn auch auf die andere Wange, und Joe erwiderte ihren Kuß.

Eine Minute später fuhr der Wagen die Auffahrt hinunter. Joe sah ihnen nach. Harvey drehte sich noch einmal kurz zu ihm um, und Flo winkte, bis sie um die Kurve verschwanden.

Nachdenklich ging Joe ins Haus zurück. Er bezweifelte, daß er die zwei je wiedersehen würde. Aber was hatte Flo gesagt? *Das Glück kommt zu dem, der warten kann.*

Worauf warten kann?

Als er das Krankenzimmer betrat, trocknete die Schwester gerade Don ab. »Na, frisch gewaschen fühlen wir uns doch gleich viel besser!« flötete sie und strich ihm eine Strähne aus dem Gesicht.

Ihre Stimme tat Joe in den Ohren weh. Ob es dem Patienten auch so erging, konnte er nicht erkennen. Sein Gesicht verriet keine Regung. »Sind sie weg?« wollte er nur wissen. Sein Atem ging rasselnd.

»Ja, sie sind auf dem Weg zum Flughafen.«

»Sie weiß es nicht, aber sie werden es dort... nicht leicht haben. Es würde... mich nicht wundern, wenn... sie bald wieder zurückkämen.«

»Ach, ich glaube, sie wissen, was sie dort erwartet. Harvey ist ja schon einiges gewöhnt und wird sich bestimmt auch dort nicht kleinkriegen lassen.«

»Du... hast dich in Schale geworfen. Gehst du aus?«

»Tja, hin und wieder muß ich zur Arbeit, und sei es auch nur, um einen guten Eindruck zu machen. Zum Mittagessen bin ich wieder da. Benimm dich anständig, hast du gehört?«

»Joe? Wann... kommt sie... ich meine...« Dons Kraft reichte nur noch zu einem Flüstern.

»Eher heute als morgen. Heute nachmittag fahre ich wieder hin. Wahrscheinlich bringe ich sie gleich mit.«

»Tu das, Joe, bitte.«

»Ich verspreche es dir. Mach dir nur keine Sorgen.« Er tätschelte ihm die hagere Schulter und ging. Bevor er in die Arbeit fuhr, suchte er in seinem Häuschen einige Unterlagen zusammen und steckte sie in die Aktentasche. Einen Moment lang blieb er über die Tasche gebeugt stehen. Fast trotzig brummte er: »Das Glück kommt zu dem, der warten kann.« Mein Gott! Flo mußte ja glauben, er warte, bis der Weg endlich für ihn... Aber hatte sie nicht recht?

Nein! Nein! Das wollte er sich nicht nachsagen lassen!

Als er zur Essenszeit zurückkehrte, kam Maggie gerade die Treppe herunter. Sie war noch unsicher auf den Beinen und hielt auf halbem Weg an. »Sie sind also wieder auf dem Damm?« fragte er lächelnd.

»Gott sei Dank. Aber wie geschwächt ich bin, habe ich so richtig erst beim Verlassen der Klinik gemerkt. Übrigens, wenn du zu Don willst, mach dich auf Besuch gefaßt.

»Wer soll das sein? Annette?«

»Richtig, Annette.«

»Wie denn das?«

»Ganz einfach. Sie hat Lily angerufen. Lily hat ein paar von ihren und meinen Kleidern eingepackt und ist mit dem

Taxi rausgefahren. Dann hat uns dein Onkel Bob abgeholt, und jetzt sind wir wieder da.«

»Die kleine Flo auch?«

»Aber natürlich. Ihr geht's prächtig. Sie hat in einer Woche über ein Pfund zugenommen.«

Langsam kam sie die Treppe vollends herunter. Joe wartete geduldig. »Du hättest sein Gesicht sehen sollen, als er die Kleine in den Arm nahm«, fuhr Maggie fort. »Das hat seine Lebensgeister wieder geweckt. Es würde mich gar nicht wundern, wenn...« – sie schüttelte den Kopf, wie um die eigenen Gedanken zu vertreiben – »...wie dem auch sei, einen Aufschub hat ihm sein Kind auf alle Fälle verschafft.«

Joe drehte sich wortlos um und ging den Flur hinunter zu Dons Zimmer. Man hätte annehmen können, er würde rennen, doch waren seine Schritte weder schneller noch langsamer als sonst auch. Vor der Tür zögerte er. Was für ein Anblick würde ihn erwarten? Er trat ein. Und da waren sie alle – Vater, Mutter und Kind in trautem Beisammensein.

Annette fand als erste Worte. »Sei mir nicht böse, Joe. Ich hielt es in dem Zimmer dort einfach nicht mehr aus. Außerdem geht es mir ganz gut. Flo übrigens auch. Schau sie dir nur an!«

Sie wandte sich zu den beiden um. Das Mädchen lag in Dons Arm; mit einem Finger streichelte er ihr das Haar. Er sah strahlend zu Joe auf. »Das... ist der... schönste Tag in meinem Leben, Joe. Sag, ist sie nicht... entzückend?«

»Sie ist wunderschön.« Joe beugte sich über sie und streckte eine Hand aus. Als das Baby versuchte, mit seinen winzigen Händchen danach zu greifen und es tatsächlich schaffte, sich an seinen Daumen festzuhalten, hatte er plötzlich ein Würgen in der Kehle, das ihm das Atmen fast unmöglich machte.

Für Entspannung sorgte in diesem Augenblick die Krankenschwester, die sich bis dahin im Hintergrund gehalten hatte. »Das können nicht alle Babys. Und soll ich Ihnen was sagen? Sie mag Sie. Aber passen Sie auf! Wenn sie in der Nacht schreit, dann wissen Sie erst, was auf Sie zukommt.«

»Sie schreit nicht«, widersprach ihr Annette. »Mir wurde gesagt, daß sie schläft wie ein Murmeltier.«

»Und das werden Sie bald ebenfalls tun«, befahl die Schwester. »So, geben Sie die Kleine mir. Sie essen jetzt etwas, und dann marsch ab ins Bett! Und ich dulde keinen Widerspruch, junge Frau. Ich habe meine Anweisungen und weiche kein Jota davon ab.«

Annette beugte sich noch einmal über Don und sah zärtlich auf ihn hinab. Als sie ihn küßte, schlang er beide Arme um sie. Dann ließ er sich entkräftet zurücksinken. Die Tränen rannen ihm aus den Augen.

Joe nahm Annette beim Arm und führte sie behutsam hinaus. Bis zum Eßzimmer sagten sie kein Wort. Als sie Platz genommen hatten, brach Annette schließlich das Schweigen.

»Bist du mir böse?«

»Ich dir böse? Wie kommst du nur darauf?«

»Weil... weil ich das Krankenhaus auf eigene Faust verlassen und nicht noch einen Tag abgewartet habe, wie ich es dir versprochen hatte. Aber mir geht es wirklich wieder gut, und ich hatte das Gefühl, ich muß bei ihm sein. Kannst du das verstehen?«

»Natürlich kann ich das verstehen. Ich hielt es nur für das Beste, erst den Arzt zu fragen. Wenn es notwendig gewesen wäre, hätte ich dich sowieso auf der Stelle zu Don gebracht.«

»Er sieht schrecklich aus, Joe.«

»Findest du? Ich dachte, er... hätte schon mal schlechter ausgesehen.«

Sie schüttelte traurig den Kopf. »Nein, Joe, du glaubst selbst nicht daran. Ich genausowenig. Ich war heute bei meinem Schwiegervater... Er besteht neuerdings darauf, Dan genannt zu werden... Morgen will er nach Hause, aber er sieht immer noch aus wie eine wandelnde Leiche. Er hat mir erzählt, daß er das Haus verkaufen will. Seinem Sekretär hat er schon Anweisungen gegeben, es in die Zeitung zu setzen. Ich weine dem Palast keine Träne nach. Am liebsten würde ich ja Don und das Baby ins Auto packen und gleich heute in unser Häuschen ziehen. Ich weiß, ich weiß, das geht nicht. Andererseits hätte Dad vielleicht mit dem Verkauf warten sollen, bis... na ja...« Sie schüttelte heftig den Kopf. »Sag, was hast du nun vor, Joe?«

»Ach, mach dir um mich keine Gedanken. Ich habe schon meine Pläne.«

»Du wirst doch nicht weggehen?« Ein Anflug von Panik schwang in ihrem Ton mit.

»Nein, nein, ich bleibe. Ich habe hier schließlich auch meine Arbeit.«

»Du könntest ja überall Arbeit finden, in Newcastle zum Beispiel, oder in Durham... vielleicht sogar in Kanada.« Sie ließ den Kopf hängen. »Weißt du, Joe«, murmelte sie mit verzagter Stimme, »im Krankenhaus habe ich mich verloren gefühlt. Ich dachte, meine Mutter könnte mich vielleicht mal besuchen. Bei Vater war ich mir sicher, daß er nie kommen würde... aber sie wenigstens... Doch sie hat sich nicht blikken lassen. Als dann letzte Woche der Amoklauf Schlagzeilen machte, hat die Schwester gesagt: ›Bestimmt waren Ihre Eltern unendlich erleichtert, daß Sie da schon im Krankenhaus lagen.‹ Da habe ich auf einmal geheult wie ein Schloßhund. Sie hat mich gestreichelt, und um mich zu trösten, meinte sie: ›Garantiert kommen sie Sie bald besuchen. Nicht traurig sein, nicht traurig sein...‹«

Die Tränen strömten ihr über beide Wangen. Joe widerstand dem Impuls, sie an sich zu ziehen. Aber er ergriff nun ihre Hand und streichelte sie. »Nicht weinen... Es wird ja alles wieder gut. Wenn Don dich so sieht, regt er sich nur auf, und sein Zustand verschlechtert sich. Und dann mußt du doch auch an das Baby denken.«

Sie wischte sich die Tränen aus dem Gesicht. »Ach, Joe!... Wo ist eigentlich Stephen? Ich habe ihn noch gar nicht gesehen.«

»Er liegt im Bett – seit Tagen schon. Wahrscheinlich hat er mitbekommen, daß das Haus verkauft werden soll, und ist in Panik geraten. Er hat ja seit frühester Kindheit Angst, in ein Heim gesteckt zu werden. Schließlich ist ihm das früher bei jeder Gelegenheit angedroht worden. Da kann ich mit Engelszungen auf ihn einreden, er glaubt mir einfach nicht, daß Dad und Maggie ihn mitnehmen, egal wohin sie ziehen. Das mit Dad und Maggie hast du ja auch gehört, nicht wahr?«

»Inzwischen, ja. Aber vorher war ich völlig ahnungslos. Ich muß zugeben, daß ich im ersten Moment aus allen Wolken fiel. Aber ich verurteile niemanden, weder ihn noch sie.« Ihre Finger schlossen sich um seine Hand. Sie zögerte. »Joe... glaubst du, Dons... Verstand hat nun auch... Schaden gelitten?«

»Sein Verstand? Wie kommst du nur darauf?«

»Na ja, als ich mit dem Baby zu ihm kam und er es in den Arm nahm, da... da hielt er es hoch, als wolle er es jemand zeigen, und sagte: ›Da, sieh, was dabei herausgekommen ist.‹ Die ganze Zeit blickte er zum Fußende des Bettes, als ob dort jemand gewesen wäre. Findest du nicht auch, daß...?«

»Keine Angst«, beruhigte er sie und ergriff nun auch ihre andere Hand. »Er ist nicht am Überschnappen. Er bildet sich nur ein, daß seine Mutter zurückgekommen ist. Aber so an den Haaren herbeigezogen ist das gar nicht, weißt du. Manchmal spüre auch ich ihre Nähe... Du zitterst ja. Bitte, bitte hab keine Angst. Dir kann überhaupt nichts geschehen. Sie ist ja nicht mehr da. Sie ist tot. Aber du weißt, was sie für ihn empfunden hat. Es gibt nun mal solch unerklärliche Sachen, ob wir nun daran glauben oder nicht. Vor ein paar Monaten noch hätte ich so etwas für vollkommen ausgeschlossen gehalten. Heute dagegen geht es mir wie ihm. Ich weiß, daß sie bei ihm im Zimmer ist. Auch Stephen belastet das. Wir versuchen uns einzureden, daß das nur an seiner Angst vor der Zukunft liegt, aber damit machen wir es uns zu leicht. Früher war er doch kaum mehr aus Dons Zimmer zu kriegen, heute dagegen scheint er sich richtiggehend davor zu fürchten. Das letzte Mal hat er sich praktisch beim Eintreten in die Hose gemacht. Das hat es zuvor nie gegeben. Sag, ist dir nichts in Dons Zimmer aufgefallen?«

»Nein, nichts. Vielleicht war ich nur nicht lange genug drin. Und dann habe ich mich doch so über das Wiedersehen gefreut.«

»Na gut, wenn er dir davon erzählen sollte, zeig ihm am

besten deine Angst nicht. Sag ihm einfach, daß sie ihm jetzt nichts mehr antun kann. So komisch es klingt, ich bin mir sicher, daß sie nichts Böses will. Sie will ihn nur für sich. Und eins glaube ich nicht nur, ich weiß es ganz einfach: Nach seinem Tod wird auch sie verschwinden, weil sich das Ganze ja doch vor allem in seinem Kopf abspielt.«

»Wenn es sich in seinem Kopf abspielt, wie du sagst, wie kannst du dann ihre Nähe spüren?«

»Wahrscheinlich weil es mir genauso geht. Liebe und Haß können durchaus eine Art Geistwesen erzeugen. Zumindest versuche ich es mir auf diese Weise zu erklären. Wir sind doch zu dritt, drei Männer. Dons Liebe, oder was für ein Gefühl auch immer er für sie hatte, hat sich in Haß verwandelt, weil sie von dieser unnatürlichen Mutterliebe besessen war. Was mich betrifft, so hat ihre Haltung mir gegenüber im Laufe der Jahre zu Abneigung, vielleicht sogar ebenfalls zu Haß geführt. Und bei Stephen ist es Angst. Der arme Kerl besteht ihretwegen aus lauter Ängsten. Für ihn ist seine Mutter gleichbedeutend mit Angst.« Er seufzte. »Na ja, das ist die einzige Erklärung, die ich bislang gefunden habe. Wir spüren nicht nur, wir wissen, daß sie noch in diesem Zimmer weilt. Die engste Beziehung besteht freilich zwischen Don und ihr. Sie ist ihm so nahe, daß er sie fast sehen kann. Ja, vielleicht sieht er sie sogar tatsächlich. Wie gesagt, wenn er stirbt – und er wird in Frieden entschlummern –, wird auch sie nicht mehr da sein. Ich kann mir auch nicht vorstellen, daß es ihr gelingen wird, ihn festzuhalten... Tod bedeutet Trennung.«

»Was du da sagst, klingt sehr merkwürdig, Joe«, entgegnete sie nachdenklich, doch mit fester Stimme. »Und es widerspricht sämtlichen Grundsätzen unserer Religion. Es heißt doch, Tod bedeutet Vereinigung mit denen, die man liebt, Vergebung aller Sünden, ewiges Leben, Nähe zu Gott. Gilt das denn nicht mehr?«

»Das sind doch alles Mythen. Warum siehst du mich so überrascht an? Ja, ja, ich gehe in die Kirche, zur Beichte, bete den Rosenkranz – aber ständig begehre ich gegen das alles auf. Ich habe auch schon mit Father Ramshaw darüber gesprochen. Du weißt ja, wie freundlich und nachsichtig er ist. Er hat mir gesagt, das seien nur vorübergehende Zweifel, jeder wahre Christ müsse durch eine solche Glaubenskrise hindurch. Na gut, ich stecke schon sehr lange in dieser Krise – und was ist passiert? Aus dem Zweifel ist praktisch Gewißheit geworden. Trotzdem kostet es enorme Kraft, noch weiter zu gehen und Gott vollständig aufzugeben. Und ich fürchte fast, meine Kraft reicht dafür nicht aus... Was ist?«

»Nichts, Joe, ich bin nur überrascht, weil du genau das in Worte gefaßt hast, was ich in der Klosterschule gefühlt habe. Weißt du, von den Nonnen waren einige wie Engel, andere dagegen richtige Teufelinnen. Wäre nicht Father Ramshaw gewesen, hätte ich längst offen gegen die Kirche rebelliert. Gründe gäbe es genug. Zuletzt war es Father Cody, der mich wegen der Sünde, die Don und ich gemeinsam begangen haben, so heruntergemacht hat. Er hat mich dazu aufgefordert, Buße zu tun und mich zu kasteien.«

»Was hat er? Du hättest unbedingt mit Father Ramshaw darüber sprechen sollen!«

»Ach, ich glaube nicht, daß Father Ramshaw über ihn nicht Bescheid weiß. Irgendwie ist das doch eigenartig – die zwei können sich nicht ausstehen, und trotzdem sind die beiden Diener Gottes und leben im selben Haus. Aber was geht das uns an? Mit uns hat das nun wirklich nicht das Geringste zu tun.«

»Da hast du recht. Aber jetzt iß endlich was. Du mußt schon tun, was die Schwester dir sagt. Und wenn du gegessen hast, gehst du zu Flo zurück und fütterst sie... Übrigens, sie sind heute früh abgereist.«

»Ich weiß. Sie haben vom Flughafen aus im Krankenhaus angerufen.«

»Wirklich?«

»Wenn ich's dir doch sage.«

»Das ist aber nett von ihnen. Ich hatte gedacht, sie wären in Gedanken schon in Kanada. Wie dem auch sei, du mußt dich ausruhen – aber nicht im Krankenzimmer. Du gehst schön nach oben. Peggie hat dir das Gästezimmer hergerichtet. Daneben ist noch eine Garderobe, die hat sie zu einem Kinderzimmer umfunktioniert. Es wartet nur noch auf dich und Flo.«

»Ihr seid ja so lieb!« Sie sah voller Dankbarkeit zu ihm auf. Dann wechselte sie das Thema. »Hast du in der letzten Zeit mal in unserem Häuschen vorbeigeschaut, Joe?«

»Mindestens jeden zweiten Tag. Es war auch nicht so schwierig, weil ich zu einem Kunden mußte, der dort in der Gegend wohnt. Ich verstehe nur nicht, warum du es dein Häuschen nennst. Immerhin hat es neun Zimmer und steht auf einem eineinhalb Morgen großen Grundstück. Mir kommt es eher vor wie ein kleines Herrenhaus. Ihr werdet dort glücklich sein.«

Sie sah ihm einen langen, langen Moment ins Gesicht, gab jedoch keine Antwort. Auch er schwieg, denn er hatte begriffen, wie taktlos er soeben gewesen war. Wie sollte sie allein mit einem kleinen Baby in einem so großen Haus glücklich werden?

13

Seit er wieder mit Annette und dem Baby zusammensein durfte, schien Don aufzublühen. Zumindest fiel ihm das Atmen merklich leichter, und er klagte kaum noch über Schmerzen. Der Arzt zeigte sich zufrieden.

Zwei Wochen nach Annettes Rückkehr durfte auch sein Vater nach Hause. Don empfing ihn mit ausgestreckten Armen, und Daniel drückte ihn liebevoll an sich. Sein Gesicht war noch immer stark verfärbt, auch war er abgemagert und hinkte leicht.

Sie plauderten über alles Mögliche, nur über nichts Wichtiges. Erst als es dunkel wurde und es Zeit war, sich eine gute Nacht zu wünschen, ergriff Daniel Dons Hand und sah ihm tief in die Augen. »Sie ist nicht hier«, erklärte er in einem eindringlichen Ton. »Kapier's doch endlich, sie ist nicht mehr hier. Sie ist für immer weggegangen.

»Sie ist da. Spürst du es denn nicht, Dad?«

»Nein. Was ich spüre, das sind die Blutergüsse am ganzen Leib. Die hat sie mir als Erinnerung zurückgelassen. Aber ansonsten ist nichts von ihr da.«

»Sie ist hier, Dad. Seit dem Augenblick ihres Todes steht sie in diesem Zimmer.«

»Don, bitte!«

»Es hat keinen Sinn, darüber zu reden. Aber ich bin nicht der einzige. Warum, glaubst du, ist Stephen das Plappern vergangen? Außerdem hat er sich schon seit Tagen nicht mehr blicken lassen. Angeblich liegt er mit einer Erkältung im Bett. Aber er weiß auch, daß sie da ist. Und bei Joe ist es nicht anders.«

»Ach was! Joe ist viel zu nü...«

»Joe ist überhaupt nicht zu nüchtern, Dad. Auch er spürt etwas, wenn auch nicht ganz so deutlich wie ich. Ich weiß ganz einfach, daß sie hier ist und erst dann geht, wenn ich tot bin. Aber ich habe keine Angst, ich meine, vor ihr habe ich keine Angst. Inzwischen tut sie mir sogar leid. Sie weiß genau, daß sie mich nicht festhalten kann. Ich habe es ihr gesagt, und sie hat es begriffen. Seitdem kommt es mir so vor, als hätte sie es sich in den Kopf gesetzt, wenigstens diese Zeit bis zur bitteren Neige auszukosten.«

»Sprich doch nicht so, Junge.«

»Dad, du hast sie gehaßt, und zwar nicht erst zum Schluß, sondern schon lange vorher. Und je größer dein Haß wurde, desto größer wurde ihre Liebe zu mir. Weißt du, ich bin zu der Einsicht gelangt, daß Liebe stärker ist als Haß, denn wenn sie hier bei mir ausharrt, dann nur, weil sie mich liebt – oder wie auch immer man ihre Gefühle bezeichnen will. Am Anfang, da war ich gelähmt vor Entsetzen, aber inzwischen stört sie mich nicht mehr. Irgendwie ist sie ja eine Jammergestalt. Sie tut mir nur noch leid. Sieh mich doch nicht so erschrocken an, Dad! Um meinen Verstand brauchst du dich nicht zu sorgen. Der ist intakt geblieben. Der Rest meines Körpers ist zu nichts mehr zu gebrauchen, aber der Verstand funktioniert wie immer.«

»Hast du mit Father Ramshaw darüber gesprochen?«

»Ja, wir haben uns in aller Offenheit darüber unterhalten. Er hat es verstanden. Er meint, zwischen Himmel und Erde gibt es weitaus mehr, als wir Menschen uns vorstellen könne. Und er hat recht… Etwas anderes: Gibt es schon Interessenten für das Haus?«

»Ja, es haben sich schon einige gemeldet.«

»Na ja, die werden sich wohl noch eine Weile gedulden müssen, oder?«

»Hoffentlich müssen sie noch viele Jahre warten.«

»So lange wohl nicht. Ist das nicht komisch, daß das alles hier über kurz oder lang auseinanderbricht? Es gab eine Zeit, da schien es für die Ewigkeit Bestand zu haben. Dad…?«

»Ja, mein Junge?«

»Du wirst mit Maggie zusammenziehen, das weiß ich. Und ihr werdet Stephen mitnehmen. Laß es aber dabei bewenden. Misch dich ansonsten nirgendwo mehr ein. Versprichst du mir das?«

»Wie meinst du das? Wo soll ich mich nicht einmischen?«

»Ich meine es so, wie ich es gesagt habe... Laß die anderen einfach ihr Leben führen.«

»Ja, ja, gut... aber es sind doch nur noch Joe und Annette übrig.«

»Eben, es sind nur noch Joe und Annette übrig. Was auch geschieht, Dad, laß die Dinge einfach ihren Lauf nehmen.«

Daniel stand auf. »Es gefällt mir nicht, wie du das sagst«, murmelte er traurig. »Alles, was ich in der Vergangenheit getan habe, war doch nur zu deinem Besten.«

»Ich weiß, Dad. Aber behaupten nicht alle, sie hätten dies oder jenes nur zum Besten irgendeines anderen getan?«

Ein Schleier senkte sich vor Daniels Augen, während er so dastand und das abgemagerte, bleiche Gesicht mit den eingesunkenen Augen betrachtete. Vor einem Jahr hatte es noch ausgesehen wie das Gesicht eines Jungen oder höchstens eines jungen Mannes kurz vor dem Beginn seines zweiten Lebensjahrzehnts. Doch diese Augen, die seinem Blick standhielten, hätten genausogut einem alten Mann gehören können, der auf ein erfülltes Leben und einen reichen Schatz an Erfahrungen zurückblicken konnte.

»Gute Nacht, mein Sohn«, sagte er leise. »Schlaf gut.«

»Du auch, Dad. Schlaf gut.«

Auf den Tag zwei Wochen danach saßen am frühen Abend Father Ramshaw und Joe bei einer Tasse Kaffee in der Bibliothek zusammen.

»Schade, daß ich Daniel heute nicht antreffe«, brummte der Priester. »Ich hätte gerne etwas mit ihm besprochen. Du sagst, er besucht sein früheres Haus am Fuß des Brompton Hill?«

»Ja. Finden Sie es nicht auch merkwürdig, daß es zufällig jetzt frei wird? Er wollte damals eigentlich gar nicht ausziehen. Es war eines der kleinsten Häuser in der Gegend und zugleich eins der ältesten. Ich glaube, es stammt noch aus einer Zeit, als die Reichen dieser Stadt noch nicht in den großen Herrenhäusern wohnten.«

»Das stimmt wohl. Und er will sich dort wirklich mit

Maggie und Stephen zusammen einrichten? Nun gut, dann wäre ja ein Teil der Familie versorgt. Aber was ist mit dir?«

Joe sah an ihm vorbei. »Ach, ich habe auch schon was.«

»Wie meinst du das? Hast du eine Wohnung gefunden?«

»Gewissermaßen, ja. Es sind nur noch ein paar Kleinigkeiten zu regeln.«

»Na ja, ich kann mir nicht vorstellen, daß ihr noch sehr lange warten müßt. Es geht mit ihm zu Ende, das spüre ich. Morgen werde ich ihm wohl die Letzte Ölung erteilen.«

»Aber er ist doch so fröhlich, Father. Meinen Sie nicht auch, daß er noch einige Zeit so weiterleben kann?«

»Seine Fröhlichkeit ist gespielt, Joe. Hast du das wirklich nicht bemerkt? Er weiß genau, daß seine Zeit abläuft, und zwar immer schneller. Neulich habe ich mich mit dem Arzt unterhalten. Er sagt, er hätte nie gedacht, daß Don so lange durchhalten würde. Aber Annette und das Kind geben ihm die Kraft dafür. Und er ist glücklich. Das kommt nicht oft vor, daß einer in dieser Situation so glücklich sein kann und zugleich dem Tod gefaßt ins Auge sieht. An deiner Stelle würde ich die nächsten Abende bei ihm am Bett verbringen. Ach, übrigens, was wird eigentlich aus Bill, John, Peggie und Lily?«

»Peggie wird bei Annette bleiben, und John arbeitet weiter für Dad. Bill und Lily sollen in dem Häuschen beim Tor wohnen. Und wenn die neuen Eigentümer das Haus übernehmen, will Dad sich dafür einsetzen, daß sie sie einstellen. Es wird also keiner seine Arbeit verlieren.«

»Da bin ich aber beruhigt. Und du? Willst du allein in deiner neuen Wohnung leben?«

»Was schlagen Sie mir denn vor, Father?«

Der Priester zog die Augenbrauen hoch. »Nun, wenn ich mich nicht täusche, mußt du nicht lange suchen. Da gibt es mehrere Frauen, die nicht abgeneigt wären... zwei aus der Gemeinde und eine außerhalb.«

»Woher wissen Sie das mit Miß Carter?«

»Ach, ich weiß so einiges, mein Junge. Als Priester hat man so seine Quellen. Sag schon, wirst du dich für eine von ihnen entscheiden?«

»Vielleicht.«

»Du hast also darüber nachgedacht?«

»Richtig, Father, ich habe lange darüber nachgedacht. Und meine Entscheidung steht auch schon fest.«

Die Augen des Pfarrers weiteten sich. »So, so, das ist ja interessant. Und du willst mir wirklich nicht verraten, wer es ist?«

»Noch nicht, Father. Wenn es soweit ist, sage ich es Ihnen, einverstanden?«

»Kein näherer Hinweis?«

»Ich sage es Ihnen beizeiten.«

»Na gut, dann freue ich mich schon darauf. Aber jetzt muß ich weiter. Danke für das Essen. Es hat vorzüglich geschmeckt, aber damit verrate ich ja nichts Neues. Bei euch hat es immer etwas Gutes gegeben. Es ist ein Jammer. Euer Haus ist doch wirklich schön, vor allem dieser Raum hier mit all den Büchern. Was habt ihr damit vor? Wollt ihr sie versteigern lassen?«

»Einen Teil davon, aber die meisten nehme ich mit.«

»In deine neue Wohnung?«

»In meine neue Wohnung, die vielleicht sogar ein Haus ist.«

»Oho! Langsam kommen wir der Sache ja näher. Eine Wohnung, die vielleicht sogar ein Haus ist... Schön, schön, du kennst mich, Joe. Wenn ich mich in eine Sache verbeiße, lasse ich erst wieder los, wenn ich weiß, in was ich da gebissen habe. Aber es soll wohl eine Überraschung werden? Na so was... Ich dachte immer, ich würde dich in- und auswendig kennen...«

Joe grinste. »Jeder von uns hat seine Tiefen, die nur er selbst ausloten kann, Father.«

»Ja, ja, da gebe ich dir recht, Joe«, schmunzelte der Priester. »Trotzdem...« Er stand auf. Joe begleitete ihn durch die Empfangshalle bis zur Haustür. Dort blieb Father Ramshaw noch einmal stehen. »Mir ist gerade etwas durch den Kopf gegangen«, sagte er. »Wenn dein Dad das Haus verkauft und die neuen Eigentümer aus einer anderen Ecke kommen, wird es mit meinen Besuchen hier bald vorbei sein. Gute Nacht, Joe.«

»Gute Nacht, Father. Ach, Father, Sie sind doch ein eingefleischter Verfechter des Glaubens an die Wirksamkeit der Gebete. Wollen Sie da nicht das Ihre dafür tun, daß Leute mit dem richtigen Glauben einziehen?«

Der Priester warf lachend den Kopf zurück. »Ein guter Ratschlag, Joe. Ich werde ihn befolgen.«

Um zehn Uhr wünschte Annette ihrem Mann eine gute Nacht. »Ich liebe dich«, flüsterte er und nahm ihr Gesicht in beide Hände. »Ich dich auch, Don«, brachte sie mit tränenerstickter Stimme hervor. »Ich liebe dich auch.« Als er daraufhin »Sei glücklich« zu ihr sagte, löste sie sich von ihm und ging zur Schwester hinüber. »Ich... ich glaube, ich schlafe heute nacht hier.«

»Das ist doch nicht nötig, Mrs. Coulson. Wenn mir auch nur das Geringste auffällt, hole ich Sie sofort.«

»Es wäre mir aber lieber.«

»Annette!« schaltete Don sich vom Bett aus ein. »Bitte geh nach oben. Ich schlafe ohnehin gleich ein. Du brauchst dich nicht zu sorgen. Mir geht es ganz gut, wirklich.«

Sie trat noch einmal ans Bett. »Don, es wäre mir aber lieber, wenn du...«

Er lächelte mühsam. »Tu, was man dir sagt, Mrs. Coulson. Geh ins Bett. Wenn du auf der harten Matratze da drüben liegst, muß ich die ganze Nacht an dich denken und bringe kein Auge mehr zu. Außerdem darf meine Tochter nicht vernachlässigt werden.« Er ergriff ihre Hand und sah ihr lange und tief in die Augen. »Bitte.«

Sie lief hinaus, denn er sollte sie nicht weinen sehen. Allerdings ging sie nicht gleich in ihr Zimmer, sondern eilte zu Joes Häuschen. Als auf ihr Klopfen niemand reagierte, rief sie leise seinen Namen, erhielt aber keine Antwort und ging zum Haus zurück. Bestimmt unterhielt er sich mit Maggie in der Küche. Es wunderte sie, daß Maggie nach wie vor ihre Arbeit in der Küche erledigte und allein in ihrem Zimmer schlief, während ihr Schwiegervater die Nacht oben verbrachte. Warum legten sie nur so großen Wert darauf, daß der Schein gewahrt blieb? Nach allem, was Maggie und Daniel erlitten hatten, erschien ihr ein solches Verhalten ziemlich unnötig.

In der Küche traf sie weder Maggie noch Joe an. Wenigstens war Peggie noch da und sagte ihr, daß sie Joe zuletzt in der Bibliothek gesehen hatte.

Tatsächlich saß Joe dort. Vor sich hatte er einen Stoß Bücher liegen; eines durchblätterte er gerade. Bei ihrem Eintreten sah er auf und erhob sich. »Was ist los?«

»Ich weiß nicht. Es scheint ihm gut zu gehen... Mich beunruhigt nur sein Verhalten. Ich wollte bei ihm schlafen, aber das läßt er nicht zu.«

»Ich gehe nachher zu ihm. Falls er sich schlechter fühlen sollte, würde ich dir Bescheid sagen.«

»Weißt du, er wirkte so anders – so ruhig und irgendwie glücklich. Es war eigenartig, fast unheimlich.«

»Nun er ist geschwächt, und da muß man immer mit etwas sonderbaren Verhaltensweisen rechnen. Leg dich am besten schlafen. Ich verspreche dir – bei der geringsten Veränderung komme ich dich sofort holen.«

»Ehrenwort?«

»Wenn ich es dir doch versprochen habe.«

Sie wandte sich gehorsam zum Gehen, doch in der Tür blieb sie noch einmal stehen. »Sag mal, Joe, findest du es nicht auch merkwürdig, daß Dad nun wieder in das Haus zieht, in dem er ganz am Anfang gelebt hat? Mir kommt es so vor, als würde jetzt alles auseinanderbrechen. Dad hat angedeutet, du hättest etwas gefunden, angeblich sogar ein Haus. Stimmt das wirklich?«

»Ja. Du hast dich nicht verhört.«

»Wie willst du es denn einrichten? Mit Möbeln von hier?«

»Nein, ich nehme nur meine Bücher und einige persönliche Dinge mit. Ansonsten hat mir hier nie etwas wirklich gehört.«

»Demnach steht es schon fest?«

»Ja, es steht definitiv fest. Zum erstenmal im Leben tue ich etwas für mich, etwas, das ich schon viel früher hätte tun sollen.«

»Ich verstehe. Du konntest dich ja nie um deine eigenen

Belange kümmern. Ständig hast du den anderen zur Verfügung gestanden, auch mir, vor allem in der letzten Zeit. Darum freue ich mich für dich. Gute Nacht. Aber... du wirst mich auch bestimmt holen?«

»Keine Sorge, ich hole dich. Gute Nacht.«

Er kehrte an den Schreibtisch zurück, packte seine Unterlagen zusammen und stellte die Bücher an ihren Platz. Dann verließ er eilig den Raum und ging in sein Häuschen. Dort duschte er sich ausgiebig, ehe er seinen Stiefbruder aufsuchte.

Er hielt die Türklinke noch in der Hand, da wandte sich die Schwester schon hilfesuchend an ihn. »So ein ungezogener Junge! Er will seine Tabletten nicht schlucken! Was sollen wir nur mit ihm machen, Mr. Coulson?«

»Sie ihm reinstopfen und ihm die Nase zuhalten. Eine andere Möglichkeit sehe ich nicht.«

»Das wird ihm aber nicht passen.« Lächelnd sah sie zu dem Kranken hinüber.

»Wir müssen so einiges im Leben tun, das uns nicht paßt«, entgegnete Joe und setzte sich zu Don ans Bett.

»Na gut, dann rein mit dem Zeug«, murmelte Don. »Du siehst wieder mal blendend aus, und so frisch.«

»Na ja, ersteres kann ich nicht beurteilen, aber mit frisch hast du auf alle Fälle recht, weil ich mich gerade geduscht habe.«

»Stimmt, deine Haare sind noch naß. Komisch, für mich gab es nichts Schlimmeres, als mit nassen Haaren rumzulaufen. Weißt du noch, ich mußte sie mir immer mit dem Fön trocknen.«

»Ja, ja, ich erinnere mich noch gut.«

»Wie ist das Wetter draußen?«

»Ach, die Nacht ist sehr angenehm – kein Hauch und schon ziemlich warm.«

»Wie schön! Ich fühle mich heute auch ganz ruhig, Joe... Schwester, könnten sie mir eine Tasse Kakao machen?«

»Kakao? Gerne. Aber seit wann trinken Sie so spät am Abend Kakao?«

»Ich habe eben Appetit darauf.«

»Na gut, ich bringe Ihnen gleich eine Tasse.« Sie verließ lächelnd den Raum.

»Kakao?« fragte Joe mit einem belustigten Schmunzeln. »Was sind denn das für Anwandlungen?«

»Ich wollte dir nur etwas sagen, Joe. Meine Zeit ist abgelaufen. Mam ist weg. Ich hatte dir doch gesagt, sie würde bleiben, bis ich für den Tod bereit bin. Aber warum siehst du mich so bestürzt an? Mein Kamerad, mein lieber, lieber Freund und geliebter Bruder, du solltest dich freuen, daß mir dieser Tod vergönnt ist. Weißt du, ich habe keine Schmerzen mehr. Manchmal meine ich, ich hätte keinen Körper mehr. Seit zwei, drei Tagen ist das schon so. Ich habe das Gefühl, immer leichter zu werden. Und Angst habe ich auch nicht mehr, weder vor Mutter noch vor dem Tod noch vor dem Danach. Es scheint alles so selbstverständlich zu sein. Ach, Joe, bitte freu dich für mich. Freu dich, daß ich nicht auf eine andere Weise sterbe. Aber ich möchte, daß du heute nacht bei mir bleibst. Bleib einfach auf deinem Stuhl sitzen.«

»Ich müßte Annette holen«, murmelte Joe mit brechender Stimme.

»Nein, nein. Ich habe mich vorhin von ihr verabschiedet. Sie weiß es auch schon. Ich könnte es nicht ertragen, sie weinen zu sehen. Das Sterben würde mir dann nicht mehr leichtfallen. Aber mit dir ist es etwas anderes, Joe. Du bist der einzige Mensch, mit dem ich über alles sprechen konnte. Ich schließe jetzt gleich die Augen, Joe. Wenn die Schwester zurückkommt, kannst du ihr ja sagen, ich sei eingeschlafen. Sie setzt sich dann in ihren Stuhl da drüben und nickt bald selbst ein. Jede Nacht ist es dasselbe.«

»Aber... hast du denn nicht gerade deine Tabletten geschluckt!«

»In der Hinsicht habe ich einiges Geschick entwickelt, Joe. Man kann sie ja auch einfach unter der Zunge im Mund behalten und später ausspucken.«

»Ach, Don, Don...«

»Weißt du, ich könnte immer lachen, wenn du in diesem

Ton mit mir sprichst. Du klingst dann genauso wie Father Ramshaw. Das ist auch so einer… Ihr würdet gut zusammenpassen. Er wußte übrigens auch, daß ich die Tabletten nicht so oft schlucke, die für die Nacht, meine ich. Aber wie gesagt, in den letzten Tagen habe ich überhaupt nichts mehr gebraucht. Weißt du, Joe, am Anfang war es bitter für mich, als sie mich in dieses Bett steckten. Mein Gott, war ich verbittert. Und dann pumpten sie mich mit Schlafmitteln voll. Ich wollte schreien, wenn ich dann irgendwann am Vormittag aufwachte. Das ging ziemlich lange so. Ab wann sich das geändert hat, das kann ich dir gar nicht genau sagen. In den letzten Monaten ist das Leben für mich länger und intensiver gewesen als in all den Jahren davor. Und selbst wenn ich neunzig Jahre alt geworden wäre, ich hätte nicht halb soviel begriffen wie in diesen letzten Tagen. Ich habe so viele Dinge erkannt, daß ich mein Schicksal gar nicht mehr als so schlimm empfinde… Es ist ja gut, Joe, es ist gut, ich höre ja schon auf. Es kommt alles, wie es kommen muß. Du sollst dich meinetwegen zu nichts verpflichten. Niemand darf dir in dein Leben dreinreden. Father Ramshaw war doch neulich bei mir. Er hat mir erzählt, daß du ein Auge auf ein Mädchen geworfen hast und wollte mich darüber ausquetschen. Aber ich konnte ihm auch nichts sagen. Keine Angst, ich will es nicht wissen. Jeder hat ein Recht darauf, es sich anders zu überlegen. Und Annette und die Kleine sind ohnehin in Gottes Hand. Er wird schon für ihr Wohlergehen sorgen. Bitte sag jetzt nichts, Joe. Bitte. Ich verstehe alles.«

»Du verstehst überhaupt nichts. Wofür hältst du dich denn? Für einen Heiligen oder was?«

»Joe, bitte sag nicht so lustige Sachen. Mir tut doch alles weh, wenn ich lache. Pssst! Sie kommt. Sie trampelt immer so über den Flur. Bitte halte meine Hand und laß sie nicht los, bitte.«

Joe ergriff Dons ausgestreckte Hand. Gleich darauf ging die Tür auf, und die Schwester kam mit einer dampfenden Tasse Kakao herein. Da er nicht sprechen konnte, legte Joe den Zeigefinger auf die Lippen und gab ihr so zu verstehen, daß der Patient eingeschlafen sei. Sie zuckte lächelnd mit den Schultern und stellte die Tasse auf ein Tischchen. Dann machte sie es sich im Sessel bequem.

Wann Don starb, wußte Joe nicht. Er blieb einfach mit weit geöffneten Augen am Bett sitzen und hielt unermüdlich die weiße Hand. Einmal warf er einen Blick auf die Uhr. Es war Viertel nach eins. Kurz darauf fuhr die Schwester hoch und murmelte zu ihrer Entschuldigung: »Ich muß wohl eingenickt sein. Schläft er ruhig?«

Joe nickte stumm. Sie gab sich damit zufrieden und nahm den Patienten nicht näher in Augenschein. Statt dessen räumte sie die Sachen auf ihrem Tisch auf und schrieb etwas in ein Notizbuch. Bald fielen ihr wieder die Augen zu, und sie fing an, leise zu schnarchen.

Joes Arm und Handgelenk waren schon völlig verkrampft, doch er ließ Dons Hand nicht los. Um wenigstens die Schulter ein bißchen zu entspannen, rückte er mit dem Stuhl etwas näher heran. Schließlich fielen auch seine Augen zu.

Irgendwann drang eine Stimme an sein Ohr. »Oh! Mr. Coulson! Mr. Coulson!«

Er riß die Augen auf. Die Schwester hatte sich über Don gebeugt und fühlte ihm den Puls am anderen Handgelenk.

Langsam richtete sie sich wieder auf und blickte Joe an.

Er sah auf das Gesicht in dem Kissen hinab. Es wirkte warm und lebendig, und doch lag es in steinerner Unbeweglichkeit da. Man hätte meinen können, es gehöre einem Schlafenden.

»Er… er ist tot, Mr. Coulson.«

»Ja, ich weiß.« Behutsam legte er die dünne weiße Hand auf die Matratze und streckte seine Finger und den Arm.

»Ich… rufe wohl besser den Arzt an.«

»Überlassen Sie das mir.«

Warum war er so ruhig? Es war, als hätte er Dons Gelassenheit in sich aufgesogen. Er empfand keine Trauer, keine Betroffenheit, sondern nur Ruhe, dieselbe Ruhe, wie sie von dem Gesicht auf dem Kissen ausging und den gesamten

Raum zu durchdringen schien. Don hatte recht gehabt. *Sie* war weg. Sie war endgültig verschwunden.

Joe stand auf und ging zur Tür. Als er sie zu öffnen versuchte, versagte ihm die rechte Hand den Dienst; so mußte er die Klinke mit der linken herunterdrücken.

Eigentlich hätte er Annette und seinen Vater wecken sollen, doch er schlug den entgegengesetzten Weg ein und ging in sein Häuschen. Lange blieb er im Wohnzimmer sitzen, um schließlich noch einmal in die Nacht hinauszutreten. Der Mond hing wie eine große gelbe Scheibe an einem blaßgrauen Himmel. Die Luft war kühl, und eine leichte, kaum spürbare Brise strich ihm über das Gesicht. Er fühlte sie nur, weil ihm an der schweißbedeckten Stirn kühler wurde, legte den Kopf zurück und sog das unendliche Nichts in sich auf, in dem nur der Mond über ihm vorbeitrieb und die Sterne funkelten. Irgendwo dort oben waren nun Don und seine Mutter, aber nicht zusammen, sondern voneinander getrennt.

14

Binnen sieben Wochen war das Haus verkauft und fast vollständig leergeräumt. Mit den wertvolleren Möbelstücken hatte Daniel das Haus am Brompton Hill eingerichtet, in dem Maggie und Stephen bereits wohnten.

Die neuen Eigentümer hatten sich bereit erklärt, Bill und Lily zu übernehmen und in ihrem Häuschen beim Tor wohnen zu lassen. Nun galt es nur noch, den Umzug von Annette, dem Baby und Peggie zu regeln. Merkwürdig war nur, daß Annette so lange damit zögerte, dieses Haus endgültig zu verlassen, obwohl Don seit Wochen unter der Erde lag und sie hier nichts mehr hielt. Fast täglich war sie zu ihrem Haus hinausgefahren, um dann doch wieder zum Schlafen ins alte zurückzukehren. Heute jedoch verbrachte sie hier ihren letzten Tag. Auch Joe wollte heute umziehen. Die Frage war nur: Wohin?

Am Morgen hatte er den Wagen mit Koffern für seine Kleider und Kisten voller Bücher beladen und war in seine neue Wohnung gefahren. Aber wo war sie nur? Nachdem er sich bislang stets in Schweigen gehüllt hatte, stellte Daniel ihn nun zur Rede.

Ihr Gespräch fand im leergeräumten Salon statt. Als das Geheimnis gelüftet war, verschlug es Daniel für einen Moment die Sprache. »Du lieber Himmel«, brachte er schließlich hervor, »das kannst du doch nicht machen!«

»Warum nicht?«

»Denk doch an das Gerede.«

»Mein Gott, Dad! Daß ausgerechnet du mir das vorhältst!«

»Ich weiß, ich weiß. Aber das ist *mein* Leben. Ich habe einen breiten Rücken und werde auch diese Geschichte durchstehen. Bei dir dagegen ist das etwas anderes. Du bist doch erst sechsundzwanzig. Dir konnte noch nie jemand was anhängen.«

»Großer Gott! Ich kann's nicht glauben!«

»Ich meine es doch gut mit dir. Denk an die Leute.«

»Sollen sie doch reden! Was geht das mich an? Mich wundert nur, daß *du* so mit mir sprichst.«

»Ist ja gut, ist ja gut. Ich will keinen Streit, Joe. Davon bin ich endgültig kuriert, das kann ich dir sagen.«

»Den Eindruck habe ich ehrlich gesagt nicht.«

»Ich denke doch nur an dich.«

»Nur an mich? Nicht an Father Cody? Nicht an Father Ramshaw? Laß dir eins gesagt sein: Wegen Father Ramshaw brauchst du dir keine Sorgen zu machen.«

»Da habe ich meine Zweifel.«

»Es wird sich ja herausstellen, wer recht hat.« Er wandte sich zum Gehen.

»Joe, Joe!« rief sein Vater. »Alles bricht zusammen. Es kommt mir so vor, als wäre eine Bombe hochgegangen, eine Zeitbombe aus dem letzten Krieg, und die Trümmer fliegen jetzt in alle Himmelsrichtungen davon. Laß uns nicht so auseinandergehen. Du bist trotz allem der einzige richtige Sohn, den ich noch habe. Nur darum habe ich so mit dir gesprochen.«

»Du hast auch weiterhin einen Sohn, wenn du einen willst, Dad. Aber er muß sein eigenes Leben führen, so wie du das deine gelebt hast. Und vergiß nicht – du hast es in vollen Zügen genossen. Ich dagegen habe noch kaum etwas davon gehabt. Das wird sich allerdings schnell ändern. Verlieren wirst du mich deswegen nicht. Heute abend oder morgen früh schaue ich nochmal bei dir vorbei. Auf Wiedersehen, Dad. Bis bald.«

Annette wartete bereits mit dem Baby auf dem Arm in der Empfangshalle. »Bist du fertig?« fragte er sie.

»Ja, Joe. Aber du brauchst meinetwegen wirklich keinen Umweg zu machen. Peggie hat ja auch ein Auto. Sie ist nur kurz zu ihrer Mutter gefahren. Ich kann genausogut auf sie warten.«

»Ach, weißt du, im Moment habe ich nichts Besonderes zu tun.«

»Ist deine Wohnung denn schon fertig?« fragte sie mit belegter Stimme.

»Ja, ja«, erwiderte er. »Ich muß nur noch einziehen.«

»Du tust ja ganz schön geheimnisvoll. Warum eigentlich?«

»Nur Geduld, den Grund wirst du bald erfahren.«

Sie sah ihn zweifelnd an, stellte aber keine Fragen mehr. Schweigend ging sie zur Haustür. Dort drehte sie sich noch einmal um und ließ den Blick durch die Halle schweifen. »Wenn je ein Haus vom Unglück heimgesucht wurde, dann dieses hier«, stellte sie in bitterem Ton fest. »Gebe Gott, daß mir so etwas in Zukunft erspart bleibt.«

»Ja, gebe Gott, daß du von nun an mehr Glück hast.«

Der Wagen stand direkt vor dem Haus. Joe öffnete ihr die Tür und hielt für sie das Baby, bis sie eingestiegen war. Dann setzte er es ihr auf den Schoß, nahm seinen Platz hinter dem Steuer ein und fuhr los.

Eine ganze Weile hingen beide ihren Gedanken nach. Erst als sie ein gutes Stück des Weges zurückgelegt hatten, sagte Annette unsicher: »Wo immer du auch wohnen wirst, es ist doch hoffentlich nicht so weit weg, daß du nicht hin und wieder vorbeikommen kannst?«

»O nein, ganz bestimmt nicht.«

»Joe?«

»Ja, Annette?«

»Kannst du's mir denn nicht sagen? Warum diese Geheimniskrämerei?«

»Tja, ich hielt es für das Klügste. Schließlich ist eine junge Frau im Spiel. Ich habe mich ihr gegenüber lange genug falsch verhalten – jetzt will ich eine klare Entscheidung.«

»Du wirkst so verändert, Joe. Ich werde einfach nicht mehr schlau aus dir.«

»Lange habe ich mich selbst nicht verstanden, Annette, aber die Zeiten sind jetzt vorbei, und ich weiß genau, was ich will.«

»Na gut, das ist wohl die Hauptsache.«

»Richtig, Annette. Das ist die Hauptsache.«

Den Rest des Weges durch die herrliche Landschaft Nordenglands legten sie schweigend zurück. Schließlich bogen sie in eine Auffahrt und hielten vor Annettes zweistöckigem Haus aus grauem Naturstein.

Joe schloß die Eingangstür auf und ließ Annette den Vortritt. Vor dem Telefonbänkchen im Flur blieb sie jäh stehen und starrte perplex die vier dort abgestellten Koffer an. Ihr Gesicht war ein einziges Fragezeichen.

»Ja, ja, es sind meine«, bestätigte er. »Ich habe auch noch ein paar Kisten voller Bücher mitgebracht, aber die habe ich fürs erste auf den Speicher geschafft.«

Annette war immer noch sprachlos. Sie wich drei Schritte zurück. »Vorsicht«, mahnte er. »Du stolperst noch über den Stuhl. Setz dich lieber.«

Er stieß die Wohnzimmertür auf, doch sie rührte sich nicht von der Stelle. So nahm er ihr das Baby aus den Armen und legte es auf einen Sessel.

Da sie immer noch keine Anstalten machte, ihm zu folgen, ging er zu ihr zurück und führte sie behutsam zur Couch. Mit sanfter Gewalt drückte er sie aufs Polster und setzte sich neben sie. »Meine neue Wohnung«, erklärte er. »Ich habe auch schon meine Zimmer ausgesucht. Sie sind im ersten Stock am Ende des Flurs. Eine Weile werde ich's wohl darin aushalten. Na, was hältst du davon?« Er machte eine weit ausholende Geste. »Hübsch, nicht wahr?«

»Hör auf, Joe! Hör auf damit!«

»Aufhören soll ich? Nein, ich fange erst an.« Sein Ton wurde plötzlich ernst. »Ich tue endlich das, was ich schon vor Jahren hätte tun sollen. Ich hätte mich damals nicht an den Rand schieben lassen dürfen. Du weißt das, und ich weiß es. Und Don wußte es. O ja, er wußte es ganz genau. Lange vor ihm gehörtest du schon mir. Und das war dir genauso klar wie mir. Ob du ahntest, was für ein Spiel Dad mit euch trieb, weiß ich nicht, aber hätte ich nur rechtzeitig den Mut dazu aufgebracht, wärst du jetzt meine Frau. Du hast Don lieben gelernt, das will ich nicht leugnen. Und er hat dich geliebt. Eure Liebe war gegenseitig, aber sie war nur ein Zwischenspiel. So wie ich es heute sehe, war sie wirklich nicht mehr als ein Zwischenspiel. Im Rückblick wird mir immer klarer, daß du von Anfang an zu mir gehört hast. Kannst du dir vorstellen, wie ich mich fühlte, als mir die Rolle des großen Bruders aufgezwungen wurde? Kannst du es dir vorstellen? Ach, bitte weine nicht, Liebes, ich möchte doch mit dir reden. Und ich muß dir noch soviel sagen. Nachdem ich so lange auf dich gewartet habe, will ich gerne noch ein bißchen länger warten, bis du wirklich bereit für mich bist. Aber ich muß in deiner Nähe sein. Ich muß die Gewißheit haben, daß du zu mir gehörst und daß wir eines Tages heiraten. Allerdings hoffe ich, daß dieser Tag bald kommt. Weißt du, vorhin, als ich es Dad gesagt habe, hat er mich gewarnt. Wir würden ins Gerede kommen, hat er gesagt. Richtig aufgeregt hat er sich. Kannst du dir das vorstellen? Ausgerechnet er meint, ich soll mich vor dem Gerede hüten! Die Sache ist die, Annette: Was über uns gesagt wird, mag begründet oder aus der Luft gegriffen sein – die Entscheidung überlasse ich dir. Aber eins solltest du wissen: Ich liebe dich. Ich habe dich immer geliebt und werde dich immer lieben. Und weil ich dich so liebe, kann ich mir nicht vorstellen, daß du meine Gefühle nicht erwiderst – irgendwie, irgendwann.«

»Joe! Joe!« Ihre Augen waren geschlossen. Ihr Kopf sank auf seine Schulter. »Ich liebe dich doch auch«, flüsterte sie. »Ich liebe dich schon jetzt. Ständig habe ich mich mit Schuldgefühlen gequält. Ich habe Don geliebt, aber zugleich habe ich auch dich geliebt. Die ganze Zeit war mir klar, daß ich dich liebe, und zwar nicht nur wie einen Bruder. Ach, Joe! Joe!«

Seine Wange ruhte auf ihrem Haar. Sacht hob er ihr Kinn an und küßte sie zärtlich auf die Lippen. Und als sie die Arme um ihn schlang, kamen ihm Flos Abschiedsworte in den Sinn. »Das Glück kommt zu dem, der warten kann.« Seine Augen schimmerten. Mit leiser Stimme sagte er: »Du weißt, daß die Leute sich den Mund zerreißen werden?«

»Ja, Joe.« Sie sah zu ihm auf. Noch immer rannen ihr die Tränen über die Wangen, doch sie wiederholte mit fester Stimme. »Ja, Joe. Sie warten nur darauf, über uns herzuziehen.«

»Und daß Father Cody uns an den Pranger stellt?«

Sie umarmten sich noch inniger als vorher. »Bei Gott«, das wird er«, murmelte Joe. »Selbst wenn es zwischen uns zu nicht mehr kommt als dem hier« – er gab ihr einen Kuß auf die Nasenspitze – »wird er uns geißeln, so fest er nur kann.«

Sie sah ihm in die Augen. »Nun, dann sollten wir dafür sorgen, daß wir zu Recht gegeißelt werden, was meinst du, Joe?«

»Oh, mein Liebes, mein Liebes…«

Sie schmiegten sich aneinander, doch als aus dem Sessel ein leises Wimmern ertönte, ließen sie sich los und lachten beide. Joe sprang auf, nahm das Baby auf den Arm und schaukelte es übermütig hin und her. »Hör mir zu, Flo Coulson!« rief er. »Deine Mutter liebt mich! Hast du verstanden? Deine Mutter liebt mich. Das Glück kommt zu dem, der warten kann. Deine Mutter liebt mich!«